人民共和國文化與文學叢書

十 編

李 怡 主編

第 2 冊

尋找文學的蹤跡
（共和國文學卷）（上）

陳 國 恩 著

花木蘭文化事業有限公司

國家圖書館出版品預行編目資料

尋找文學的蹤跡（共和國文學卷）（上）／陳國恩 著 -- 初版
-- 新北市：花木蘭文化事業有限公司，2022〔民111〕
序 12+ 目 2+170 面；19×26 公分
（人民共和國文化與文學叢書 十編；第 2 冊）
ISBN 978-986-518-942-6（精裝）
1.CST：中國文學 2.CST：文學評論
820.8　　　　　　　　　　　　　　　　111009785

特邀編委（以姓氏筆畫為序）：

ISBN-978-986-518-942-6

吳義勤　孟繁華　張　檸
張志忠　張清華　陳思和
陳曉明　程光煒　劉福春
（臺灣）宋如珊
（日本）岩佐昌暲
（新西蘭）王一燕
（澳大利亞）鄭　怡

9 789865 189426

人民共和國文化與文學叢書
十 編 第 二 冊　　　　　　　　ISBN：978-986-518-942-6

尋找文學的蹤跡（共和國文學卷）（上）

作　　者　陳國恩
主　　編　李 怡
企　　劃　四川大學中國詩歌研究院
總 編 輯　杜潔祥
副總編輯　楊嘉樂
編輯主任　許郁翎
編　　輯　張雅淋、潘玟靜、劉子瑄　美術編輯　陳逸婷
出　　版　花木蘭文化事業有限公司
發 行 人　高小娟
聯絡地址　235 新北市中和區中安街七二號十三樓
　　　　　電話：02-2923-1455／傳真：02-2923-1452
網　　址　http://www.huamulan.tw 信箱 service@huamulans.com
印　　刷　普羅文化出版廣告事業
初　　版　2022 年 9 月
定　　價　十編 17 冊（精裝）新台幣 43,000 元　　　版權所有 · 請勿翻印

尋找文學的蹤跡
（共和國文學卷）（上）

陳國恩　著

作者簡介

陳國恩，浙江師範大學人文學院客座教授，武漢大學文學院教授，博士生導師，兼任中國聞一多研究會會長、中國魯迅研究會副會長，主要從事中國現代文學教學和研究。出版著作《浪漫主義與 20 世紀中國文學》《圖本胡適傳》《俄蘇文學在中國的傳播與接受》等 18 部，發表論文三百餘篇，主編博士原創學術論叢 19 種。完成多項國家社科基金重點項目、教育部項目，多次獲省政府社會科學優秀成果獎。2005 年獲寶鋼優秀教師獎。

提　　要

　　文學是想像力的產物，既聯繫著歷史與現實，又折射出人的精神世界。這本《尋找文學的蹤跡》以 1949 年為界，把兩個時段的作家、作品以及文學現象的考察，分在民國卷和共和國卷，按「作品論」、「作家論」、「思潮論」等專題編排。前後兩卷的內容，都貫徹了從歷史維度進行文學的審美研究的批評觀，堅持文學欣賞是在審美中放飛心靈的原則，通過解讀經典，審視作家，研究文學現象，來尋找文學創造的奧秘，探討它所蘊藏的社會歷史主題。這些內容大部分在 2012 ～ 2017 年期間以論文形式發表於學術期刊，也有個別超出這個時段的，皆在各篇的文末注明了發表的刊物。民國卷的一小部分是根據幾次學術講座的錄音整理而成，共和國卷的末尾則是我的一份學術年譜和兩位友人寫的關於我的文章。感謝他們的美言，有興趣的讀者可以當作閱讀這兩本小書的一個參考。

人民共和國時代的現代文學研究——
《人民共和國文化與文學叢書‧十編》引言

李　怡

　　中華人民共和國成立七十餘年，書寫了風雨兼程的當代中國史，與民國時期的學術史不同，中國現代文學研究被成功地納入了國家社會發展體制當中，成為國家文化事業的有機組成部分，因此，我們的學術研究理所當然地深植於這一宏大的國家文化發展的機體之上，每時每刻無不反映著國家社會的細微的動向，尤其是中國現代文學研究，幾乎就是呈現中國知識分子對於新中國理想奮鬥的思想的過程，表達對這一過程的文學性的態度，較之於其他學科更需要體現一種政治的態度，這個意義上說，七十年新中國歷史的風雨也生動體現在了中國現代文學的學術發展之中。從新中國建立之初的「現代文學學科體制」的確立，到1950～1970年代的對過去歷史的評判和刪選，再到新時期的「回到中國現代文學本身」，一直到1990年代以降的「知識考古」及多種可能的學術態勢的出現，無不折射出新中國歷史的成就、輝煌與種種的曲折。文學與國家歷史的多方位緊密聯繫印證了中國現代文學研究在當下的一種有影響力的訴求：文學與社會歷史的深入的對話。

　　研究共和國文學，也必須瞭解共和國時代之於中國現代文學的學術態度。

一、納入國家思想系統的中國現代文學研究

　　中國現代文學研究伴隨著五四新文學的誕生就出現了，作為現代文學的開山之作《狂人日記》發表的第二年，傅斯年就在《新潮》雜誌第 1 卷第 2 號上介紹了《狂人日記》並作了點評。1922 年胡適應上海《申報》之邀，撰寫

了《五十年來中國之文學》，已經為僅僅有五年歷史的新文學闢專節論述。但是整個民國時期，新文學並未成為一門獨立學科。在一開始，新文學是作為或長或短文學史敘述的一個「尾巴」而附屬於中國古代文學史或近代文學史之後的，諸如上世紀二十年代影響較大的文學史著作如趙景深《中國文學小史》（1926年）、陳之展《中國近代文學之變遷》（1929年），分別以「最近的中國文學」和「十年以來的文學革命運動」附屬於古代文學和近代文學之後。朱自清1929年在清華大學開設「中國新文學研究」，但到了1933年這門課不再開設，為上課而編寫的《中國新文學研究綱要》，也並沒有公開發行。1933年王哲甫《中國新文學運動史》出版，這部具有開創之功的新文學史著作，最重要的貢獻就在於新文學獲得了獨立的歷史敘述形態。1935年上海良友圖書公司出版了由趙家璧主編的十卷本《中國新文學大系》，作為對新文學第一個十年的總結，由新文學歷史的開創者和參與者共同建立了對新文學的評價體系。至此，新文學在文學史上獲得了獨立性而成為人們研究關注的對象。但是，從總體上看，民國時期的中國現代文學研究還是學者和文學家們的個人興趣的產物，這裡並沒有國家學術機構和文化管理部門的統一的規劃和安排，連「中國現代文學」這一門學科也沒有納入為教育部的統一計劃，而由不同的學校根據自身情況各行其是。

新中國的成立徹底改變了這一學術格局。中華人民共和國的成立，意味著歷史進入一個新的階段。被作為中國現代革命史重要組成部分的現代文學史，成為建構革命意識形態的重要領域，中國現代文學在性質上就和以往文學截然分開。雖然中國現代文學僅僅有三十多年的歷史，但其所承擔的歷史敘述和意識形態建構功能卻是古代文學無法比擬的。由此拉開了在國家思想文化系統中對中國現代文學性質與價值內涵反覆闡釋的歷史大幕。現代文學既在國家思想文化的大體系中獲得了建構現代民族國家的非凡意義，但也被這一體系所束縛甚至異化。王瑤《中國新文學史》的寫作和出版就是標誌性的事件。按教育部1950年所通過的《高等學校文法兩學院各系課程草案》，「中國新文學史」是大學中文系核心必修課，在教材缺乏的情況下，王瑤應各學校要求完成《中國新文學史稿》（上冊）並於1951年9月由北京開明書店出版，下冊拖至1952年完稿並於1953年8月由上海新文藝出版社出版。但隨之而來的批判則可以看出，一方面是國家層面主動規劃和關心著中國現代文學的學術發展，使得學科真正建立，學術發展有了更高層面的支持和更

大範圍的響應，未來的空間陡然間如此開闊，但是，不言而喻的是，國家政治本身的風風雨雨也將直接作用於一個學科學術的內部，在某些特定的時刻，產生的限制作用可能超出了學者本身的預期。王瑤編寫和出版《中國新文學史》最終必須納入集體討論，不斷接受集體從各自的政策理解出發做出的修改和批評意見。面對各種批判，王瑤自己發表了《從錯誤中汲取教訓》，檢討自己「為學術而學術的客觀主義傾向。」〔註1〕

　　新中國成立，意味著必須從新的意識形態的需要出發整理和規範「現代文學」的傳統。十七年期間出現了對 20 年代到 40 年代已出版作品的修改熱潮。1951 年到 1952 年，開明書店出版了兩輯作品選，稱之為「開明選集本」。第一輯是已故作家選集，第二輯是仍健在的 12 位作家的選集。包括郭沫若、茅盾、葉聖陶、曹禺、老舍、丁玲、艾青等。許多作家趁選集出版對作品進行了修改。1952 年到 1957 年，人民文學出版社又出版了一批被稱為「白皮」和「綠皮」的選集和單行本，同樣作家對舊作做了很大的修改。像「開明選集本」的《雷雨》，去掉了序幕和尾聲，重寫了第四幕；老舍的《駱駝祥子》節錄本刪去了近 7 萬多字，相比原著少了近五分之二。這些在建國前曾經出版了的現代文學作品，都按當時的政治指導思想做了不同程度的修改，向主流意識更加靠攏。通過對新文學的梳理甄別，標識出新中國認可的新文學遺產。

　　伴隨著對已出版作品的修改與甄別，十七年時期現代文學研究的重心是通過文學史的撰寫規範出革命意識形態認可的闡釋與接受的話語模式。1950 年代以來興起的現代文學修史熱，清晰呈現出現代文學在向政治革命意識形態靠攏的過程中如何逐步消泯了自身的特性，到了文革時期，文學史完全異化成路線鬥爭的傳聲筒，這是 1960 年代與 1950 年代的主要差異：從蔡儀的《中國新文學史講話》（1952 年），到丁易的《中國現代文學史略》、張畢來的《新文學史綱（第 1 卷）》（1955 年），劉綬松《中國新文學史初稿》（1956 年）。1950 年代，雖然政治色彩越來越濃厚，但多少保留了一些學者個人化的評判和史識見解。到了 1958 年之後，隨著「反右」運動而來的階級鬥爭擴大化，個人性的修史被群眾運動式的集體編寫所取代，經過所謂的「拔白旗，插紅旗」的雙反運動，群眾運動式的學術佔領了所謂的「資產階級知識分子」的學術領地。全國出現了大量的集體編寫的文學史，多數未能出版發行，當時有代表性是復旦大學中文系學生集體編寫的《中國現代文學史》和《中國現

〔註1〕王瑤：從錯誤中汲取教訓〔N〕，文藝報，1955-10-30（27）。

代文藝思想鬥爭史》，吉林大學中文系和中國人民大學語文系師生分別編寫的兩種《中國現代文學史》。充斥著火藥味濃烈的戰鬥豪情，文學史徹底淪為政治鬥爭的工具。文革時期更是出現了大量以工農兵戰鬥小組冠名文學史和作品選講，學術研究的正常狀態完全被破壞，以個人獨立思考為基礎的學術研究已經被完全摒棄了。正如作為歷史親歷者的王瑤後來所反思的，「一次又一次的政治運動，批判掉了一批又一批的現代文學作家和作品，到『文化大革命』的十年動亂中，在『否定一切，打倒一切』的思潮影響下，三十年的現代文學史只能研究魯迅一人，政治鬥爭的需要代替了學術研究，滋長了與馬克思主義根本不相容的實用主義學風，講假話，隱瞞歷史真相，以致造成了現代文學這門歷史學科的極大危機」。〔註2〕

至此，中國現代文學的學術危機可謂是格外深重了。

二、1980 年代：作為思想啟蒙運動一部分的學術研究

中國現代文學研究重新煥發出生命力是在 1980 年代。伴隨著國家改革開放的大潮，中國現代文學迎來了重要的發展期。

新時期中國現代文學研究的首要任務是盡力恢復被極左政治掃蕩一空的文學記憶，展示中國現代文學歷史原本豐富多彩的景觀。一系列「平反」式的學術研究得以展開，正如錢理群所總結的，「一方面，是要讓歷次政治運動中被排斥在文學之外的作家作品歸位，恢復其被剝奪的被研究的權利，恢復其應有的歷史地位；另一方面，則是對原有的研究對象與課題在新的研究視野、觀念與方法下進行新的開掘與闡釋，而這兩個方面都具有重新評價的性質與意義」。〔註3〕在這樣的「平反」式的作家重評和研究視野的擴展中，原來受到批判的胡適、新月派、七月派等作家流派、被忽略的自由主義作家沈從文、錢鍾書、張愛玲等開始重新獲得正視，甚至以鴛鴦蝴蝶派為代表的通俗文學也在現代文學發展的整體視野中獲得應有的地位。突破了僅從政治立場審視文學的狹窄視野，以現代精神為追求目標的歷史闡釋框架起到了很好的「擴容」作用，這就是所謂的「主流」、「支流」與「逆流」之說，借助於這一原本並非完善的概括，我們的現代文學終於不僅保有主流，也容納了若干

〔註2〕王瑤：中國現代文學研究的歷史和現狀〔J〕，華中師大學報，1984（4）：2。
〔註3〕錢理群：我們所走過的道路——《中國現代文學研究叢刊》100 期回顧〔J〕，中國現代文學研究叢刊，2004（4）：5。

支流，理解了一些逆流，一句話，可以研究的空間大大的擴展了。

在研究空間內部不斷拓展的同時，80 年代現代文學研究視野的擴展更引人注目，這就是在「走向世界」的開闊視野中，應用比較文學的研究方法，考察中國現代文學與外國文學的關係，建立起中國現代文學和世界文學之間廣泛而深入的聯繫。代表作有李萬鈞的《論外國短篇小說對魯迅的影響》（1979年）、王瑤的《論魯迅與外國文學的關係》、溫儒敏的《魯迅前期美學思想與廚川白村》（1981 年）。陝西人民出版社推出了「魯迅研究叢書」，魯迅與外國文學的關係成為其中重要的選題，例如戈寶權的《魯迅在世界文學上的地位》、王富仁《魯迅前期小說與俄羅斯文學》、張華的《魯迅與外國作家》等。80 年代的現代文學研究首先是以魯迅為中心，建立起與世界文學的廣泛聯繫，這樣的比較研究有力地證明了現代文學的價值不僅僅侷限於革命史的框架內，現代文學是中國社會由傳統向現代的轉變中並逐步融入世界潮流的精神歷程的反映，現代化作為衡量文學的尺度所體現出的「進化」色彩，反映出當時的研究者急於思想突圍的歷史激情，並由此激發起人們對「總體文學」——「世界文學」壯麗圖景的想像。曾小逸主編的《走向世界》，陳思和的《中國新文學整體觀》、黃子平、陳平原和錢理群的《二十世紀中國文學三人談》，對 20 世紀 80 年文學史總體架構影響深遠的這幾部著作都洋溢著飽滿的「走向世界」的激情。掙脫了數十年的文化封閉而與世界展開對話，現代文學研究的視野陡然開闊。「走向世界」既是我們主動融入世界潮流的過程，也是世界湧向中國的過程，由此出現了各種西方思想文化潮水般湧入中國的壯麗景象。在名目繁多的方法轉換中，是人們急於創新的迫切心情，而這樣的研究方法所引起的思想與觀念的大換血，終於更新了我們原有的僵化研究模式，開拓出了豐富的文學審美新境界，讓中國現代文學的學術研究有了自我生長的基礎和未來發展的空間。與此同時，國外漢學家的論述逐步進入中國，帶給了我們新的視野，如夏志清《中國現代小說史》、司馬長風《中國新文學史》，給予中國學者極大的衝擊。在多向度的衝擊回應中，現代文學的研究成為 1980 年代學術研究的顯學。

相對於在和西方文學相比較的視野中來發掘現代文學的世界文學因素並論證其現代價值而言，真正有撼動力量的還是中國學者從思想啟蒙出發對中國現代文學學術思想方法的反思和探索。一系列名為「回到中國現代文學本身」的研究決堤而出，大大地推進了我們的學術認知。這其中影響最大的包

括王富仁對魯迅小說的闡釋，錢理群對魯迅「心靈世界」的分析，汪暉對「魯迅研究歷史的批判」，以及凌宇的沈從文研究，藍棣之的新詩研究，劉納對五四文學的研究，陳平原對中國現代小說模式的研究，趙園對老舍等的研究，吳福輝對京派海派的研究，陳思和對巴金的研究，楊義對眾多小說家創作現象的打撈和陳述等等。這些研究的一個鮮明特點，就是立足於中國現代作家的獨立創造性，展現出現代文學在中國思想文化發展史上所具有的獨特認識價值和審美價值。作為 1980 年代文學史研究的兩大重要口號（概念）也清晰地體現了中國學者擺脫政治意識形態束縛，尋找中國現代文學獨立發展規律的努力，這就是「二十世紀中國文學」與「重寫文學史」，如今，這兩個口號早已經在海內外廣泛傳播，成為國際學界認可的基本概念。

　　今天的人們對「文學」更傾向於一種「反本質主義」的理解，因而對 1980 年代的「回到本身」的訴求常常不以為然。但是，平心而論，在新時期思想啟蒙的潮流之中，「回到本身」與其說是對文學的迷信不如說是借助這一響亮的口號來祛除極左政治對學術發展的干擾，使得中國的現代文學研究能夠在學術自主的方向上發展，理解了這一點，我們就能夠進一步發現，1980 年代的中國學術雖然高舉「文學本身」的大旗，卻並沒有陷入「純文學」的迷信之中，而是在極力張揚文學性的背後指向「人性復歸」與精神啟蒙，而並非是簡單地回到純粹的文學藝術當中。同樣借助回到魯迅、回到五四等，在重新評估研究對象的選擇中，有著當時人們更為迫切的思想文化問題需要解決。正如王富仁在回顧新時期以來的魯迅研究歷史時所指出的：「迄今為止，魯迅作品之得到中國讀者的重視，仍然不在於它們在藝術上的成功……中國讀者重視魯迅的原因在可見的將來依然是由於他的思想和文化批判。」〔註4〕「回到魯迅」的學術追求是借助魯迅實現思想獨立，「這時期魯迅研究中的啟蒙派的根本特徵是：努力擺脫凌駕於自我以及凌駕於魯迅之上的另一種權威性語言的干擾，用自我的現實人生體驗直接與魯迅及其作品實現思想和感情的溝通。」〔註5〕80 年代現代文學研究中無論是影響研究下對現代文學中西方精神文化元素的勘探，還是重寫文學史中敘史模式的重建，或是對歷史起源的

〔註4〕 王富仁：中國魯迅研究的歷史與現狀（連載十一）〔J〕，魯迅研究月刊，1994（12）：45。
〔註5〕 王富仁：中國魯迅研究的歷史與現狀（連載十）〔J〕，魯迅研究月刊，1994（11）：39。

返回，最核心的問題就是思想解放，人們相信文學具有療傷和復歸人性的作用，同時也是獨立精神重建的需要。80 年代的主流思想被稱之為「新啟蒙」，其意義就是借助國家改革開放和思想解放的歷史大趨勢，既和主流意識形態分享著對現代化的認可與想像，也內含著知識分子重建自我獨立精神的追求。因此 80 年現代文學不在於多麼準確地理解了西方，而是借助西方、借助五四，借助魯迅激活了自身的學術創造力。相比 90 年代日益規範的學術化取向，80 年代現代研究最主要的貢獻就是開拓了研究空間，更新了學術話語，激活了研究者獨立的精神創造力。當然，感性的激情難免忽略了更為深入的歷史探尋和更為準確東西對比。在思想解放激情的裹挾下，難免忽略了對歷史細節的追問和辨析。這為 90 年代的知識考古和文化研究留下展開空間，但是 80 年代的帶有綜合性的學術追求中，文化和歷史也是 80 年代現代文學研究的自覺學術追求。錢理群當時就指出：「我覺得『二十世紀中國文學』這個概念還要求一種綜合研究的方法，這是由我們的研究對象所決定的。現代中國很少『為藝術而藝術』的純文學家，很少作家把自己的探索集中於純文學的領域，他們涉及的領域是十分廣闊的，不僅文學，更包括了哲學、歷史學、倫理學、宗教學、經濟學、人類學、社會學、民俗學、語言學、心理學，幾乎是現代社會科學的一切領域。不少人對現代自然科學也同樣有很深的造詣。不少人是作家、學者、戰士的統一。這一切必然或多或少、或隱或顯地體現到他們的思想、創作活動和文學作品中來。就像我們剛才講到的，是一個四面八方撞擊而產生的一個文學浪潮。只有綜合研究的方法，才能把握這個浪潮的具體的總貌。」〔註6〕，80 年代對現代文學研究綜合性的強調，顯然認識到現代文學與社會歷史文化廣闊的聯繫，只不過 80 年代更多的是從靜態的構成要素角度理解現代文學的內部和外部之間的聯繫，而不是從動態的生產與創造的角度進行深入開掘，但 80 年代這樣的學術理念與追求也為 90 年代之後學術規範之下現代文學研究的「精耕細作」奠定了基礎。

三、1990 年代：進入「規範」的中國現代文學研究

　　1990 年代，中國社會發生了很大的改變。在國家政治的新的格局中，知識分子對 1980 年代啟蒙過程中「西化」傾向的批判成為必然，同時，如何借

〔註6〕陳平原、錢理群、黃子平：「二十世紀中國文學」三人談‧方法〔J〕，讀書，
　　　　1986（3）。

助「學術規範」建立起更「科學」、「理智」也更符合學術規則的研究態度開始佔據主流，當然，這種種的「規範」之中也天然地包含著知識分子審時度勢，自我規範的意圖。在這個時代，不是過去所謂的「救亡」壓倒了「啟蒙」，而是「規範化」的訴求一點一點地擠乾了「啟蒙」的激情。

1990 年代的現代文學研究首先以學術規範為名的對 1980 年代現代文學研究進行反思與清理。《學人》雜誌的創刊通常被認為是 1990 年代學術轉型的標誌，值得一提的，三位主編中陳平原和汪暉都是 1980 年代中國現代文學研究的代表性人物。

進入「規範」時代的中國現代文學研究有兩個值得注意的傾向：

一是學術研究從激情式的宣判轉入冷靜的知識考古，將學術的結論蘊藏在事實與知識的敘述之中。從 1990 年代開始，《中國現代文學叢刊》開始倡導更具學術含量的研究選題。分別在 1991 年第 2 期開設「現代作家與地域文化專欄」，1993 年第 4 期設「現代作家與宗教文化」專欄，1994 年第 1 期開闢「淪陷區文學研究專號」，1994 年第 4 期組織了「現代女性文學研究」專欄。這種學術化的取向，極大地推進了現代文學向縱深領域拓展，出現了一批富有代表性的成果。如嚴家炎主持的「二十世紀中國文學與區域文化叢書」（1995 年）和「二十世紀中國文學研究叢書」（1999～2000 年），前者是探討地域文化和現代文學的關係，後者側重文學思潮和藝術表現研究。在某一個領域深耕細作的學者大多推出自己的代表作，如劉納的《嬗變——辛亥革命時期的中國文學》（1998 年），從中國文學發展的內部梳理五四文學的發生；范伯群主編的《中國近現代通俗文學史》（2000 年），有關現代文學的擴容討論終於在通俗文學的研究上有了實質性的成果；再如文學與城市文化的研究包括趙園的《北京：城與人》（1991 年）、李今的《海派文化與都市文化》（2000 年）等研究成果。隨著學術對象的擴展，不但民國時期的舊體詩詞、地方戲劇等受到關注，而且和現代文學相關的出版傳媒，稿酬制度，期刊雜誌，文學社團，中小學及大學的文學教育等作為社會生產性的制度因素一併成為學術研究對象。劉納的《創造社與泰東書局》（1999）；魯湘元的《稿酬怎樣攪動文壇——市場經濟與中國近代文學》（1998 年）；錢理群主編的「二十世紀中國文學與大學文化叢書」等都是這方面具有代表性的研究成果。90 年代中期，作為現代文學學科重要奠基人的樊駿曾認為「我們的學科，已經不再年輕，正在走向成熟。」而成熟的標誌，就是學術性成果的陸續推出，「就整體而言，

我們正努力把工作的重點和目的轉移到學術建設上來，看重它的學術內容學術價值，注意科學的理性的規範，使研究成果具有較多的學術品格與較高的學術品位，從而逐步成為真正意義上的學術工作。」〔註7〕

　　二是對文獻史料的越來越重視，大量的文獻被挖掘和呈現，同時提出了現代文獻的一系列問題，例如版本、年譜、副文本等等，文獻理論的建設也越發引起人們的重視。從80年代學界不斷提出建立「中國現代文學文獻學」的呼籲。《中國現代文學研究叢刊》1985年第1期刊登了馬良春《關於建立中國現代文學「史料學」的建議》，提出了文獻史料的七分法：專題性研究史料、工具性史料、敘事性史料、作品史料、傳記性史料、文獻史料和考辨史料。1989年《新文學史料》在第1、2、4期上連續刊登了樊駿的八萬多字的長文《這是一項宏大的系統工程——關於中國現代文學史料工作的總體考察》，樊駿先生就指出：「如果我們不把史料工作僅僅理解為拾遺補缺、剪刀漿糊之類的簡單勞動，而承認它有自己的領域和職責、嚴密的方法和要求，特殊的品格和價值——不只在整個文學研究事業中佔有不容忽視、無法替代的位置，而且它本身就是一項宏大的系統工程，一門獨立的複雜的學問；那麼就不難發現迄今所做的，無論就史料工作理應包羅的眾多方面和廣泛內容，還是史料工作必須達到的嚴謹程度和科學水平而言，都還存在許多不足。」1989年成立了中華文學史料學會，並編輯出版了會刊《中華文學史料》。借助90年代「學術性」被格外強調，「學術規範」問題獲得鄭重強調和肯定的大環境，許多學者自覺投入到文獻收藏、整理與研究的領域，涉及現代文學史料的一系列新課題得以深入展開，例如版本問題、手稿問題、副文本問題、目錄、校勘、輯佚、辨偽等，對文獻史料作為獨立學科的價值、意義和研究方法等方面都展開了前所未有的討論。其中的重要成果有賈植芳、俞桂元主編的《中國現代文學總書目》（1993年）、陳平原、錢理群等編《二十世紀中國小說理論資料》五卷（1997年），錢理群主編的「中國淪陷區文學大系」（1998～2000），延續這一努力，劉增人等於2005年推出了100多萬字的《中國現代文學期刊史論》，既有「中國現代文學期刊敘錄」，又有「中國現代文學期刊研究資料目錄」的史料彙編。不僅史料的收集整理在學術研究上獲得了深入發展，「五四」以來許多重要作家的全集、文集和選集在90年代被重新編輯出版。如浙

〔註7〕樊駿：我們的學科，已經不再年輕，正在走向成熟〔J〕，中國現代文學研究叢刊，1995（2）：196～197。

江文藝出版社推出的《中國現代經典作家詩文全編書系》，共 40 種，再如冠以經典薈萃、解讀賞析之類的更是不勝枚舉。這些選本文集的出版，現代文學研究領域的許多學者都參與其中，既普及了現代文學的影響力，又在無形中重新篩選著經典作家。比如 90 年代隨著有關張愛玲各種各樣的全集、選集本的推出，在全國迅速形成了張愛玲熱，為張愛玲的經典化產生了重要作用。

　　1990 年代現代文學研究的學術化轉向，包含著意味深長的思想史意義。作為這一轉向的倡導者的汪暉，在 1990 年代就解釋了這一轉向所包含的思想意義：「學術規範與學術史的討論本是極為專門的問題，但卻引起了學術界以至文化界的廣泛注意，此事自有學術發展的內在邏輯，但更需要在 1989 年之後的特定歷史情境中加以解釋。否則我們無法理解：這樣專門的問題為什麼會變成一個社會文化事件，更無從理解這樣的問題在朋友們的心中引發的理性的激情。學者們從對 80 年代學術的批評發展為對近百年中國現代學術的主要趨勢的反思。這一面是將學術的失範視為社會失範的原因或結果，從而對學術規範和學術歷史的反思是對社會歷史過程進行反思的一種特殊方式；另一方面則是借助於學術，內省晚清以來在西學東漸背景下建立的現代性的歷史觀，雖然這種反思遠不是清晰和自覺的。參加討論的學者大多是 80 年代學術文化運動的參與者，這種反思式的討論除了學術上的自我批評以外，還涉及在政治上無能為力的知識者在特定情境中重建自己的認同的努力，是一種化被動為主動的社會行為和歷史姿態。」〔註8〕汪暉為 1990 年代的學術化轉向設定了這麼幾層意思：1990 年代的學術化轉向是建立在對 1980 年代學術的反思基礎上，而且將學術的失範和社會的失範聯繫起來，進而對學術規範和學術史的反思也就對社會歷史的一種特殊反思，由此對所謂主導學術發展的現代性歷史觀進行批判。汪暉後來甚至認為：「儘管『新啟蒙』思潮本身錯綜複雜，並在 80 年代後期發生了嚴重的分化，但歷史地看，中國『新啟蒙』思想的基本立場和歷史意義，就在於它是為整個國家的改革實踐提供意識形態的基礎的。」〔註9〕一方面認為 80 年代以新啟蒙為特點的學術追求是造成社會失範的原因或結果，一方面又認為這一學術追求為改革實踐提供了意識

〔註8〕羅崗、倪文尖編：90 年代思想文選（第一卷）〔C〕，南寧：廣西人民出版社，2000 年：6〜7。

〔註9〕羅崗、倪文尖編：90 年代思想文選（第一卷）〔C〕，南寧：廣西人民出版社，2000 年：280。

形態基礎，在這帶有矛盾性的表述中，依然跳不出從社會政治框架衡量學術意義的思維。但由此所引發的問題卻是值得深思的：現代文學作為一門學科的根本基礎和合法性何在？1990 年代的學術轉向，試圖以學術化的取向在和政治保持適當的距離中重建學科的合法性，即所謂的告別革命，回歸學術，學術研究只是社會分工中的一環，即陳思和所言的崗位意識：「我所說的崗位意識，是知識分子在當代社會中的一種自我分界。……（崗位的）第一種含義是知識分子的謀生職業，即可以寄託知識分子理想的工作。……另一層更為深刻也更為內在的意義，即知識分子如何維繫文化傳統的精血」。〔註 10〕這就更顯豁的表達出 1990 年代學術轉型所抱有的思想追求，現代文學不再是批判性知識和思想的策源地，而是學科分工之下的眾多門類之一，消退理想主義者曾經賦予自身的思想光芒和啟蒙幻覺，回歸到基本謀生層面，以工匠的精神維持一種有距離的理性主義清醒。

　　不過，這種學術化的轉型和 1990 年代興起的後學思潮相互疊加，卻也開始動搖了現代文學這門學科的基礎。如果說學術化轉向是帶著某種認真的反思，並在學術層面上對現代文學研究做出了一定的推進，而 90 年代伴隨著後學理論的興起，則從思想觀念上擾亂了對現代文學的認識和評價。借助於西方文化內部的反叛和解構理論，將對西方自文藝復興至啟蒙運動所形成的「現代性」傳統展開猛烈批判的後現代主義（還包括解構主義、後殖民主義等等）挪用於中國，以此宣布中國的「現代性終結」，讓坍頭於現代化追求和想像的人們無比的尷尬和震驚：

　　　　「現代性」無疑是一個西方化的過程。這裡有一個明顯的文化
　　等級制，西方被視為世界的中心，而中國已自居於「他者」位置，
　　處於邊緣。中國的知識分子由於民族及個人身份危機的巨大衝擊，
　　已從「古典性」的中心化的話語中擺脫出來，經歷了巨大的「知識」
　　轉換（從鴉片戰爭到「五四」的整個過程可以被視為這一轉換的過
　　程，而「五四」則可以被看作這一轉換的完成），開始以西方式的「主
　　體」的「視點」來觀看和審視中國。〔註 11〕

〔註 10〕陳思和：知識分子在現代社會轉型期的三種價值取向〔J〕，上海文化，1993
　　　　（1）。
〔註 11〕張頤武：「現代性」終結——一個無法迴避的課題〔J〕，戰略與管理，1994（3）：
　　　　106。

以西方最新的後學理論對五四以來的現代文學做出了理論上的宣判，作為「他者」狀況反映的現代文學的價值受到了懷疑。「現代性」作為 90 年代現代文學研究的核心關鍵詞，就是在這樣的質疑聲中登陸中國學術界。人們既在各種意義飄忽不定的現代性理論中進行知識考古式的辨析和確認，又在不斷的懷疑和顛覆中迷失了對自我感受的判斷。這種用最新的西方理論宣判另一種西方理論的終結的學術追求卻反諷般地認為是在維護我們的「本土性」和「中華性」，而其中的曖昧，恰如一位學人所指出的：「在我看來，必須意識到 90 年代大陸一些批評家所鼓吹的『後現代主義』與官方新意識形態之間的高度默契。比如，有學者把大眾文化褒揚為所謂『社會主義初級階段特色』，異常輕易地把反思都嘲弄為知識分子的精英立場；也有人脫離本土的社會文化經驗，激昂地宣告『現代性』的終結，歡呼中國在『走向一個小康』的理想時刻。這就不僅徹底地把『後現代』變成了一個完全『不及物』的能指符號，而且成為了對市場和意識形態地有力支持和論證。」〔註12〕

正是在「現代性」理論的困擾中，1990 年代後期，人們逐漸認識到源自於西方的「現代性」理論並不能準確概括中國的歷史經驗，而文學做為感性的藝術，絕非是既定思想理念的印證。1980 年代我們在急於走向世界的激情中，只揭示了西方思想文化如何影響了現代文學，還沒有更從容深入的展示出現代作家作為精神文化創造者的獨立性和主體性。但是無論十七年時期現代文學作為新民主主義革命的有力組成部分，還是 1980 年代的現代化想像，現代文學都是和國家文化的發展建設緊密聯繫在一起，學科合法性並未引起人們的思考。1990 年代的學術化取向和現代性內涵的考古發掘，都在逼問著現代文學一旦從總體性的國家文化結構中脫離出來，在資本和市場成為社會主導的今天，現代文學如何重建自身的學科合法性，就成為新世紀以來現代文學學術研究的核心問題。作為具有強烈歷史實踐品格和批判精神的現代文學，顯然不能在純粹的學術化取向中獲得自身存在的意義，需要在與社會政治保持適度張力的同時激活現代文學研究在思想生產中的價值和意義。

四、新世紀以後：思想分化中的現代文學研究

1980 年代的現代文學研究貫穿著思想解放與觀念更新的歷史訴求：1990

〔註12〕張春田：從「新啟蒙」到「後革命」——重思「90 年代」的中國現代文學研究〔J〕，現代中文學刊，2010（3）：59。

年代則是探尋學科研究的基礎與合法性何在，而新世紀開啟的文史對話則屬於重新構建學術自主性的追求。

面對遭遇學科危機的現代文學研究，1990 年代後期已經顯現的知識分子的思想分化在中國現代文學研究中更加明顯地表現了出來。圍繞對二十世紀重要遺產——革命的不同的認知，不同思想派別對中國現代文學的肯定和否定趨向各自發展，距離越來越大。「新左派」認定「革命」是 20 世紀重要的遺產，對左翼文學價值的挖掘具有對抗全球資本主義滲透的特殊價值，「再解讀」思潮就是對左翼——延安一直至當代文學「十七年」的重新肯定，這無疑是打開了重新認識中國現代文學「革命文化」的新路徑，但是，他們同時也將 1980 年代的思想啟蒙等同於自由主義，並認定正是自由主義的興起、「告別革命」的提出遮蔽了左翼文學的歷史價值，無疑也是將更複雜的歷史演變做了十分簡略的歸納，而對歷史複雜的任何一次簡單的處理都可能損害分歧雙方原本存在的思想溝通，讓知識分子陣營的分化進一步加劇。當然，所謂自由主義知識分子群體也未能及時從 1980 年代的「平反「邏輯中深化發展，繼續將歷史上左翼文化糾纏於當代極左政治，放棄了發掘左翼文化正義價值的耐性，甚至對魯迅與左翼這樣的重大而複雜的話題也作出某些情緒性的判斷，這便深深地影響了他們理論的說服力，也阻斷了他們深入觀察當代全球性的左翼思潮的新的理論基礎，並基於「理解之同情」的方向與之認真對話。

新世紀以來中國現代文學研究的推進和發展，首先體現在超越左／右的對立思維、在整合過往的學術發展經驗的基礎上建構基於真實歷史情境的文學發展觀，對中國現代文學研究更有推動性的努力是文學史觀念的繼續拓展，以及新的學術方法的嘗試。

我們看到，1980 年代後期的「重寫文學史」的願望並沒有就此告終，在新世紀，出現了多種多樣的探索。

一是從語言角度嘗試現代文學史的新寫作。展開了中國現代文學研究的語言維度的努力，先後出現了曹萬生主編的《中國現代漢語文學史》（2007 年）和朱壽桐主編的《漢語新文學通史》（2010 年）。這兩部文學史最大的特點是從語言的角度整合以往限於歷史性質判別和國別民族區分而呈現出某種「斷裂」的文學史敘述。曹著是從現代漢語角度來整合中國現代文學和當代文學，從而將五四之後以現代漢語寫作的文學作品作為文學史分析的整體，「中國現代漢語文學包容了啟蒙論、革命論、再啟蒙論、後現代論、消費性與傳媒論

所主張的內容」。〔註13〕那些曾經矛盾重重的意識形態因素在工具性的語言之下獲得了某種統一。在這樣的語言表達工具論之下的文學史視野中,和現代文學並行的文言寫作自然被排除在外,而臺灣文學港澳文學甚至旅外華人以現代漢語寫作的文學都被納入,甚至網絡文學、影視文學和歌詞也受到關注。但其中內涵的問題是現代漢語作為僅有百年歷史的語言形態,其未完成性對把握現代漢語的特點造成了不小的困擾,以這樣一種仍在變化發展的語言形態作為貫穿所有文學發展的歷史線索,依然存在不少困難。如果說曹著重在語言表達作為工具性的統一,那麼朱著則側重於語言作為文化統一體的意義。文學作為一種文化形態,其基礎在於語言,「由同一種語言傳達出來的『共同體』的興味與情趣,也即是同一語言形成的文化認同」,「文學中所體現的國族氣派和文化風格,最終也還是落實在語言本身」,〔註14〕那麼作為語言文化統一形態的「漢語新文學」這一概念所承擔的文學史功能就是:「超越乃至克服了國家板塊、政治地域對於新文學的某種規定和制約,從而使得新文學研究能夠擺脫政治化的學術預期,在漢語審美表達的規律性探討方面建構起新的學術路徑」〔註15〕。顯然朱著的重點在以語言的文化和審美為紐帶,打破地域和國別的阻隔、中心與邊緣的區分。朱著所體現的龐大的文學史擴容問題,體現出可貴的學術勇氣,但在這樣體系龐大的通史中,語言的維度是否能夠替代國別與民族的角度,還需要進一步思考。

二是嘗試從國家歷史的具體情態出發概括百年來文學的發展,提出了「民國文學史」、「共和國文學史」等新概念。早在 1999 年陳福康借助史學界的概念,建議「現代文學」之名不妨用「民國文學」取代。後來張福貴、丁帆、湯溢澤、趙步陽等學者就這一命名有了進一步闡發。〔註16〕在這帶有歷史還原意味的命名的基礎上,李怡提出了「民國機制」的觀點,這一概念就是希望進入文史對話的縱深領域,即立足於國家歷史情境的內部,對百年來中國文學轉換演變的複雜過程、歷史意義和文化功能提出新的解釋,這也就是從國

〔註13〕曹萬生主編:中國現代漢語文學史〔M〕,北京:中國人民大學出版社,2007:8。

〔註14〕朱壽桐主編:漢語新文學通史〔M〕,廣州:廣東人民出版社,2010:12~13。

〔註15〕朱壽桐主編:漢語新文學通史〔M〕,廣州:廣東人民出版社,2010:8。

〔註16〕參見張福貴:從「現代文學」到「民國文學」——再談中國現代文學的命名問題〔J〕,文藝爭鳴,2011(11)及丁帆:給新文學史重新斷代的理由——關於「民國文學」構想及其他的幾點補充意見〔J〕,中國現代文學研究叢刊,2011(3)等。

家歷史情境中的社會機制入手，分析推動和限制文學發展的歷史要素。〔註17〕
這些探索引起了學術界不同的反應，也先後出現了一些質疑之聲，不過，重
要的還是究竟從這一視角出發能否推進我們對現代文學具體問題的理解。在
這方面花城出版社先後推出了「民國文學史論」第一輯、第二輯，共17冊，
山東文藝出版社也推出了10冊的「民國歷史文化與中國現代文學研究」的大
型叢書，數十冊著作分別從多個方面展示了民國視角的文學史意義，可以說
是初步展示了相關研究的成果，在未來，這些研究能否深入展開是決定民國
視角有效性的關鍵。

值得一提的還有源於海外華文文學界的概念——華語語系文學。目前，
這一概念在海外學界影響較大，不過，不同的學者（如史書美與王德威）各
自的論述也並不相同，史書美更明確地將這一概念當作對抗中國大陸現代文
學精神統攝性的方式，而王德威則傾向於強調這一概念對於不同區域華文文
學的包容性。華語語系文學的提出的確有助於海外華文寫作擺脫對中國中心
的依附，建構各自獨特的文學主體性，不過，主體性的建立是否一定需要在
對抗或者排斥「母國」文化的程序中建立？甚至將對抗當作一種近於生理般
的反應？是一個值得認真思考的問題。

新世紀以來，方法論上的最重要的探索就是「文史對話」的研究成為許
多人認可並嘗試的方法。「文史對話」研究取向，從1980年代的重返歷史和
1990年代的文化研究的興起密切相關。1980年代在「撥亂反正」政策調整下
的作家重評就是一種基於歷史事實的文史對話，而在1980年代興起的「文化
熱」，也可以看成是將歷史轉化為文化要素，以「文化視角」對現代文學文本
與文學發展演變進行的歷史分析。在1980年代非常樸素的文史對話方式中，
我們看到一面借助外來理論，一面在「原始」史料的收集整理、作品閱讀的
基礎上，艱難地形成屬於中國文學發展實際的學術概念。而隨著1990年代西
方大量以文化研究和知識考古為代表的後學理論湧入中國後。特別是受文化
理論的影響，1980年代基於樸素的文化視角研究現代文學的歷史化取向，轉
變為文化研究之下的泛歷史化研究。1990年代的「文化研究」不同於1980年
代「文化視角」的區別在於：1980年代文化只是文學文本的一個構成性或背
景性的要素，是以文學文本為中心的研究；而受西方文化研究理論的影響，

〔註17〕李怡：民國機制：中國現代文學的一種闡釋框架〔J〕，廣東社會科學，2010
（6）：132。

1990 年代的文化研究是將社會歷史看成泛文本，歷史文化本身的各種元素不再是論述文學文本的背景性因素，它們也是作為文本成為研究考察的對象。在文化研究轉向影響下的 90 年代中後期的現代文學研究，突破了以文學文本為中心，而從權力話語的角度將文學文本放在複雜的歷史文化中進行分析，這樣文化研究就和歷史研究獲得了某種重合，特別是受福柯、新曆史主義等理論的影響，文學文本和其他文本之間的權力關係成為關注的重點。

這樣就形成了 1980 年代作家重評與文化視角之下的文史對話，和 9190 年中後期已降的在文化研究理論啟發和構造之下的文史對話，而這兩種文史對話之間的矛盾或者說差異，根本的問題在於如何基於中國經驗而重構我們學術研究的自主性問題。1980 年代的文史對話是置身在中國學術走出國門、引入西方思潮的強烈風浪中，緊張的歷史追問後面飄動著頗為扎眼的「西化」外衣，而對中國問題的思考和關注則容易被後來者有意無意的忽略，特別在西方理論影響和中國問題發現之間的平衡與錯位中的學術創新焦慮，更讓我們容易將自己的學術自主性建構問題遮蔽。文化研究之下的權力話語分析確實打開了進入堅硬歷史骨骼的有效路徑，但這樣的分析在解構權力、拆解宏達敘述的同時，則很容易被各種先行的理論替代了歷史本身，而真實的歷史實踐問題則很容易被規整為各種脫離實際的理論構造。而且在瓦解元敘述的泛文本分析中，歷史被解構成碎片，文學本身也淹沒在各種繁複的話語分析中而不再成為審美經驗的感性表達，歷史和文學喪失了區分，實質上也消解了文史對話的真正展開。所以當下文史對話的展開，必須在更高的層次上融合過往的學術經驗。中國學術研究的自主性必須基於對自身歷史經驗的分析和提煉，形成符合中國文學自身發展的學術概念和話語體系，但是這樣強調本土經驗的優先性，特別是對「中國特色」和「中國道路」的道德化強調中，我們卻要警惕來自狹隘的民族主義的干擾和破壞；同時對於西方理論資源，必須看成是不斷打開我們認識外界世界的有力武器，而不能用理論替代對歷史經驗的分析。因此當下以文史對話為追求的現代文學研究，不僅僅是對西方理論話語的超越，更是對自身學術發展經驗的反思與提升。質言之，應該是對 1980 年代啟蒙精神與 1990 年代學術化取向的深度融合。

在以文史對話為導向的學術自主性建構中，作為可借鑒的資源，我們首先可以激活有著深厚中國學術傳統的「大文學」史觀，這一「大文學」概念的意義在於：一是突破西方純文學理論的文體限制，將中國作家多樣化的寫作

納入研究範圍，諸如日記、書信及其他思想隨筆，包括像現代雜文這種富有爭議的形式也由此獲得理所當然的存在理由；二是對文學與歷史文化相互對話的根據與研究思路有自覺的理論把握，特別是「大文學」這一概念本身的中國文化內涵，將為我們「跨界」闡釋中國文學提供理論支撐。當然在今天看來，最需要思考的問題是如何在「文史對話」之中呈現「文學」的特點，文史對話在我們而言還是為了解決文學的疑問而不是歷史學的考證。如此在呈現中國文學的歷史複雜性的同時，也建構出屬於我們自己的具有自主性的學術話語體系，從而為未來的現代文學研究開闢出廣闊的學術前景。

此文與王永祥先生合著

文學欣賞，
在審美中放飛心靈（代序）〔註1〕

孟慶奇（武漢大學寫作學博士生）：陳老師，感謝您接受我們的採訪。您長期從事文學研究，今天請您談談文學欣賞的問題。

陳國恩：很高興有這麼一次交流的機會。文學欣賞，我理解，就是在審美中放飛心靈。莊子在《逍遙遊》中說：「若夫乘天地之正，而御六氣之辯，以遊無窮者，彼且惡乎待哉！故曰：至人無己，神人無功，聖人無名。」在莊子看來，「逍遙」即「無己」，做到「物我同一」，以「乘天地之正，而御六氣之辯，以遊無窮。」這是一種心靈自由的狀態，也是一種審美的狀態。

人要受社會關係的限制，然而心靈可以通過審美達到自由的狀態。文學欣賞，是欣賞者作為主體的一種高度自由的心智活動。作家所寫的風景、故事、人物的性格以及千奇百怪的命運，允許欣賞者在專注的狀態中憑藉想像，進行重新組織，轉化為「我」所看到的風景、「我」所認識的人物，「我」所理解的這些人的悲歡。在此過程中，欣賞者雖然受制於作品的描寫，然而也可以超越作品描寫的限制，憑個性化的想像把作品的意義引向與眾不同的方向。個性化的想像，是文學欣賞的基礎。欣賞者與眾不同的發現，有時會讓作者也感到意外。文學是人學，人是歷史的產物，生命是運動的，每一個人對世

〔註1〕2021 年 3 月 17 日、24 日，分 2 次為武大寫作學博士生講了「文學欣賞與批評」的專題。這部分是根據 3 月 17 日講的文學欣賞部分的錄音整理而成，說的是我對文學欣賞的一點淺見，整理為訪談形式後發表在《名作欣賞》2021年第 9 期。現作為代序，特向小孟表示感謝。

界和社會的觀察，都只能取特定的角度，不可能窮盡世界的全部真相和人類的全部意義。對文學作品中的人事的審美關注，因為增加了一層作家與他創造的人物的關係，變得格外複雜了。這告訴我們什麼？

首先，它告訴我們，欣賞者面對作品時要對自己有充分的自信，相信自己的第一印象，相信自己的發現和理解。在審美實踐中，要敢於獨斷。有人常常會懷疑自己是不是看懂了，其實懂與不懂是非常個性化的，你的所謂「懂」跟我的「懂」會很不相同。作品的意義，相當程度上因為欣賞者本身的修養、他在欣賞時所預設的目的之不同而呈現出差異。這種差異性並不妨礙不同理解的各自真實性，你的個性化的感覺與我的個性化感覺可以並存，很多時候並非你對我錯，而是各自的獨特發現。社會生活的綜合性、立體性的展開，為每個人從自己的角度發現生活的意義提供了前提和條件。這時，老師與學生也是平等的，老師沒有特權。老師因為有些經驗，可以引導，但不能代替學生個人的感覺。審美欣賞，理想的境界就是從個體化經驗出發，憑審美直覺發現與眾不同的意義。所謂自信，就是要求我們充分認識到審美主體剎那間感覺的可信性。有了這樣的自信，審美才是自由的，也才有可能進行更有意義的深入思考和探索。

汪曾祺的《受戒》，寫小女孩與小和尚之間兩小無猜、牽腸掛肚的純潔友誼，受到廣泛的讚譽，但欣賞這種平淡而深邃的美，需要很好的文化修養，也要有淡泊的心境。這不是每個人所能具備的，因而肯定不是每個人都能夠認同《受戒》的美。說《受戒》寫得好，主要是文化人中比較淡漠功利、能陶醉於平淡之樂的一部分。文學欣賞中的這種個體性差異，因為帶上階層甚至某種階級色彩的分野，使問題複雜起來。但再複雜，它們之間也必有作為人類的通約性，即所謂「人同此心」作為相互理解的基礎。審美直覺的差異性與審美的「人同此心」，是歷史地統一的，否則人與人之間、今人與古人之間、中國人與外國人之間就難以溝通。許多人說《受戒》寫得好，也有人說這是寫的衣食無憂者的閒愁，但能把童年的純潔與善良寫透徹了，哪怕沒什麼文化的人也會感動。

李準寫過一個電影劇本《大河奔流》。拍攝時拍到女游擊隊員上前線，要離開襁褓中的孩子，她把熟睡的孩子輕輕放在一塊石頭上，一步三回頭，當時就有人批評演員太兒女情長。可是革命的女戰士也是人，作為母親上前線告別孩子，她的依依不舍本是人之常情。越是捨不下孩子，越能顯示出她為

自由與解放上前線的英雄本色。為什麼革命的女戰士必須是鐵石心腸？這表明，階級論觀念機械地介入審美過程後，就把人簡單化了。在一些人心裏，人不是具體的人，而是某種觀念的承擔者，因而個性化的審美感受反而受到了質疑。

杜甫的《兵車行》：「車轔轔，馬蕭蕭，行人弓箭各在腰。爺娘妻子走相送，塵埃不見咸陽橋。牽衣頓足攔道哭，哭聲直上干雲霄。」如果從國家統一的立場看，杜甫這樣寫就有問題。這些人上戰場是去平定安史之亂，怎麼寫得如此淒淒慘慘戚戚，難道是人民的覺悟不高？從歷史正義的立場，杜甫可以描寫民眾踴躍奔赴前線，反擊安祿山的叛亂，寫他們深明大義。可是杜甫不是寫這一主題，更不是從李唐王朝的立場來寫，他是從底層的立場寫民眾的離亂之苦，他站在底層民眾這邊，而且是站在作為個體的受苦百姓的立場上。這是杜甫的進步性的地方，當然也就存在歷史的侷限性，即他更多地偏向作為個體的民眾，沒有達到我們今天的國家與人民相統一的時代高度。

文學欣賞有個體的差異，所以欣賞者應該有自信，充分地去享受審美的自由，從對象中找到屬人的意義。當然，這樣的自信並非沒有現實的邊界，就是你的感受和發現要有作品本身所能提供的依據，特別是要站在歷史進步的一邊。莊子說「乘天地之正，御六氣之辯」，表明他承認逍遙並非絕對的無所依憑。總之，文學欣賞，要有個性才能見你的靈光。會有經驗和修養不夠所帶來的限制，但在欣賞的時候，你必須是自信的，心靈是自由的。

孟慶奇：你說的文學欣賞具有個性差異，給我一個啟發：這意味著文學的意義不少時候是因人而異的，它並非固定不變，而是變化的？

陳國恩：大致可以這麼看。文學作品的意義是生成的，它是一個歷史地展開的過程，不會停止在某個結論上。最典型的例子中，有東晉詩人陶淵明。陶淵明在相當長一個時期裏主要是作為隱士而被稱頌，文學史地位沒有後來那樣高。這主要是因為南朝文壇認同文辭之美，陶淵明的詩平淡樸素，與主流審美觀念不合，其文學史地位難與陸機、潘岳、謝靈運等人相比。《詩品》把陶詩列為「中品」，蕭統個人雖喜愛陶淵明，但其《文選》僅收陶淵明作品八篇。這種情況到了唐宋才發生根本性變化，他的詩風也越來越作為一種田園詩的標準受到推崇。蘇軾甚至認為李白、杜甫都比不上他。陶淵明作為一流詩人的文學史地位，就此底定。究竟是同時代人對陶淵明的理解準確，還是唐宋以來的人對陶淵明理解準確？其實大可不必這樣糾結，不同的評價不

過反映了不同時代的審美趣味罷了。在陶淵明地位變遷中的時代性因素，反而值得我們深入研究。

陶淵明比較特別，屈原、李白、杜甫等著名詩人，則一直受到人們的推崇。但是推崇歸推崇，推崇他們的理由卻有所不同。今天仍有許多人在研究他們，不斷地有新的重要發現。這說明文學的經典化是一個歷史的過程，我們要對文學經典採取開放的態度，不能用形而上學的觀點看待經典。如果用形而上學的觀點看待文學，認為經典的意義會定於一尊，那只會限制和縮小經典的意義。

現實中確實有人喜歡用形而上學的觀點看文學作品，把活生生的人當成概念的化身，無視這些人物溢出概念的個性化內容。比如作品中寫到地主，他就用關於地主階級本質的尺度來對照。丁玲的《太陽照在桑乾河上》寫了不同類型的地主，有人批評她寫得不夠「真實」。這些人就是從他們所理解的地主的概念，不是從丁玲的具體描寫來評判的。他們不是從生活看人，而是從教條看生活；不是從生活中去認識人，而是脫離生活用教條來要求人，好像人是按照他們所理解的教條生活著。直面生活的優秀作家是不會按照這些人的教條創作的，不會簡單地按照概念來圖解人物。像丁玲這樣專注於土改過程中那些地主的具體性，寫出他們的個性和不同的命運，正是她高過同時代一些被本質主義思維方式束縛住想像力的作家的地方，是她的創作取得比較高成就的關鍵所在。當然，她也因此受到了教條主義的不少禍害。

孟慶奇：您剛才說到，用形而上學的觀點看待文學經典，會限制和縮小經典的意義。您似乎對文學經典有自己的理解？

陳國恩：什麼是文學經典？文學經典不會僅僅是抽象地表達人文社會科學意義上的歷史規律或者社會本質。歷史規律性與社會本質，可以直接從科學的人文社會科學著作中去瞭解，用不到通過文學，文學對此也無能為力。因為文學中的歷史規律性與社會本質是具體的，有時作家甚至未必理解得正確。比如托爾斯的不抵抗主義肯定妨礙了他對俄羅斯社會發展規律的揭示，但他寫出了俄羅斯社會的真實，受到列寧的高度肯定，稱讚他是俄羅斯的一面鏡子。不得不承認，托爾斯泰的思想錯誤與他對俄羅斯社會與人的深刻描寫，共同構成了他作品的經典性。文學經典，從根本上說不是直接提供正確的觀點，而是向後來無數代的讀者提供他們都會感覺意外然而又會給他們留下銘心刻骨經驗的作品。那樣的經驗，你從來沒經歷過，甚至不可能經歷，

但經典中的經驗讓你難以忘懷，無論痛苦還是歡樂，或者痛苦中的歡樂、歡樂中的痛苦，終生難忘。

《巴黎聖母院》的精彩，是它寫出了一種極致的愛與恨的形式，寫出了美與醜統一的奇特性。埃斯梅拉達只是要求讓卡西莫多的愛與法比的英俊外貌統一起來，但她無處尋找這種理想的愛情，她為此付出了生命的代價。雨果寫出了人生注定的不美滿甚至絕望，但經歷這樣的絕望卻讓讀者感覺到崇高的感情在心中昇華。埃斯梅拉達死了，但她的期望永恆，並在人們心中轉化為對邪惡的鞭撻。我們不可能像埃斯梅拉達、卡西莫多那樣去生活，這一輩子不可能遭遇這樣的傳奇，也絕不希望經歷這樣的命運。但是看過這部小說，你見證了這輩子不可能親歷的一種生命形態及其過程，心靈受到強烈震撼。任何個人，生命都是有限的，不可能都有那樣的奇遇。大多數人都生活在平凡中，而文學經典以其無與倫比的藝術，讓普通人在經典中活過一遍，拓展了自己的生命邊界，在有限的生命中體驗了一回「無限」的可能性。

《呼嘯山莊》同樣寫出了一種極致的生命。人們會驚訝於那樣一種扎根在靈魂深處、彼此刻骨仇恨卻又生死相依的愛情。這樣的愛情，是要死人的。誰碰到，誰倒楣。可是艾米麗·勃朗特以其驚人的才華向人們證明，這樣的悲劇性愛情的存在。我們讀了它，等於見證了千古奇緣，看到了人性的複雜遠遠超出了一般的想像。你長了見識，充實了生命——這就是經典。

托爾斯泰筆下的安娜·卡列尼娜，獨一無二。沒有一個人可能成為安娜，誰也不想成為悲劇中的她，當然許多人也就很難認同她自殺的行為。但從托爾斯泰的描寫中，人們會理解安娜內心的絕望，明白安娜有她自己的人生追求。讀了這部作品，等於見證了一個獨特的生命，明白了世間還有這樣世俗而又不失高貴優雅的女人，內心升起了悲憫的情感。可是不得不說，當你體會到悲憫的情感時，那僅僅是表明，那是你自己的心情，而世上的人是各不相同的。每個人都是獨特的，不要指望你的悲憫可以代表所有讀者。這是一種關於人生有限、人的智力有限的自知之明，與作為審美主體的自信一起，在欣賞實踐中辯證統一，從而成為文學作品的意義在歷史審美中不斷被充實起來的重要前提。

孟慶奇：您總是圍繞著人的具體性和個性化來談論文學欣賞的問題，注重欣賞者與作品之間的心靈契合。但是，文學作品也有形式之美。

陳國恩：是的。欣賞，當然包括欣賞文學的精緻，它的形式之美。英國

視覺藝術評論家克萊夫‧貝爾提出了「有意味的形式」，雖然他的本意是為了把藝術與日常事物區別開來，強調形式的純粹性，但他這一觀點的價值在於把純粹形式與藝術家的審美情感聯繫起來，重視形式背後藝術家的審美情感的重要性。這改變了我們傳統的內容與形式兩分法的觀點。傳統的形式觀念，把形式看成表達內容的手段，什麼樣的內容有什麼樣的形式，形式處於從屬地位，這導致我們從表達技巧方面來理解形式的價值。「有意味的形式」，則重視藝術家的審美情感透過形式得以貫徹的意義。在審美情感貫徹落實的過程中，它既影響了形式的選擇，也決定了內容的表達。這時的形式不再是被動地從屬內容的東西，而是具有獨立性，能夠影響內容表達，甚至它本身的某些方面就是「內容」。

從創作的心理過程看，當作家表達感情或者觀念時，他有一個如何寫得讓自己感動從而也讓讀者感動的問題。他要考慮怎麼寫，一切形式方面的結構、技巧、手法，乃至語言的節奏等，都要為這個目的服務。可是能如願嗎？不一定，這要受到語言可能性的限制。現代主義文學普遍地有一種表達的焦慮，就因為人們意識到的、朦朧地感受到的東西不一定能如願地表達出來。索緒爾說語言是存在之家，人的存在可以還原到語言。語言能夠表達到什麼範圍，存在的意義可以拓展到什麼範圍。文學家的成功，相當程度上取決於他如何從語言找到相應的形式，形式對他要表達的內容有一個不斷地修正、提升、集中、美化的過程。形式，成了「有意味的形式」，不再是傳統的形式觀中的從屬內容的那種形式了。這一觀念上的改變，影響非常深遠，它至少改變了我們文學欣賞的可能性，不是僅僅就文學作品的內容來欣賞內容，還可以把內容與形式聯繫起來，從形式的方面來理解內容，發現作品的美。

譬如《雷雨》，悲劇的內容無須贅述，我們就講它的結構。《雷雨》的悲劇性很大程度上是通過它的結構得以強化的。陳瘦竹先生 1961 年在《文學評論》上發表文章，提出《雷雨》的結構是「用過去的戲劇推動現在的戲劇」。這一結構方式把衝突高度地集中，總共八個人最後非死即走，留下來的承受著良心的譴責。這一結構成功關鍵，是如何把三十年前侍萍被趕出周家與三年前蘩漪、周萍「鬧鬼」的事引入當下的劇情。沒有三十年前侍萍被趕出周家和三年前的「鬧鬼」，不可能發生後來的悲劇，可是話劇又不能像傳統戲曲那樣離開當下的劇情由角色直接向觀眾說明這些前事。曹禺的高明，在於他從當下寫起，拉開大幕就是魯貴跟四鳳父女倆在整理客廳，有一搭沒一搭地

閒聊。可是這不是一般的閒聊，平靜只是表面的現象。魯貴要提醒四鳳周家
大少爺與這家女主人關係曖昧，他希望四鳳在與蘩漪的競爭中佔據主動，將
來四鳳成功上位，就是他的搖錢樹。這對於他非同小可，不能不說。因此他
繞來繞去，幾次三番回到「鬧鬼」的話題。四鳳討厭父親的嘮叨，本不想聽。
但她聽出了父親話裏有話，這關係到她的終身大事，所以也不能不聽。父女
倆整理客廳，閒扯著，裝得若無其事，可是心裏都非常認真。曹禺舉重若輕，
根據規定情景與人物的性格，非常自然地把三年前「鬧鬼」的故事引入戲劇
衝突。這與三十年前侍萍與周家的恩怨糾結在一起，推動戲劇衝突走向高潮。
這樣的結構，主動地組織和推動戲劇衝突，不再是被動地服從於內容的形式，
對悲劇的發生起著至關重要的作用。因此，我們甚至可以說《雷雨》的悲劇
是由它的結構生成的，因為從這結構本身就可以想見這個戲的悲劇結局。

　　我寫過一篇文章，專門探討《雷雨》裏一個沒有正面出場、只被提到過
一次的人物——周樸園的第一位太太。這位太太后來不知所終，曹禺沒有交
待她的下落。這也是一個與戲劇內容密切相關的結構問題。《雷雨》發表以來
近九十年時間裏，沒有人關注過這位太太的去向，曹禺自己也沒想過修改，
好給觀眾一個合理的交待。為什麼？是因為這位太太對劇情本身沒有影響，
但她對於戲劇衝突的成立卻至關重要。她是一個結構性的人物，她的入戲僅
僅為了讓周家有了一個把侍萍趕走的理由，而侍萍的被逐，又僅僅因為曹禺
要寫一個以亂倫為基礎的悲劇，來宣洩他 23 歲那年夏天內心的煩躁和憤懣—
—一種原始性的衝動，要對人性的善惡做一個徹底的審判。要寫一個亂倫引
發的家庭悲劇，就必須讓侍萍離開周家，留下她的大兒子；而當侍萍離開後，
這個促成侍萍被逐的周太太自身又成了戲劇衝突的障礙。她的年齡與侍萍相
仿，可以當侍萍兒子的媽，那就不可能與周萍發生亂倫。因此，必須有一個
與周萍年紀相仿、並且受過五四新思潮影響，具有叛逆性格的蘩漪取代她的
位置。這個周太太不進入戲，寫不成《雷雨》。如果她繼續留在戲中，也就沒
有了《雷雨》。她對於《雷雨》至關重要，可是她又不可能直接參與戲裏的衝
突。這就是明明《雷雨》存在結構上的欠缺，曹禺卻從來沒想過要為周太太
的存在及去向做個交待的原因。當然，這也顯示了曹禺對自己的藝術才華有
足夠的自信，他出色地掩蓋了這個結構上的瑕疵——他讓觀眾沉浸在驚心動
魄的戲劇衝突中，誰還會去關注這個「第一夫人」的去向？

　　再看看巴金的《寒夜》。《寒夜》的結尾，是抗戰勝利後曾樹生從蘭州回

到重慶，尋她的前夫汪文宣。她發現汪文宣死了，她的兒子被婆婆帶走，祖孫倆不知所終。我的問題是曾樹生可能不可能回來找汪文宣？不可能，至少不可能像巴金寫的這樣懷著熱切期待破鏡重圓的心情回來。巴金寫她回家時的熱切心情——她走進熟悉的過道，激動地輕輕敲門。當熟悉的門打開，她看到的是一張陌生的臉，她驚得合不上嘴。巴金要的就是這樣的效果，他要讓曾樹生從喜悅的頂點跌進絕望的深淵。為了這樣的效果，他實際上違背了人物的性格和情節的規定性。很清楚，曾樹生是與汪文宣決裂後跟陳主任到蘭州分行的。她到蘭州後，明確提出離婚，旋即得到汪文宣的同意。這一對戀人因為社會的動盪，中間又隔著汪母，婆媳之間出現了難以調和的矛盾。很難說他們之間誰對誰錯，但生活在一起就是無窮無盡的衝突，相互傷害。從曾樹生這面看，丈夫的軟弱，婆婆的無理，讓她無法忍受。她想挽回，可是一次次地失敗，最後才決定離開家庭。也就是說，她與汪文宣的離婚，是她深思熟慮的選擇。那怎麼可能忘了這些「前事」，熱切地期待回歸原生家庭？她可以回來，因為抗戰勝利了，她兩個月沒收到汪文宣的信，但她不應該懷著現在寫的這樣熱切的心情。巴金這樣寫，明顯是想營造一種效果，讓曾樹生跌進絕望的深淵，來加大對國民黨統治下的社會的控訴力度。一對恩愛的戀人，一個應該幸福的家庭，因為戰爭和社會的動盪，落到家破人亡的結局，曾樹生又一次徘徊在重慶街頭的寒夜——物是人非，這是巴金要的效果，也是他的創作風格。巴金同樣具備強大的才華，掩蓋了人物性格上的前後脫節。從《激流》三部曲到《寒夜》，巴金的心理現實主義發展到爐火純青的水平。他根據心靈辯證法一次次地製造意外，讓曾樹生怒不可遏地提出離婚後驚喜地發現丈夫對她的好，又重歸舊好。有了這樣的「慣例」，讀者對曾樹生的最後歸來似乎也變得可接受的了。而重要的是，巴金藉此實現了他控訴社會的初衷。

孟慶奇：您不斷強調文學欣賞的個體性差異，我理解這實際上表明審美能力中有一種先天性的因素？

陳國恩：是的。審美離不開對作品中人物設身處地的體悟和理解，這是一種審美的直覺，是一種能力，帶有先天性的烙印，但也並非不能在後天培養。有人不喜歡文學，就談不上欣賞作品。有人對音樂沒有興趣，再好的音樂對他都沒有意義。嚴羽在《滄浪詩話》中說：「詩有別材，非關書也；詩有別趣，非關理也。」說的就是創作和欣賞的能力有先天性因素，你學不學、刻

苦不刻苦，好像都沒有決定性的關係。我看過一個視頻，一個五六個月大的嬰兒，不會講話，母親抱著，聽王菲唱的《傳奇》，聽著聽著，潸然淚下。那種難受，是發自心底的，誰都沒有教過她，母親也感到奇怪，這就是天性，生就的一種品質和一種能力。這個孩子長大後可能成為一個音樂奇才，當然也可能因為過分敏感，人生不一定幸福。嚴羽講得有點絕對——真理往往有點絕對，所以它一般總是有條件的——我們要承認天生的才華，但也不能放棄後天的努力。努力了，多少總有收穫，何況興趣也可以慢慢培養。不必考慮能不能與天才並駕齊驅。人是生活了就有歷史，不能計劃好了才開始生活。生活就在當下，努力總有回報。

總而言之，文學欣賞是在審美中放飛自我，體驗自由。一些美學家都曾談到文學是擺脫人生羈絆、回歸人之本質的一條出路。叔本華說人生來就是悲劇，超越悲劇之途就是文學創作，把內心的痛苦轉移到文學中去。伯格森的生命哲學也帶有悲觀主義傾向，但他同時也把藝術作為消解人生悲劇的一條途徑。為什麼？因為他們認為藝術創作和藝術欣賞中，主體是自由的。在審美狀態中，人克服了習俗的束縛，擺脫了常規的限制，跳出了傳統的藩籬，實現了自我的主宰——人能在天地間自由往來，進入物我同一的狀態。這時候，內心會湧現真切的感受，產生奇思妙想。如果把握得好，這時就產生了詩性美的一個萌芽。

孟慶奇：文學欣賞的個性化，是對人的尊重。而人是社會性的存在，馬克思說人是一切社會關係的總和，因此現實生活中人的感性肯定是與理性統一的。您能不能談一談文學欣賞中的審美極致與理性的關係？

陳國恩：如果打個比方，文學欣賞中追求審美極致就像是一輛汽車的動力，理性有點像是剎車。沒有動力，車不會前進；沒有剎車，就必然發生車禍。可是如果只有剎車，「車」還有意義嗎？文學欣賞中，由感性推動的追求極致的審美體驗，就是追求感受的特異性，要見人之所未見。俗話說「一個大人經不住孩子的三問」，兒童的打破砂鍋問到底，給我們的啟發是世上事物之間聯繫的複雜性遠遠超出一般的想像，它是難以窮盡的。文學作為現實生活的審美反映，是一個自足的世界。我們不斷地探索文學世界中事物聯繫的新方式，需要強烈的好奇性推動，要讓心靈自由地飛翔起來。然而飛起來後終究還得落到地面——感性直觀所發現的東西，要採用人們可以理解的邏輯，用語言表達出來。邏輯與語言，代表著理性。在此過程中，感性的體驗被修

正、改造、提煉，從而變成更純粹、更凝練、更明確的意義，比現實更高、更美。文學欣賞中的感性與理性，是一種矛盾統一與對立互補的關係。兩者的相生相剋，不斷地循環，使審美的感受得以提升和完善。如果文學欣賞不追求感性的極致，就不會有新的發現，就像汽車沒有了動力不成其為汽車。但文學欣賞如果只有感性的衝動，沒有理性的規範和引導，就可能陷於混亂中，難以產生有意義的發現。這有點像汽車沒有剎車——剎車代表著規則，就會出車禍。不過，文學欣賞如果只有理性的檢查，那就絕對不可能有鮮活的藝術，而只會進入陳陳相因、拾人餘唾的僵化狀態。

嚴家炎先生在新時期初寫了一篇評論丁玲小說《在醫院中》的文章，把左翼批評界幾十年來對這篇小說的批判顛倒了過來。《在醫院中》，寫了一個來自大城市的知識女性陸萍對解放區一家醫院的作風有意見。她發現醫務人員專業素質差，對傷病員缺乏起碼的同情心，熱衷於傳播小道消息。她不斷地向上級反映存在的問題，不僅沒得到表揚，反而受到一連串的批評，指責她對解放區有偏見，看不到解放區的天是明朗的天，只看到解放區的問題，認為這是她的小資產階級思想沒有改造好的表現。陸萍最後在一個負傷的老兵啟發下，認識到了一個人要經過千錘百鍊，然後才能有用，她對自己的遭遇有了比較深刻的理解。這篇小說反映了丁玲對解放區生活的獨立觀察和思考，說出了她作為一個革命者對解放區的一種態度，即解放區是人民的天下，新氣象新人物，但它還有一些需要改進的地方。改正這些問題，才能使解放區的天更明朗。誰曾想到，這樣一篇出於熱情和理想的作品在整風運動中成了批判的靶子，成了丁玲自己思想沒有改造好的證據。批判丁玲的邏輯，就是批判陸萍的邏輯，即丁玲對解放區感情不深，認識上有偏頗——你不看解放區的天是明朗的天，只揀解放區存在的問題說，思想方法存在片面性，甚至是不懷好意。這種批判，明顯是基於一種本質主義的觀念，即只允許本質與現象有一種直線聯繫的典型方式，用本質的唯一性否定現象的豐富性，不允許本質與現象之間有超出典型樣本的多樣聯繫，更不用說無限多樣了。凡是不符合所認定的典型形式，都是錯誤的。這些批評家，從解放區的天是明朗的天這一標準觀念，認定丁玲寫出了不一樣的解放區，犯了嚴重的錯誤。哪怕你是以革命者的理想提出這些問題、希望改進以使解放區的天更明朗也不行。那麼，解放區的醫院存不存在陸萍所看到的那些問題呢？當然存在，可能還不止陸萍看到的這些。但陸萍不能說，丁玲不能借陸萍的口這樣寫。

這種文藝觀，明顯把問題簡單化了。在這種觀念指導下，明明現實生活豐富多彩，但作家寫出來必須合乎標準的樣式，不能有超出這個標準的個人的感受與思考，哪怕個人的思考是面對現實而合乎理想也不行。

嚴家炎先生，就是到了新時期，從新的時代高度，提出了重新評價《在醫院中》的問題。他的邏輯非常清楚——陸萍確實與醫院的工作作風存在矛盾與衝突，但在矛盾與衝突中陸萍代表進步文化，其對立面的醫院裏一些醫務人員代表落後文化。陸萍與這些人的矛盾，是先進文化與落後文化的矛盾。為什麼這樣說？因為陸萍與這些人的矛盾主要是由講不講衛生引起的。陸萍講衛生，講衛生當然代表先進文化；那些缺乏專業素質、不講衛生的醫務人員，文化不高，當然代表落後文化——不講衛生，怎麼可能是先進呢？嚴家炎先生不過是突破了批判丁玲時代的那種本質主義文藝觀規定的典型邏輯，正視了陸萍與醫院裏的其他醫務人員矛盾中客觀地存在的有別有本質主義者邏輯的另一面，即講不講衛生意味著先進文化與落後文化的差別，不再只是侷限在解放區明朗的天空下存不存在有待改進的問題這樣的思路上了，把本質性的表達標準放寬，在肯定解放區的天是明朗的天的前提下提出了它的一些地方還存在一些問題，提出這樣的問題，正是革命者的理想和使命的體現。

嚴家炎先生能寫這樣一篇文章，當然是因為時代不同了，但他的敏感性不容置疑。沒有敏感性，發現不了這裡的問題。但從今天的話題的角度看，他的敏感性是不是基於審美欣賞的感性直覺的推動呢？我認為是的。按我的理解，他是從學術史上關於丁玲的爭議，關注到《在醫院中》這篇小說，又從陸萍的遭遇發現了問題所在。他基於日常經驗，要恢復生活的本來面貌，生活不會是一種邏輯；他要打破教條主義者所強加的邏輯，認定解放區的天是明朗的天，但認為明朗的天下並非不存在問題，而提出並解決這些問題，正是革命者的使命所在，這只會使解放區的天更加明朗。嚴家炎先生找到的是文化的理由——講衛生。講衛生，是更具普遍性的價值標準。從這個更具普遍性的價值標準來肯定陸萍，也就肯定了丁玲。為什麼此前沒人這樣看？因為此前不允許這樣流離於本質主義邏輯外發現生活中的另外的意義，不允許對生活做不同於「標準」說法的另外的解釋。一旦提出了文明的標準，打破了教條主義者的強加邏輯，回過頭來又會發現本質主義的邏輯壟斷是多麼地荒謬。

嚴家炎先生對《在醫院中》從審美直覺出發所做的研究，當然要回到理

性。他的發現問題、提出問題、分析問題，都是基於理性的思考。他對時代所提供的可能性的精準而及時的把握，展示了一個優秀學者所具備的理性智慧。這個理性的背後，其實是對人的理解和文學的理解與以前大不相同了。把人當成人，不是當成概念的化身；承認生活是生活，不是服從概念的表演；把文學當成文學，不是當成圖解政治的工具，批評家也就成了作家的朋友和欣賞者、真正的批評者。這是時代的進步，而及時地利用時代的進步而在研究上做出重要的成就，又不是人人能夠做到的。

生活是豐富的，歷史是包容的。文學的世界是現實世界的倒影，作品所反映的生活的意義不會只有一種抽象的存在，對作品的解釋具有廣泛的可能性。能解釋到什麼程度，取決於人的智慧和才能，當然也得依賴歷史所提供的條件。

孟慶奇：謝謝您接受訪談。您結合自己的閱讀和研究的經驗，談得非常細緻，給我了許多啟發。

陳國恩：談的僅僅是一點心得。其中有些意見，是為了凸顯問題而說得稍為極致一點，只供參考，也請大家批評。

載《名作欣賞》2021年第9期，
題為《文學欣賞就是在審美中放飛心靈——陳國恩教授訪談錄》。

目

次

作品論

鐵凝的超性別文學敘事

超性別視角，是一種第三性視角。弗吉尼亞・伍爾夫提出「雌雄同體」，認為只有「半雌半雄」的頭腦才可以寫出最偉大的作品。埃萊娜・西蘇進一步闡釋了這一觀點：「雙性，即每個人在自身中找到兩性的存在，這種存在依據男女個人，既不排除差別也不排除其中之一性。」〔註1〕西蘇的觀點，消解了男女兩性二元對立論。其實，超性別意識是對性別意識的昇華，它不僅僅針對女性，同樣適用於男性，但是這並不意味著消滅自我性別特徵，而是追求一種兩性視角的融合，強調女人與男人的共性，如同西蘇所說：「人類的心臟是沒有性別的，男人胸膛中的心靈與女人胸膛中的心靈以同樣的方式感受世界。」〔註2〕可以說，鐵凝的創作正是以第三視角創作的有益嘗試，正如她自己說的：「我本人在面對女性題材時，一直力求擺脫女性的目光，我渴望獲得一種雙向視角或第三性視角，這樣的視角有助於我更準確地把握女性真實的生存景觀。」〔註3〕鐵凝由此形成了自己獨特的敘事風格，作品顯得大氣厚重，具有人類的普遍意義。

一、歷史批判：文革的另類言說

文學從審美的角度傳達歷史的真相。文本中歷史素材的選擇，記錄歷史的角度都反映出作者的歷史觀念和價值選擇。對於當代許多作家來說，文革

〔註1〕轉引自孫桂榮的《性別訴求的多重表達》，人民文學出版社2011年版，第15頁。
〔註2〕埃米娜・西蘇：《當代女性主義文學批評》，北京大學出版社1992年版，第232頁。
〔註3〕鐵凝：《玫瑰門・寫在卷首》，春風文藝出版社2003年版，第1頁。

歷史是不可迴避且刻骨銘心的共同記憶。但面對同樣的文革題材，男女兩性作家的處理方式頗不相同。劉心武的《班主任》寫文革對孩子們造成的不可挽回的傷害，延續魯迅的「救救孩子」的呼求。以批判者的姿態反思文革歷史，揭示文革對人身體和靈魂造成重大傷害。梁曉聲的《這是一片神奇的土地》，描寫知青生活及其返城後的悲慘命運，整篇小說基調悲愴，體現出作者心中不可癒合的傷痕。莫言的文革敘事，則以荒誕的手法揭露文革的病態。仔細考察這些作品，男性作家大都直面歷史，蘊含著強烈的批判意識。比較起來，女性作家處理文革題材更多地偏向感性姿態，不是採用宏大敘事的模型，而是將歷史理解為日復一日的生活，如王安憶的《流逝》《長恨歌》。

在這兩種書寫以外，也有作家另闢蹊徑，鐵凝小說中的文革敘事就是如此。鐵凝透過籠罩在文革歷史上的重重迷霧，觀察到文革歷史的別樣面孔。她關注的焦點不是文革中無休無止的運動與鬥爭，不想通過宣洩集體暴力來表達人性的傷痛，她將目光轉向日常生活中的個體，記述極端歷史環境下，小人物最真實的欲望和最隱秘的掙扎，這是她作為女性作家的特色。但鐵凝卻沒有循著女性作家一般喜歡的套路，去刻意迴避宏大的歷史敘事，或將歷史等同於點點滴滴碎片式的日復一日的單調生活。鐵凝在談到對文革態度時，引用電影《麻風女》中的兩句臺詞：「從前的一切我可以不再提起，但我卻永遠不會忘記。」〔註4〕在歷史敘事上，鐵凝將歷史的宏大敘事和女性的細膩敘事結合起來，人的意識與歷史記憶互動交織，歷史凝結於個體生命之中，個體生命就是限量「歷史」，限量「歷史」體現作者自身的主題意識和價值選擇，這使鐵凝超越了性別視角的侷限，更貼近歷史的真實，其實也是生活的真實，而讀者從她的作品中看到的更多是被宏大敘事，或者單純女性視角敘事遮蔽了的那種更為接近真相的歷史。

《玫瑰門》以蘇眉的成長為線索，使用第三人稱全知視角敘述一家三代女人的多舛人生。其中司綺紋是「新時期中國文學畫廊的一個富有奇特光彩的新人」，充滿魅力，也是鐵凝寫作理念實踐的成功範例。在司綺紋形象的塑造上，鐵凝融入了豐富的女性經驗。司綺紋一生都在戰鬥，不幸的是她屢戰屢敗。少女時期的司綺紋純真可愛，嚮往著真摯的愛情。但是命運讓她嫁到了莊家。結婚的時候，司綺紋對這段婚姻是抱有美好期待的。但是在新婚之夜，她便知道自己走上了不歸路。在長期壓抑和苦悶的生活中，司綺紋的心

〔註4〕鐵凝：《玫瑰門‧寫在卷首》，春風文藝出版社2003年版，第2頁。

理和人格被扭曲，變得苛刻，陰鬱甚至變態。她無時無刻不關注眉眉的生活，眉眉生活的每個細節，甚至如何拿筷子，如何吃飯都要干涉。她利用眉眉，揭露兒媳竹西和大旗的醜事，以此來牽制羅大媽。她表面上節省，粗茶淡飯，卻在夜深人靜時偷偷拿出床頭櫃裏的糕點，在黑暗中盡情咀嚼。在這個家中，三代女性之間沒有關愛、溫情，有的是戰爭和傷害。作者集中筆力描寫司綺紋文革期間的生活，將女性在特殊時期的命運展現得淋漓盡致，寫出了女性特有的堅韌與活力，而另一方面又撩開女性善良、溫柔的面紗，露出她們醜陋猙獰的面貌，寫出了政治壓力下人性的異化。這樣的書寫使文本呈現出女性作家的那種細膩和私密的風格，但又超越了一般女性作家的瑣碎，獲得了超常的內在張力。

鐵凝並不是單純記錄特殊時期的婦女生活史，而是在歷史場域中凸顯人的主體性。其中，人性「惡」的書寫是重要主題。「文化大革命」中，司綺紋始終希望得到他人的認可、社會的認可，她想以此獲得些許安全感。她察言觀色，曲意逢迎，爭取生存空間。積極「革命」的外表下掩藏著扭曲的靈魂。她搬進南屋，把北屋讓給階級成分好的羅大媽一家，並且精心策劃了一齣上交家具的鬧劇，顯示自己的政治覺悟。在別人來調查她的妹妹的時候，為了和妹妹劃清界限，她把關於妹妹的一切毫無保留地告訴了紅衛兵小將，給妹妹造成了嚴重傷害。司綺紋苦心經營，有了讀報的機會，後來又加入了響勺胡同的宣傳隊。正當她以為自己已經被社會接納時，羅大媽的一句話，使一切都回到原點。司綺紋是權利意志的犧牲品，面對文革的壓力，她犧牲別人來保全自己，換取主流價值的認可，自己卻在集權壓迫下出賣靈魂。最可悲的還是這一切的苦心經營，沒有任何意義，到頭來她也仍是被改造對象。

鐵凝將十年「文革」的歷史卷軸徐徐展開，呈現在讀者面前的不是森嚴的等級觀念，不是赤裸裸的權利鬥爭，而是普通人在極權下人格的扭曲和人性的異化。鐵凝聚焦於人的主體意識，將筆觸伸向人性深處的「惡」，以冷靜客觀的態度加以審視，挖掘這「惡」背後的生存意志。生存是人的本能，如何生存則涉及到道德和倫理的選擇。在「文革」這樣的特殊歷史環境下，人必定會面臨兩難的困境。《玫瑰門》中，有這麼一段話描寫司綺紋：「多年來司綺紋練就了這麼一身工夫：如果她的靈魂正厭棄著什麼，她就越加迫使自己的行為去愛什麼。」〔註5〕司綺紋的悲劇是時代的必然，也是個人的無奈。對

〔註5〕鐵凝:《玫瑰門》，春風文藝出版社2003年版，第51頁。

於人性「惡」的審視，鐵凝沒有簡單草率地做價值判斷，而是力圖真實的還原文革這段特殊的歷史中，人性的異化與異化過程中的掙扎，透露出鐵凝對人性的真摯關心與溫情守護。這充分展示了鐵凝超越一般的性別視角的敘事個性。

二、人性拷問：身體的雙重隱喻

身體是個體人的物質構成，是一切知識、情感、意志的載體。寫作與身體所感知的每一件事都有密不可分的關係。謝友順提出「寫作是身體的語言史」，〔註6〕也就是說，寫作起始於身體經驗和語言邏輯的雙向互動。身體寫作並非肇始於女性主義，也不是女性寫作的專利，但是毫無疑問，身體性的凸顯是女性寫作的顯著特徵，因為身體是女性爭奪話語權利的重要戰場。正如西蘇所言：「婦女的身體帶著一千零一個通向激情的門檻，一旦通過粉碎枷鎖，擺脫監視而讓它明確表達出四通八達貫穿全身的豐富含義時，就將讓陳舊的、一成不變的母語以多種語言發出迴響。」〔註7〕在傳統的中國社會，倫理意識取代性別意識成為個人意識的主宰。三從四德的倫理秩序不僅控制著女性的思想，同時也摧殘著女性的身體。五四時期的婦女解放運動，特別提出禁止裹足，是對女性身體的解放。新時期以來，女性作家在文本中毫不諱言地書寫女性身體，身體與語言同構的書寫是女性意識真正覺醒的重要標誌。

寫作既是身體的也是語言的，「離開語言的創造性，身體的經驗也就不會獲得有價值的出場空間。」〔註8〕女性寫作對身體的強調逐漸脫離語言的規範，最終走向為身體而寫作的極端。衛慧、棉棉等作家大篇幅不假修飾的性愛描寫，使寫作淪為性愛體驗和肉體經驗的奴隸，為搭建肉體的烏托邦，完全賠上了文本的審美價值。鐵凝的創作則將身體經驗和語言規範充分結合，使文本呈現出獨特的審美意蘊。她以女性經驗為起點，既不迴避女性肉體的欲望和需求，又超越純粹女性視角，透過身體的自然美，表達對生命之美，人性之善的敬畏。

鐵凝筆下的女性真實且豐滿，她們對自己身體的感知敏感而細膩。在一個玫瑰色的春天裏，蘇梅第一次對自己的身體有了感性的認識。黑暗中，她

〔註6〕謝友順：《鐵凝小說的敘事倫理》，《當代作家評論》2003年第6期。
〔註7〕張京媛：《當代女性主義文學批評》，北京大學出版社1992年版，第201頁、190頁。
〔註8〕謝友順：《鐵凝小說的敘事倫理》，《當代作家評論》2003年第6期。

感覺到乳房在膨脹，臀部在發育，身體的曲線逐漸清晰，她既興奮又有點懼怕，伴隨著對身體的認識，蘇梅的自我意識和性別認知隨之建立起來。這段描寫具有豐富的女性經驗，但卻不是鐵凝對身體的全部定義。《玫瑰門》中對竹西的裸體的描寫直觀地傳達出鐵凝的意圖。

乳房，當寶妹把它當奶吃時，它像是一個僅有奶水的嬰兒離不開的器皿。可現在它遠遠不是，它是球，是兩個自己跳躍著又引逗你去跳躍的球。舅媽舉起胳膊擦背時那球便不斷地跳躍。

臀部，當舅媽坐著馬札把寶妹時它們不過是人身上為了坐而生就的兩塊厚墊子。現在它們不再是為了坐而生，那本是引逗你內心發顫的兩團按捺不住的生命。舅媽每扭動一次身子那生命就發生一次按捺不住的呼號。

脖子和肩你以為就是一根直棍接著一根橫棍嗎？那些銜接本身就流瀉著使人難以理解的線。那是聲音是優美的聲音，你想看不如說是想聽。

腰為什麼細於胯，胯為什麼豐於腳？那好像就是專為人繫腰帶不掉褲子而生就。你不覺得那裡也使你生發著激動。最為它激動的也許是那些最偉大的畫家，你問他為什麼他會說，因為他永遠無法對付它的美他永遠畫不出來。

人的腹肌是八塊，但當你把它畫作八塊時你才會徹底發覺你的拙劣。那是八塊，是八塊的妙不可言是八個音符和諧的編織。

竹西的身體幾乎包含了所有美的元素，這些元素構成和諧、勻稱、健美的身體，形貌酷似希臘雕塑，蘊涵建築美與音樂性，體現出人是萬物之靈長的氣度，是自然美的典範。這樣的身體激發的不是肉體的欲望，而是對人的蓬勃的生命力的讚賞和嚮往。面對竹西的裸體，作者沒有任何的遮蔽，不含有私密性與羞恥感，此刻人與人之間似乎沒有隔閡，可以那麼純粹的欣賞、交流，就像在伊甸園裏的亞當和夏娃赤身露體卻不覺羞恥一樣，這是對人性原初的善追尋和守護。

鐵凝筆下的身體描寫具有雙重隱喻。首先，身體是女性認識自我，定義自我的通道。傳統的男性中心文化蔑視女性的身體，將女性的身體視為繁衍後代的工具，或是男性欣賞和把玩的對象，身體淪為被物化、被功能化的客體。鐵凝通過女性的身體展現女性強烈的主體意識，通過自己的身體，女性

可以認識到真實的自我形象。其次，勻稱美好的身體，是自然美的典範，是人的創造力和生命力的集中體現。竹西、唐菲、尹小跳等女性都有著健美的身體，鐵凝也始終抱著欣賞和讚美的態度加以描寫。鐵凝所贊同的不僅是身體本身，而是身體所彰顯出的蓬勃的生命力，同時是鐵凝對人性之善的溫情守護。在鐵凝筆下，身體是人性善與美的具象化表現，這是超性別視角下鐵凝賦予身體的新的內涵，大大拓寬了女性寫作的維度。

三、倫理審視：男性形象的重構

鐵凝小說中的男性形象同樣奪人眼目，不可忽視。這些男性形象大致分為兩類：作為父親的男性和作為丈夫或愛人的男性。鐵凝從女性視角出發，消解了男性話語符碼賦予男性的神聖光環，同時，她突破女性視角的束縛，以超性別視角實現了對男性形象的重構。

男性中心主義話語體系下，父親是絕對權威的象徵，是兒女的精神支柱。鐵凝則將父親請下神壇，甚至刻意將他們邊緣化，以此顛覆父性權威。《玫瑰門》中的莊少儉為逃避家庭包辦的無愛婚姻，常年漂泊在外，始終未曾參與兒女的成長和教育。《大浴女》中的尹亦尋為了維護男性的尊嚴和家庭的臉面，無視女兒精神上承受的痛苦，讓女兒在情感上和精神上都失去了依託。俞大聲為了保住自己的政治地位，始終不肯與親生女兒相認，使唐菲抱憾離世。無論這些父親是否在空間距離上與兒女相近，實質上都沒有參與兒女的成長，始終處於缺席的狀態，這樣的書寫延續了五四以來「弒父」的傳統。雖然如此，鐵凝卻沒有就此將「父親」放逐，而是超越兩性二元對立的思維模式，重新思考父親這一角色的真正意義，實現了父親形象的重構。《笨花》中的向喜是正面積極的父親形象，他正義凜然，關注國計民生，一生戎馬，最後慷慨就義。向喜重情重義，深深眷戀著自己的髮妻。最重要的是，向喜極其關心兒女的成長。面對殘疾的大兒子向文成，向喜表現出極大的耐心，從來不曾嫌惡兒子的殘缺，而是鼓勵他積極面對。女兒取燈更是得到了父親無微不至的關懷和愛。取燈的生母是走村串鄉的流浪藝人，生下取燈後，留下年幼的孩子，獨自闖蕩江湖，重操舊業。向喜為了讓取燈有母親的關懷，將取燈送到二太太那裡照顧。他並沒有將女兒丟給二太太后就此撒手不管，而是細緻入微的安排照料取燈的生活。大到教育，小到穿戴飲食，他都為女兒做了周密的安排，在父親的無限關愛中，取燈成長

為活潑睿智的新式女性，最終投身革命。鐵凝對父親形象的重構，並不是回歸傳統，她力圖站在更廣闊的視野中，肯定父親這一角色擔負的重要使命，在個體人的成長過程中，父親是不可缺少的，這是生命本體性的需要，無關乎等級制度。

　　除了父親，愛人是另一個與女性息息相關的男性角色。傳統的倫理規範強調夫為妻綱，丈夫是妻子生命的主宰，妻子並非作為獨立的人存在，在物質上和精神上都依附於丈夫。鐵凝塑造的葉龍北、莊少儉、方兢等作為愛人或丈夫的男性，在戀愛關係中都處於「在場的缺席」的狀態，這類書寫是女性主義的慣用手法，將男性從女性的精神世界中放逐，以此宣告女性的獨立。推翻傳統的倫理規範後，鐵凝不再侷限於女性視角，重構作為愛人的男性角色，探尋兩性關係的新倫理規範。陳在這個形象具有典型性。陳在是尹小跳一生摯愛的戀人。尹小跳與方兢之間愛情的破滅，是她生命的轉折點，陳在在小跳生命中的角色也發生了變化，尹小跳在向陳在表白的時候說：「我一萬遍地想著我究竟是在什麼時候愛上了你，我猜想就是那年在火車站的候車室，方兢扔下我就走的那一天。他把我從夢裏的高空推了下來，是你在地上承接了我。你把我接住了，接住了我所有的眼淚和傷痛，所有的屈辱和辛酸。如果你不是我最親愛的人，為什麼我會在你眼前掩面大哭？」〔註9〕從這時候開始，尹小跳愛上了陳在，或者說尹小跳意識到自己愛上了陳在。陳在也深愛著小跳，從第一次見小跳的時候就愛她，愛她所有的狼狽，不堂皇和不體面，小跳是他心裏的一個寶貝，是他心裏骨頭裏的不動產。小跳對陳在是信任的，甚至將內心深處最隱秘的罪惡告訴了陳在。尹小荃的死是尹小跳無法擺脫的陰影。尹小跳雖然沒有直接殺死尹小荃，但是尹小荃的死與她直接相關。小跳知道尹小荃掉進下水道裡的後果，但是她沒有阻止，而是眼睜睜看著小荃一步步向死亡走去。不僅如此，小跳還拉住了要去阻止小荃的小帆，成了有意識的殺人者。這件事不斷鞭撻著小跳的靈魂，使她不得安寧。從此以後，她不敢坐擺在客廳裏的三人沙發，因為尹小荃在那裡，小跳和小帆親密的姐妹關係也破滅了，在吵架的時候，小帆把自己塑造成一個受害者，她責怪小跳當時拉住了她，讓她沒有機會去救小荃，小帆把一切的責任都推到小跳的身上，小跳備受折磨，無從述說，最終把這個殘忍的事實告訴了陳在。「我沒有制止她，沒有跑上去抱她回來，我知道我是有充足的抱她回來的時

〔註9〕鐵凝：《大浴女》，作家出版社2009年版，243～244頁。

間的，但是我沒有，我和尹小帆只是死死拉著手。眼看著她兩條小胳膊跌落進井裏，像飛一樣。陳在這就是我，這就是我的真實形象。」〔註10〕小跳將自己赤裸裸的剖開，將靈魂的陰暗與罪惡擺在陳在的面前，小跳毫無保留地將自己擺放在陳在面前，她已經無法承受罪責對她心靈和靈魂的折磨，她渴望被理解，只有陳在可以和她共同承擔，「我從來不打算把這個犯罪的事實告訴任何人，但是我和你相愛之後我特別想把它告訴你，不是為了表明我的坦白，而是時間越久遠，尹小荃落井的樣子越清晰。我實在是沒有一顆那麼大那麼有力量的心把這不堪回首的從前裝得隱蔽、安穩，她在我的心裏鬧騰，我需要有人來幫我一把，來分一半兒去吧，這個人就是你……我現在終於說出來了陳在，我正體會著一種千載難逢的痛快，不管你會怎麼待我，你明白嗎？」〔註11〕此時，陳在和小跳之間的愛昇華了，這份愛使他們可以共同承擔靈魂的重量。

父親和丈夫或愛人都是關係稱謂，鐵凝塑造這一系列的男性形象，不在於草率地評判男性的優劣，旨在從倫理向度探尋兩性關係的奧秘。鐵凝對男性形象的塑造，經歷了從顛覆到重構的過程，顛覆是打破傳統的倫理規範，重構也不是回歸傳統，而是實現男性的生命意義在女性話語中的回歸。這是鐵凝在超性別視角下獲得的更寬廣的創作空間。這樣的視角擺脫了男女二元對立的思維模式的束縛，在更開闊的視野中探討兩性關係。鐵凝渴望男女兩性之間的和諧狀態，這種和諧不僅僅是社會地位的平等，語言和身體的交流，更重要的是可以在平等的基礎上，共同承擔靈魂的重量。至於如何達到這樣的狀態，鐵凝沒有給出答案。陳在和小跳的關係，是鐵凝做出的有益的探索，但他們始終未得圓滿，這是鐵凝自身的困惑，有待作者進一步探索。

四、結語

當今社會文化環境中，男女兩性二元對立觀念下單一的性別視角的侷限性越來越明顯。女性作家強調女性的覺醒和發現，提倡女性寫作本身沒有什麼問題，但是，固步自封、畫地為牢，就會沉溺於自我營造的虛幻世界中，這不是對女性主體意識的發覺，而是另一種遮蔽。男女兩性共同構成人類，兩性之間的聯繫不能隨主觀意志的轉移而割裂，男性勢必會對女性產生影響，

〔註10〕鐵凝：《大浴女》，作家出版社，2009年版，第265頁。
〔註11〕鐵凝：《大浴女》，作家出版社，2009年版，第265頁。

不能故意逃避掩蓋這一事實。當今社會，兩性不平等仍然存在，但是超越性別屬人類共同的問題，更加需要關注。無論男女，作家都應該站在更高的層面，以更寬廣的視野來探索人類共同的問題。

　　鐵凝是女作家中罕見的將女性視角和超性別視角有機融合的一位。她的創作細膩之處顯現出女性的敏銳細緻，厚重之處又直抵靈魂深處，在時而舒緩、時而急促的敘述節奏中，我們看到鐵凝對於人性的深刻思考和溫情守護。她的創作立足現實，顯示出強烈的社會責任感，大大拓寬了女性寫作的精神空間和寫作維度。〔註 12〕

載《湖北工程學院學報》2016 年第 1 期，
原題《論鐵凝的超性別文學敘事》。

〔註 12〕本文與曹露丹合撰。

范小青新世紀小說的身份焦慮

　　一個社會人，必須對自我身份有一個認識，即要對「我是誰」這個問題有一個大致明確的回答，才能活得踏實而有存在感。中國目前正處在社會激烈變革的時期，經濟飛速發展，城市化進程不僅改寫了中國社會政治、經濟、文化的格局，同時也對中國人傳統的價值和意義世界產生了巨大衝擊，這使得受衝擊最為嚴重的一些社會群體在自我認同上產生了困惑，造成了身份的焦慮，比如農民工進入城市後感到無所適從，連長期生活在城市的人在生活、工作中也遇到了自我身份認同方面的挑戰。

　　范小青是以創作「蘇味小說」聞名文壇的。新世紀以來，她的短篇創作以成熟的技藝，更多地關注了在社會巨大轉型、城市化不斷推進背景下進城農民工和生活在城市底層的小公務員、知識分子階層的生活，描寫他們的喜怒哀樂、煩惱人生。其中一個重要方面，就是這些人因為自己身份的不確定性而產生的恐慌和焦慮。

一、農民工——像鳥一樣飛來飛去

　　范小青曾這樣描述她對農民工的關注，「自從我開始注意他們，漸漸的，漸漸的，我的目光再也不能從他們身上走開，他們牢牢地吸引了我，主宰了我。他們辛辛苦苦為城市賣力賣命卻被城市踩在最低層，他們渴望融入城市卻被城市排斥，甚至他們一分鐘前還是一個城市的創造者，一分鐘以後就變成了城市的破壞者，他們的精神游離在城市文明與鄉村民風之間找不到歸宿。這是一種新型的邊緣人，他們的肉體和靈魂都在穿梭城鄉，他們又是連接城鄉的橋。」〔註1〕基於這樣的認識，范小青創作了大量表現進城農民工在城市

〔註1〕范小青：《變》（創作談），《山花》2006年第1期，第13～14頁。

生活和遭遇的小說。

《像鳥一樣飛來飛去》是反映農民工在城市身份錯位較為典型的一篇。郭大牙誤拿了同鄉郭大的身份證，而被錯認為是郭大，無論他怎樣申述都抵不過他手裏拿的那張郭大的身份證。後來郭大牙將自己的身份證改了回來，但由於臨時居住證上的名字仍然是「郭大」，所以在異鄉的城市他最終沒有成為徹底的「郭大牙」。

這篇小說中常常被忽略的一個細節，是郭大牙在回鄉前所做的一個夢。他夢到真正的郭大拿著郭大牙的身份證遇到了更嚴峻的問題，人們經常問他：「你牙又不大，怎麼會叫郭大牙」，以此來懷疑郭大身份的真實性。他在現實生活中申訴自己的真實姓名叫「郭大牙」時，也招來了同樣的問話。這給人一種內在的荒謬感和悲涼感，說明農民工在城市裏毫無話語權，人們根本不聽他們解釋，身份證上寫什麼就是什麼，而且有時身份證上寫了的也未必是真的。追根究底，這是一種基於長期的城鄉二元對立結構而對農民的根深蒂固的不信任，而農民工面對這樣的歧視也只能無言以對，接受「腦子撥不清，說話也說不清」的評判。

由於身份證和臨時居住證登記了不同的名字，郭大牙依然糾纏在郭大和郭大牙兩個名字中，依舊在身份證問題的困擾和城市人話語評判的偏見中生活。在這部小說中，范小青通過一個頗為荒誕的故事，寫出了鄉下人在城市的倉惶與無助，以身份證為代表的各種證件作為他們的身份標籤，一旦丟失或者搞錯，他們的身份也就隨之消失或錯位了。在冰冷僵硬的城市生活法則下，他們被迫改變的不僅是名字，更面臨著自我的喪失，他們在不屬他們也不歡迎他們的城市天空裏像鳥一樣飛來飛去，無根無著。

《這鳥，像人一樣說話》則涉及了語言與身份認同的問題。臨近年關，小區保安處為了預防農民工偷盜事件的發生，下達了對外來人員嚴防死守的命令。小區保安還有業主劉老伯經常通過會不會說本地方言，來判定一個人是不是本地人。作品中的宣梅和男朋友談戀愛很長時間了，但直到劉老伯指出其男朋友的方言夾生，才最終搞清楚兩個人其實是來自同一個地方的外地人。原來，為了在這個城市更好地生活，獲得身份上的認同感與歸屬感，他們不約而同地選擇學說當地方言來宣示自己的身份，他們最終還決定要把當地方言學得更像。最出人意料的是，劉老伯在中風後也說出了一種西南邊遠山區的方言，原來劉老伯也是少小離鄉至此的外地人。

在此，方言成為一種工具，人們用以達成自我在一個城市的身份認同，每個人都力圖掌握這種工具來獲得在這個城市的歸屬感。而當人們一旦掌握了語言等工具來證明自己在某一地方的合法身份時，他就會不自覺地以此要求新來的外地人，就如劉老伯也構成了城市排外的鐵柵欄中重要的一環。

收舊貨的老王這樣的農民工，卻面臨更深的困境。老王想通過跟保安班長比說本地話來證明自己的可靠性，但正如保安班長所說「誰跟誰是自己人？」「說得再像你也是外地人」。即使他掌握了本地方言，卻根本拿不到這場方言競技的入場券，也不能被當作本地人，只能早早回家過年，留下那八哥學他蘇北口音的「收舊貨了，我慘了」。

《我就是我想像中的那個人》，表現的是農民工在城市遭遇的更深層次的精神危機問題。老胡在進城之初，曾被錯誤地認為是小偷，因此他的內心背負了巨大的精神負擔。不論在哪裏工作，只要是單位丟了東西，或者聽到警車響，老胡總要精神高度緊張、疑神疑鬼，生怕別人懷疑自己，甚至到最後他自己都懷疑自己，並且有了嚴重的妄想症，將報紙上報導的某殺人犯的故事套在了自己身上。雖然老胡最終說出了自己的心事，但他依然「打呼嚕太厲害」，沒有獲得心靈的寧靜。

長久以來，在城市低人一等、非偷即盜的社會地位，使農民工有了極大的心理焦慮，以致於他們從城市的異己者變為了自己心靈的異己者。

身份制度在中國古已有之。現在社會發展了，人們的身份觀念依然很強，而且個體的身份很大程度上是由經濟地位決定的。許多農民選擇進城謀生，就是因為城鄉間存在著巨大差距。作為城市的異鄉人，農民工是城市生活的他者，他們的身份更多地被各種證件、方言口音、城市話語權決定，而不能融入城市。他們懷著良好的期待、樂觀的心態希望在城市獲得最起碼的生存權力，但卻面臨著難以獲得身份認同的尷尬，承受著物質與精神的雙重壓力。

二、城市人——自我的迷失

面對日新月異、難以把握的現代社會，不僅農民工會遭遇無所適從的恐慌感，即使是城市人也有著不能確認自己身份的無力感。「一個已經困擾西方世界長達數世紀的問題也東渡到了中國：那就是身份的焦慮。」〔註2〕

〔註2〕德波頓（de Botton，A.）：《身份的焦慮》，陳廣興、南治國譯，上海譯文出版社 2009 年版，第 1 頁。

　　《準點到達》中范小青將城市主人公羅建林和外出打工的農民工兄弟並置寫出。農民工兄弟扛著巨大的包裹在火車站橫衝直撞，遇見警察本能性地逃跑，稀裏糊塗上錯火車，再慌亂興奮地尋找正確的道路，「他們的眼睛裏有茫然，但更多的是希望，是艱辛而生動的人生」。對於冷漠的人群、飛速的火車、龐大的城市機器，這兩位農民工的不適應是顯而易見的，但是當他們以外鄉人的身份定位自己時，一切便顯得順理成章了。

　　但是，生活在大城市的羅建林面對高速運轉的城市機器，同樣有著惶惑和恐懼。當他熟門熟路有意識避開慌忙奔跑著的農民工時，他本身已構成城市排外鐵網的冷漠一環；但面對時代他仍然需要精打細算步步小心，因為他明白「即使有百分之一百的把握，他也不會高枕無憂」；他懼怕任何可能的變數，因為這個時代變數總是來得太多太猛烈，能輕易將人打垮，「羅建林心裏湧起了一股從來沒有過的害怕，他把一切都計算得十分精確，他對時間錙銖較量，力爭分毫不差，不就是因為害怕嗎，怕趕不上車，怕上錯了車，怕耽誤了時間，怕被時代扔下，怕──」。

　　羅建林從農民工身上反思自身，也反思了時代，但作者卻同他開了一個玩笑。在作品的最後，一切都與羅建林計算好的一點不差，但他竟然走錯了家門。在巨變的時代面前，不可能分毫不差，那就滿懷希望、隨遇而安吧！

　　《我在哪裏丟失了你》講的是現代人交換名片的事情。名片可以作為個人身份的承載物，人們往往通過交換名片來介紹自己身份，以求互相認識，便於聯繫。但是，現今名片的交換承載了利益交換的功用，染上了愈來愈濃重的功利色彩，對自己有益的名片就留著，沒有用的就扔掉。它沒有彌合、反而是加深了人們之間的隔閡：「名片算什麼，名片是最不能說明問題的。」名片和身份成了利益交換的工具。人們本想通過名片確證自身並瞭解他人，期望獲得認同，但人們獲得的只是身份的缺失與靈魂的空洞。

　　《生於黃昏或清晨》是另一篇很有意味的小說。劉言負責給單位一位去世的老同志寫生平介紹，一項簡單的工作卻因老同志的不同名字──張簫聲、張蕭生、張蕭森、張蕭身、張蕭升等，變得複雜起來。在各種不同的證件、檔案上，甚至家屬、同事的口中，老同志有著不一樣的名字。

　　劉言在回鄉的時候也遭遇了類似的問題，關於自己的屬相，小龍、大龍、兔、猴、狗不一而足，時辰是熱天的黃昏還是冬天的清晨，職務是科長還是處長、副處長，這些本不是問題的問題最後都成了問題。「最真實的東西也許

正是最不真實的東西。」「你真的以為你就是你自己嗎？」這一切，導致劉言在朋友生日聚會上的爆發。

在此，我們不禁驚詫於名字、語言、生日、相貌等因素在一個現代人的生活中所扮演的重要角色。人們無時無刻不受名字、生日等因素的牽絆，它們構成了人們身份的一大部分，也成為人們自我確證的重要依據。但是它們可以完全左右人們的生活以至人生嗎？難道名字、生日不能確定，「你辛辛苦苦努力的，可能根本就不是你的人生」了？現代人的身份感、自信感到底從何而來，又為何而去？在市場經濟大潮下，人們丟失了什麼？

對身份的認同，是一種心理現象，也是一種心理過程。行駛在現代快車道上的城市人，很難實現自我精神世界的整合，如此便需要用外在的名字、生日、相貌等因素來確證自己。當這些外在因素不能確定的時候，人便感覺自我確證出現了問題、自我的意義消失了，造成自我的迷失。在激烈的社會變革中，人們邁著匆匆步履，默念著「時間就是金錢，效率就是生命」，在時代的快車道上奮力前行，唯恐落伍和失敗，人們都來不及等待靈魂跟上自己的腳步。現代城市文化從本質上來說，意味著人們所一貫認同的文化習慣的變化，社會關係趨向冷漠疏離，導致身份轉換的不適應以至人性的失落和自我的迷失。因此，轉型時期城市人的身份焦慮，便來自認同城市，但卻又無法全然地與現代城市文化和城市精神交相融合，無法在城市中真正實現自我。城市人在現代社會所面臨的身份焦慮可見一斑。

三、尋找——回家的路

農民工抑或是城市底層大眾，他們身份的無所歸屬或是不能確定，對於「我是誰」這一問題的無所適從，代表了現代社會中人的受壓抑以至被異化。然而，從某種意義說，底層民眾對於身份的焦慮正是出於他們對確證自我的執著追求，對安心生活的熱烈嚮往。范小青描繪他們遭遇的精神困境，也表現他們性善、堅韌而通達的精神，這使她的創作感染了生活的熱度，使得其作品在嚴峻中顯出溫情，在沉重中帶有輕鬆，給人以溫暖和慰藉。這其實也正是范小青在試圖為深陷身份焦慮困境的現代人，尋找精神出路並創造可能的條件。

社會現實總是拋出一個又一個難題與疑惑，范小青也不斷在創作中找尋「別一種困惑與可能」，她的小說題目經常是疑問語氣：「誰能說出真相」，「我

在哪裏丟失了你」，「你要開車去哪裏」，「哪年夏天在海邊」等等。發問是范小青的思維特徵，是其小說堅韌不拔的主旨，是其創作尋尋覓覓的助推器。〔註3〕范小青的創作總是在無疑處有疑，讓人們跟隨小說去追問事實的真相，尋找真正的自我。

「問人問自己，能問出長長短短？長長短短，何人評說？所以我不必很在乎長和短」。「其實卻是問的『我是誰』，明明知道『我是誰』不會有答案，偏偏還是不肯放棄」。〔註4〕於是范小青筆下的人物總是執著地想要還原事物的本來面目，或者是獲得問題的最終答案。他們不斷地尋找，跨越時間、地理等各種障礙，以求獲得心靈的安寧。《城鄉簡史》中自清，為了自己的日記遠赴甘肅農村；《誰能說出真相》中沙三同根據線索不斷訪求丟失的筆筒；《我們的朋友胡三橋》中王勇不斷打電話想要找到當初見到的那個胡三橋。結果是他們都沒有找到想要找的東西、想要找的人、想要弄清楚的事，最終他們不再尋找，卻通過這尋找的過程獲得了心靈的安寧。在尋訪的過程中，在是與不是的錯位中，他們漸漸地體悟到自己真正想要的是什麼，漸漸明白了自己是誰。這便是他們確證自我，獲得自我身份認同、解除身份焦慮的過程，也是對「我是誰」這一問題的回答過程。

要特別指出的是，范小青蘇州小巷題材的作品，似乎為人們找到了「回家的路」。《回家的路》中，彭師傅夫妻坐在小巷口等癡呆的兒子彭冬回家，而吉秀水也在為彭冬擔心的過程中更加靠近了河那岸自己的家，他更加清晰地看到了回家的路。《回鄉記》是范小青鍾愛的小巷題材的作品：回鄉看到婆婆、奶奶的生活，看到那些自然、平靜、和諧的日子，浮躁焦慮的心便找到了依託，母親一直在尋找的東西也就找到了。

范小青毫不掩飾對於蘇州小巷題材作品的喜愛，她說：「其實我很偏愛我原來的一些中短篇小說」〔註5〕。因而，她時不時總要寫一些此類題材的作品，而正是這鷹揚巷、朱家園、六福樓為現代人失落的自我找到了寄託，范小青也以此為現代人的精神生態找到了出路。其實，人們一直所尋找的都在那平淡安寧的小巷生活中，在內心的自足與平靜中。

〔註3〕程德培：《變化之中有變化——范小青長篇小說〈香火〉讀後》，《當代作家評論》2012年第1期。

〔註4〕范小青：《貪看無邊月》，江蘇文藝出版社1995年版，第189頁。

〔註5〕李雪、范小青：《寫作的可能與困惑——范小青訪談錄》，《小說評論》2010年第5期。

心安即是家。范小青筆下的人物都有一種執著的尋找精神,尋找丟失的東西,尋找事情的真相,尋找失落的自己,即使最後尋不到,或者是根本就沒有所謂真相存在,只要人心獲得了滿足與安慰,尋找的目的便達到了。最終,蘇州小巷裏平淡玄遠的人生範式為浮躁焦慮的心靈找到了家園。這其中體現了一種人生的睿智,超越二元對立的思維方式,走向一種心境的淡遠平和,這也是范小青將佛禪思想與世俗人生結合的產物。〔註6〕

善良的天性、尋找的精神、蘇州小巷的傳統生活,范小青不僅在小說中描繪底層人民的身份焦慮,也為掙扎於此的人們指明了救贖之路,為「無根的人」提供了確證自我的道路。

范小青的很多短篇小說都寫得輕鬆詼諧、鋪展隨意,以一種徐緩的語調敘說著世俗中的瑣細人生。范小青的小說以輕鬆玩笑的筆調描寫農民工在城市的遭遇,描寫城市普通人的生活場景,她不刻意渲染苦難,不刻意運用使人眼花繚亂的現代技法,卻直達現代人生存的最深處,走進他們的心靈。這源於作者對人生的近觀與熱愛,也源於作者對人生的遠觀與反思。〔註7〕

載《文學教育》2014年第12期(上),
原題《范小青新世紀小說中的身份焦慮》。

〔註6〕李雪:《范小青佛理小說主題詮釋》,《小說評論》2010年第5期。
〔註7〕本文與畢盛群合撰。

方方《軟埋》：時空裂隙中的
藝術與歷史對話

　　現實主義文學是對生活的審美反映，作品所呈現的世界是審美想像的產物。對一部作品，特別是一部涉及時空裂變話題的作品，即在一個新的時代，回望歷史上的重大變故，透過兩個時代差異所構成的裂隙，用不同的觀點、從不同的角度去看，從而出現不同的讀法，是很正常的。但這同時也表明，對一部作品的某種讀法不是對這部作品的全部理解，有時連作家自己的解讀也未必正確。如何讀一部小說，背後是對文學作品基本特性理解方面的不同觀點和態度，再深入一步就是對歷史中的必然性和偶然性、文學敘事中人與歷史的關係等問題的認識。二十世紀四十年代丁玲的《在醫院中》，五十年代王蒙的《組織部新來的青年人》、六十年代的小說《劉志丹》以及電影《早春二月》《林家鋪子》等，都經歷了凌厲的批判到後來平反的過程。作品還是那些作品，對它們的理解卻有一個巨大的反轉，可見怎樣讀文學作品並非單純的技術問題。

一、偶然性中的歷史必然

　　藝術地反映生活，要處理好本質和現象、必然和偶然的關係。在一個相當長的歷史時期裏，作家被要求表現生活的本質。寫地主必須寫他的反動與殘暴，所謂個性，最多是寫反動與殘暴的不同特點。但即使如此，也是危險的，比如丁玲的《太陽照在桑乾河上》就因為寫出了地主的不同個性而遭到批評。寫貧下中農，要寫出他們的革命本質——積極、進步、勇敢，覺悟高。如果寫成「中間人物」，就是對貧下中農的誣衊。寫知識分子，則要寫成小資

產階級的標本。這種本質主義文藝觀念，看不到人是具體的存在。而歷史的必然性要通過偶然性表現出來，強制作家只能去寫那個必然性所規定的「本質」，只能寫成千人一面。

歷史的必然性通過偶然性表現出來，意味著它是一個過程，中間可能要經歷曲折。像土改這樣翻天覆地的巨變，個人的命運受到各種因素的影響，可能發生非常意外然而又在情理之中的變故。只抓住文學作品中的某個地主就以地主的本質要求這個形象，認為一切不像是地主的本質所應該有的特徵的描寫，都是對地主階級的美化。這實際上忽視了評定階級成份的過程，而只看劃成分的結果。當年土改的參與者，文化水平普遍偏低，他們的階級意識被喚醒後，熱切期望改變自己的命運，產生了超出土改政策允許的暴力衝動是「人之常情」。他們想多分土地、多得浮財，想突破土改政策的底線，擴大打擊的範圍。這雖然不是土改中的主流，但這種現象的存在，說明人性的陰暗面是中國新民主主義革命和社會主義建設中產生機會主義思想的社會基礎，也是造成一些地方土改過火行為的重要原因。

1950 年 3 月 12 日，毛澤東在給各地負責人的電報中指出：「土改規模空前偉大，容易發生過左偏向」，要「防止亂打亂殺」。〔註 1〕任弼時在土改中對於糾正「左」的錯誤做出了重要貢獻。他在《土地改革中的幾個問題》中指出：「在土改運動中，發生有不少打人和逼死人的事實，更由於黨內不純，地主、富農、投機分子和流氓分子利用機會搗亂，就造成了亂打人、打死人、逼死人的現象。有些罪不該死的人，被打死殺死了。這值得引起我們的嚴重注意。」〔註 2〕

楊奎松的《新中國土改背景下的地主問題》一文，對此有更詳細的記載：

> 四川省尚處在退押反霸鬥爭中，雙流縣 1951 年初兩個月就槍斃了 497 人，141 人（73 男，68 女）因恐懼被鬥被逼而自殺。郫縣頭兩個多月槍斃了 562 人，也造成 222 人以自殺相抗。不少地主甚至「捨命不捨財」，寧願全家自殺也決不肯拱手交出財產。據雙流縣報告，該縣自殺的 141 人當中，「捨命不捨財」的地主就有 63 人之

〔註 1〕毛澤東：《徵詢對待富農策略問題的意見》《毛澤東選集》第五卷，人民出版社 1977 年 4 月第 1 版，第 13～14 頁。

〔註 2〕任弼時：《土地改革中的幾個問題》，中央檔案館編《解放戰爭時期土地改革文件選編（1945～1949 年）》中央黨校出版社 1981 年版，第 123 頁。

多。(《成都市附近七縣退押反霸情況》，1951 年 3 月，四川省檔案館藏檔，建西/1/502/1-3；《雙流縣最近退押情況》，1951 年 4 月，四川省檔案館藏檔，建西/1/502/1-2。)隨著土改開始，一些幹部更習慣性地把上級號召的「政治上打垮」理解為一個「打」字，「因而在鬥爭中產生放任暗示和組織打人的情況」。據報，「有的還帶上打手，以捆、吊、打人代替政治上的打倒地主，陽奉陰違，報喜不報憂，在賠罰、鎮反、劃成份等各個環節上交待政策，分別對待不夠。有的地方經領導上具體指出來的問題，亦未實際的去做，因而在各個環節上死了一些人，結果大多報為畏罪自殺。」(《冀逢春同志在區黨委擴大幹部會議上關於川西第二期土改工作的檢查報告》，1951 年 10 月 7 日，四川省檔案館藏檔，建西/1/16/1-2。)營山縣 30% 的村子發生了吊打和肉刑的情況，全縣被劃地主多達 3760 戶，其中自殺了 261 人（總共自殺 301 人）。(《中共川北區黨委第五工作團關於營山縣情況的報告》，1951 年 8 月 1 日，四川省檔案館藏檔，建北/1/158/33-34。)榮昌縣七區 4 個鄉，54 個村，共劃地主 663 戶，3376 人，區領導自土改開始，便放手組織亂打、亂吊。14 村共劃中小地主 15 戶，就打死了 15 人，平均每家一個。土改幹部林成雲在鬥爭大會上甚至用刀割斷了被鬥地主的脖子，眾目睽睽下當場將地主殺死。由於地主成為受辱和死亡的代名詞，一些農戶得知被劃為地主後，竟絕望自盡。有地主生恐被鬥，硬被拉到鬥爭會場後，即用頭當場撞柱而死。僅這幾個鄉地主富農就自殺了 96 人（男 39，女 57），當場鬥死 16 人（男 9，女 7）；鬥爭後幾天裏又病死、餓死了 66 人（男 42，女 24），加上關押致死的 12 人（男 8，女 4），總共死了 190 人（男 98，女 92）。(《江津地委關於榮昌縣七區土改中違法政策及地主死亡情況的檢查報告》，1952 年 5 月 24 日，重慶市檔案館資料 D221/719/18-1/9。) 〔註 3〕

這說明，土改中違反政策的過火行為並非個別的現象。文學作品可以不可以寫這些現象？可不可以通過這些現象所代表的歷史曲折過程，寫出中國社會的進步以及進步中令人深思的一些問題？回答當然是肯定的。

《軟埋》寫了川東幾個地主家庭在土改中的命運。一個是柏楊壩大水井

〔註 3〕楊奎松：《新中國土改背景下的地主問題》，《史林》2008 年第 6 期。

的李蓋五，解放軍清匪反霸的時候是積極分子。後來在萬縣當土改隊長，到處演講，讓大家把糧食給國家，後被農會叫回來參加鬥爭。縣人民政府保他，規定不准吊打、不准槍斃。農會聽縣裏的，但是恨他的人也多，就把他一家子關在莊園不准出來。不打，不斃，可是不給吃的——縣裏沒有規定要給飯吃。沒飯吃，一家子餓死。

另一個是川東胡水蕩的胡如勻，即丁子桃的父親，早年留洋，為人處世講究一個「忍」字，他的兒子胡凌云是參加人民政府的幹部。有人忌恨，忌恨的人中就有祖上是富戶，後因下一代相互扯皮，家道破落的族人。胡如勻請兒子來搭救，兒子在半路上被人暗殺。一家人，除了出嫁的胡黛雲，在鬥爭會後被全部槍決，字畫和書燒了好幾天。

著墨最多是三知堂的陸子樵。他參加過辛亥革命，解放軍在清剿土匪時利用其在地方上的影響力，勸降大批土匪，立了功。土改開始，全村人簽名具保，縣人民政府也認為他對革命有貢獻，同意不鬥爭他。他則表示永遠站在政府一邊，服從政府領導，並承諾把糧倉裏的米拿出一半來分發大家，城裏的生意也拿出一半來服務本村，還開始籌劃辦學堂辦診所，修路修橋。可是陸家養大的一個孤兒金點改變了這一切。金點的曾祖父是陸家祖上的隨扈，因追隨有功而授其良田十八畝。陸子樵成年後，陸氏家族要重建祠堂，族中長輩把這件事交給陸子樵辦。他提議用二十畝地換金點爹手上的那十八畝，或者高價購買，但金點的爹以這田是祖傳為由，不答應。雙方僵持中，陸子樵的管家利用金點娘難產要借馬車的機會，讓金點爹簽下換地協議。金點娘因延誤搶救時機而亡，他爹在臨死前託人把金點送至陸府，由陸子樵養大。金點在解放後得知這一真相，憤而出走。土改時，他回鄉復仇，提出不鬥陸子樵就分不了地主的土地和財產。大夥聽了覺得有理，就把縣人民政府的決定拋到腦後，準備鬥爭陸子樵一家。陸子樵不願受辱後再被處死，全家自殺。

這幾個「地主」，按他們擁有的土地和財富，確實是地主，但他們的實際表現類似於國民黨的將士在解放軍的壓力下起義，人民政府肯定了他們對革命的貢獻。新民主主義革命時期出身地主，甚至是大地主，而投身於人民革命事業者其實不在少數，所以地主的成分不是決定要不要鬥爭或者槍斃的依據，重要的是他們的表現。土改政策中有財產認定和立功表現的具體規定，但不應該鬥而鬥了，不應該槍斃的槍斃了，這種現象難以避免。《軟埋》中，作者非常清楚地交待，違反縣人民政府的決定批鬥陸子樵，主要是金點挾私

報復。因此，陸子樵的命運，實質上是個別壞人利用群眾的狂熱性、踢開共產黨對土改的領導所造成的變故，而不是陸子樵對抗土改、自取滅亡的鬧劇。它說明土改所依靠的階級隊伍本身並不純潔，有些農民受舊思想毒害，基於個人自私的動機，想多分浮財，加上工作隊缺乏經驗，妨礙了土改政策的全面貫徹落實。《軟埋》中的老革命劉晉源對此說得很明白：「當年並沒有人出來分析，窮人為什麼會窮，窮人中有沒有地痞流氓。更沒人說，哪些富人是好富人，哪些是壞富人。所有的一切，都是現學。而且打完仗剿完匪，殺心還沒有褪盡，就覺得鎮壓是最簡單有效的方式。不像現在，你說村裏開會集體商量去殺個誰，哪有那麼容易？因為社會已經進步了。可那時，誰都不懂呀。所以，一下子就過了頭。一旦過頭，根本就剎不住車，都成了一筆糊塗賬。等到上級下命令不准亂殺時，已經殺了不少。你也看到那些大宅子了吧？富人有多富，你已經知道了。可是你並不知道窮人有多窮，沒飯吃沒衣穿的人，多的是！只要是窮人，不管活在哪個社會，你讓他去把富人的財富變成自家的，把地主的土地變成自己的，只要允許，哪個不會積極去幹？天下人心是一樣的。」〔註4〕這同時也說明，土改這樣的重大歷史變革，離開中國共產黨的正確領導會產生多麼嚴重的後果。

土改的歷史進步性通過這種悲劇性的插曲表現出來，它凸顯了歷史的複雜性、社會的豐富性和生活的真實性。文學創作必須通過具體生動的事例來反映歷史的必然。《軟埋》這樣寫的意義就在於超越了教條主義者口中的概念性的土改，而是直面複雜的歷史、真實的生活，從寫概念轉向寫生活，寫人的複雜性和豐富性。透過陸子樵的命運，我們看到歷史進步的大勢和它所採取的曲折形式，看到了大變革時代堅持共產黨領導的重要性，看到土改中的一般群眾既是土改所要依靠的力量，而他們身上又存在著從舊社會沾染的私欲和壞習氣，因而教育這些落後農民是一項非常嚴肅的政治任務。

二、多聲部敘事中的主題

從《風景》開始，方方的創作就顯示了通過特異方式講述故事的才能。《風景》中夭折的小八子躺在自家窗戶下的泥土裏，目睹了一家子人的相互傷害。「小八子」，就是一個中立的視角，講述一家人生存的艱難和他們的人生哲學，從而讓每個人的行為哪怕自私，也顯得理由十足，在這樣的彼此衝

〔註4〕方方：《軟埋》，人民文學出版社2016年8月第1版，第111頁。

突中呈現的生活圖景就顯得格外生動和鮮活。從《風景》開始，方方也喜歡誇張，她把日常的矛盾加劇到劍拔弩張，營造出緊張的藝術氛圍，來加強主題的力度。七哥被父親打得奄奄一息，蜷縮在床底下等死，但他還是被救過來了，雖然一家人不待見他，就因為這場病耗去了家裏很多錢。這些錢本來是父親答應給姐姐大香和小香買圍巾，給五哥六哥買涼鞋，為母親買尼龍襪子和給大哥買手錶的。「所有人都沉下臉不理睬七哥。連大哥都陰鬱著臉一句話不說。」作者喜歡展現這種冷酷的人情，但讀者透過其冷酷的表面又不難體會到這一家子人的溫情，他們畢竟把七哥救活了。示人以陰冷，骨子裏並不缺少暖意，這也是一種風格。

《軟埋》延續和發展了這種風格。小說採用 Y 型結構，先是依常規講述丁子桃 1952 年被人從河水中救起後的生活——失憶，當保姆，嫁人，生孩子。她習慣於獨處，一直到文革中丈夫因車禍而亡。到第五章，丁子桃住進兒子青林為她買的別墅，受到豪華裝修的觸動，「靈魂不在現世」的她突然沉入記憶深處，此前偶而從無意識中浮現的往事細節，變成了從十八層地獄艱難向上的攀爬，向她的土改經歷回歸。這與她兒子調查川東民居、實則是追尋她作為胡黛雲在土改中變故的線索，構成一陰一陽的呼應。這種寫法，明顯借用了《風景》的從小八子視角講述現世故事的經驗，目的是把丁子桃與胡黛雲分割開來，由災變失憶和攀爬地獄、回歸歷史現場構成一個強烈的對比。講述的過程充滿懸念，增強了作品閱讀中的緊張與恐懼，同時拓展了想像的空間，擴大了歷史容量。丁子桃最終爬出了地獄，明白了她就是胡黛雲。而在恢復記憶的那一刻，她的生命也到盡頭。清醒即死亡，表明有些事情確實是遺忘的好。

不過《軟埋》的敘事風格相對於《風景》是有所發展的。《風景》裏由角色差異性所構成的多聲部敘事，保持了調子的統一——所有人掙扎於艱難的人生。《軟埋》的多聲部敘事，則分成歷史與現實的兩大部分——胡黛雲的世界與丁子桃的世界是難以調和的，地獄經歷與現世生存也勢不兩立。這種尖銳的對抗性，由題材的性質決定，但也說明作者對這一題材的處理心存疑慮。她刻意讓不同人物從各自的立場回顧與評說歷史，凸顯她自己作為講述者的中立，以保持歷史場域中各種社會力量的話語平衡。說到底，她是有所顧忌，而這種顧忌又並非庸人自擾。

講述的中立性，在丁子桃身上表現為她恢復記憶的那一刻，同時意識到

了她祖上的發家史也並非清白。她祖上的所謂成功，對貧窮者未嘗不是一個
傷害，因而她娘家和她公公家在土改中的遭遇是有前因的。作為土改中受衝
擊的當事者，清醒後的這種反思，可以理解為在提示人們要從更為寬泛的視
野上去尋找人類正義的價值。

《軟埋》的多聲部敘事，更多地是由不同背景人物的自述來實現。

老革命、指揮了川東剿匪的解放軍高級幹部劉晉源及其當年的部下對土
改的觀點是：

> 手段不嚴厲，根本不可能鎮得住那些個富人。他們有錢有槍有
> 民團，拉出去就是一支隊伍。何況還有潛伏的國民黨在暗中串聯。
> 就算剿匪結束了，暗藏的破壞者依然多的是。虧得土改，把他們的
> 主要拉攏和支持的對象全部摧毀，而且也把他們震懾住了。社會穩
> 定的代價很慘重，但重要的是穩定了。川東什麼時候少過土匪？剿
> 匪結束後，還有些零散的和心不死的，準備等正規軍一撤，再進山
> 糾夥。可是土改完後，全沒了。不是人死了，就是被管制死了。從
> 此以後的五十多年裏，老百姓才過上沒有匪患的生活。〔註5〕

這成了今天社會的主流觀點。它肯定了土改對於摧毀舊制度的社會基礎、
剿滅土匪和安定民眾生活的巨大意義。

當年土改積極分子的後代的觀點是：

> 陸三爸的聲音突然放大了，他說：「大家看了鬼大屋，都覺得陸
> 家太慘了。話說回來，陸家這個樣子，不是他們自己選擇的嗎？為
> 什麼就不說人家金點家也慘呢？如果陸家不強佔他家的地，他們會
> 家破人亡？難道窮人家破人亡就不算什麼，富人家破人亡就更慘
> 痛？所以，這個事情要這樣看，你陸家滅了王家，人家回來報仇，
> 這是你兩家人的事。何況人家金點還沒動手，你們就自己滅了自己，
> 連家裏的下人都沒有放過。你家養大了金點，金點為你們娘老子立
> 了碑，也算是有仇報仇，有恩報恩。你們現在咬牙切齒地恨家鄉，
> 這恨得有什麼道理？再往前講，你家這富是怎麼來的？你賣鴉片，
> 賺肥了，又有多少人為你家的生意丟了家賠了命？人家都沒咬牙切
> 齒，你們又有啥子不可以放下？」〔註6〕

〔註5〕方方：《軟埋》，人民文學出版社 2016 年 8 月第 1 版，第 111 頁。
〔註6〕方方：《軟埋》，人民文學出版社 2016 年 8 月第 1 版，第 259～260 頁。

陸三爸，是土改翻身農民的後代，他為金點的「忘恩負義」做了辯護。但是，

> 一個老太太插嘴說：「他麼爸叫二禿，是積極分子。他看中了陸家的一個丫頭，結果人家寧可死都不肯嫁他。還有墩子，就是陸歡喜的爸，也是積極分子，他也看中了陸家的一個丫頭，那丫頭也是寧肯死，都不嫁。」

> 滿場人都笑了起來。〔註7〕

> 前面插過嘴的老太太說：「陸三你一家子當年都是積極分子。村裏最好的地，就是被你家搶去了，你全家都巴不得陸老爺家死得光光的。」〔註8〕

老太話音落地，引起周圍村民的一陣哄笑。這代表了土改中另一些底層民眾的後代的態度。他們對一些土改積極分子的私心不以為然，認為這些積極分子看中的只是地主家的丫頭和好地。這暗示了土改中的底層農民存在由利益的不一致所造成的內部矛盾。

土改過去四十年後，1992年的清明，陸子樵的二兒子，胡黛雲的丈夫、丁子桃的前夫陸仲文與他的弟弟從美國回來掃墓，受到當地政府的隆重接待。地方政府這時有招商引資的考慮，而陸仲文一行在祭拜故人後則是絕情而去：「走時就說了三個永遠。永遠不再回來。永遠不會把這裡當自己家鄉。永遠不讓子孫後代知道這個地方。」對於陸仲文1992年回鄉時的表現，當年的土改積極分子會認為是其階級本性使然，而當年土改中的一般農民則會認為他父親對新中國有功，人民政府決定不鬥陸子樵，後來的結果是土改中一些人違反土改政策、公報私仇造成的，就像他們的後代所說的：「大家看了鬼大屋，都覺得陸家太慘了。」

當地政府接待陸仲文一行，其實也體現了政府在改革開放時代對歷史問題的態度，那就是在肯定土改奠定了新中國社會基礎的前提下，把已經不對當下的社會進程產生現實影響的土改中一些具體問題，包括「過火」的行為，採取具體問題具體對待的辦法，引導人們向前看。這裡包含了對此前社會主義建設過程中一些失誤的反思，包括重新設定社會主義的目標、開始改革開放。這不是對土改歷史的否定，而是基於新的國際國內形勢，要求人們遵循歷史發展規律，糾正「左」的錯誤，把工作重點轉移到以經濟建設為中心的

〔註7〕 方方：《軟埋》，人民文學出版社2016年8月第1版，第256～257頁。
〔註8〕 方方：《軟埋》，人民文學出版社2016年8月第1版，第260頁。

軌道上來，並由此確立評價歷史和個人的新的價值標準。當然，不能不承認，從土改到合作化，從人民公社到聯產承包責任制，土地所有制在社會主義體制內部的這種探索和重大調整，導致一些人在思想上產生了困惑，不同階層的人們在歷史問題和現實利益方面存在不同的觀點，這些需要在理論和實踐的結合上進一步深入地探討。這方面的問題沒有很好解決，為當前意識形態領域的一些爭論埋下了伏筆。

但有一點是明確的，即《軟埋》的作者只是客觀地講述不同階層、不同時代的人們對半個多世紀前天翻地覆、充滿尖銳鬥爭的土改的看法，並以現實主義的方法寫出了不同觀點後面的個人情感，讓這些人帶著自己切身感受和利益考慮來訴說恩怨情仇，展現了真實的歷史畫卷。她沒有為這些人的功過、恩怨做簡單的結論，其實她也無力做出結論。回答這些重大的問題，已經超出了作者的能力，那是歷史學家在今後相當長一個時期裏所要做的工作。作家從自己的感受中來展現歷史的過程，關注人的故事，特別是關注歷史過程中作為主體的人的內心世界，她已經完成了自己的使命。

可是《軟埋》還是暗示了「結論」的。方方讓不同階級出身、在不同時代背景下的角色按各自的觀點來講述土改的歷史，表達他們的愛恨情仇，讓一個主旋律迴蕩在多聲部的樂章中，那就是歷史有它的自身規律，不以人的意志為轉移，個人在歷史大潮中很渺小，因而評價歷史必須把握基本趨勢，從大勢中理解個人的位置——當然是不泯滅主體性的個人。哪怕是受到不公正的對待，雖不可能改寫歷史，但你也不要對遲來的公正喪失信心。這是新民主主義革命的參與者，土改的親歷者，後來又經歷了「文革」考驗的老革命「劉晉源」們的觀點。雖然這可能被理解為是勝利者書寫歷史，也可能被教條主義者斥為對土改運動的歪曲，但不可否認這種觀點佔據著主導的位置。

方方的態度呢？她顯然沒有否認劉晉源的觀點，她甚至是以劉晉源的土改觀來確定她的整個小說的藝術構思，劉晉源的土改觀事實上成了這部作品的思想邏輯基礎。

三、留在時間中的秘密

從完整地展現土改的過程，甚至像《暴風驟雨》那樣，為了表現東北地區在《中國土地法大綱》公布后土改運動的深入，作者硬是補寫後半部，不得不讓本來非常能幹的郭全海被壞人奪了權，由工作隊重新進村再來一遍土

改，從而造成了人物性格和小說結構的裂痕，那麼到《軟埋》把描寫的重點轉移到土改中的人，特別是聚焦於土改中受到打擊的人物，顯然是創作觀念上的一大變化。

這一變化有一前提，那就是把文學作為生活教科書的時代已經過去，廣大讀者對土改的歷史進步性已經有了深入的共識，因此文學作品涉及土改的題材不必再重複《太陽照在桑乾河上》《暴風驟雨》那樣聚焦於土改過程的寫法，可以把重點放在人上面，讓後來的讀者瞭解土改這一巨大的歷史變革對不同階層人的影響，瞭解共產黨的領導與土改之間的關係，從而讓讀者更為深入地理解歷史發展規律。

這樣寫的一個直接結果，就是作品裏的人物普遍地突破了以前一些作品中的類型。如前所述，地主形象中，陸子樵、李蓋五、胡如勻，這些人的身份複雜，實乃他們在歷史巨變中因應選擇的結果，但也是他們真實政治態度的表達。因此，他們成分如何劃，劃定成分後如何對待，都是一項政策性非常強的工作，是具體的問題，不是一個脫離具體對象的政治標籤可以做結論的。他們是具體的人，不是一個可以用來貼到一切地主身上的那種標籤，其成分的劃定和對待他們的方式需要具體分析。這就跟以前土改題材作品所寫地主不同——以前許多作品中的地主一般是合乎階級鬥爭理論的那種標準的地主，集中了反動的地主階級一切罪惡的特徵，而《軟埋》中的地主，按其經濟狀況是地主，但按其政治態度和他們與中國革命、人民政權的複雜關係，本來並非是必須鎮壓的地主。所以當時縣人民政府考慮到陸子樵、李蓋五的現實表現，接受村民意見，決定不鬥、不殺，是有道理的。

土改參與者中的落後人物，以前的土改題材小說也曾寫到，但那些小說基本是讓農民中的先進分子把落後農民帶動起來，表現貧下中農作為階級整體在政治上的先進性。《軟埋》則透過歷史的距離感，讓土改積極分子的後代道出了他們先輩中一部分人的真實心態。這些先輩之所以積極鬥地主，不過是想多占好地，把地主家的小姐、丫頭要過來當媳婦。

《軟埋》裏的人物，最不符合唯成份論的是引發陸子樵家集體自殺的金點。金點報父仇，蓄意挑動村民，造成了嚴重的後果。如果陸子樵理當鎮壓，他便是農民革命的先進分子；但他違反了縣人民政府的決定，實際上是在破壞土改的正常進行。當他導演的鬧劇變成慘劇後，他卻「良心發現」，半夜裏為陸子樵偷偷地立了個墓碑，然後不知所終。這使金點這個人物嚴重超出了

特定階級的規定性，成為讓後來者評價起來眾說紛紜的一個人物。

土改中因為壞人搗亂甚至奪權，出現了運動的曲折，這在《太陽照在桑乾河上》《暴風驟雨》等作品中已經出現。所不同的是，那些作品寫到壞人破壞，就在土改進行的過程中即被識破並被「揪出」，所以作品的主題是土改取得了完滿的勝利。在《軟埋》中，土改中壞人的破壞，是到幾十年後才以某種方式得到糾正，比如通過老革命劉晉源的口，承認了土改中存在過火的現象。劉晉源還親自為在土改中受到不公平對待的李東水作證，證明他不是土匪，而是為剿匪立下汗馬功勞的革命功臣。李東水僅僅因為在擔任共產黨地下交通員時所聯絡、後來要介紹他入黨的地下黨員犧牲，找不到證人，害得他從土改到「文革」吃了許多苦頭。不過值得注意，這樣的「糾正」仍然是在共產黨執政的條件下對歷史的還原，是在經歷了半個多世紀後作家對歷史冤案的一個客觀公正的交待。

陸子樵家傭人隨主人的集體自殺，是此前的土改題材中從未見過的。這是一個在廣場狂歡的恐怖氣氛中，舊時代忠義思想主導的悲劇。在批鬥地主以及隨後槍斃的輿論震懾下，陸子樵要底下的人自行選擇去留。這些下人與陸家有千絲萬縷的聯繫，在共同生活中所培養起來的情感依賴，使他們在驟然到來的災變時刻難以作出需要自覺的階級意識支撐的清醒判斷，最後在驚恐之中依據從眾心理，做了陸家的陪葬品。我們可以基於同情而對此表示遺憾，也可以痛惜這些人的不覺悟，做了地主階級的犧牲品。不管哪種情形，都顯示他們是生活中的人。他們有人的情感，包括情感的誤區；有人的思想侷限，比如認不清自己的階級地位；也有作為人所值得同情的方面：他們本來就是一個特殊的群體，不宜用當時土改積極分子的標準，更不能用今天大多數人的思想水平來要求這些長期生活在地主家庭中的人物。這也就表明了，作者的描寫並非在美化地主，而是對於當時社會真實一面的客觀講述。

把人當成人來寫，從人的一般情感、心理規律和他們的社會身份出發寫出人的階級的、階層的分野，這是文藝觀念從本質主義向真正的現實主義回歸的一個積極成果。同時，這也反映了經過半個多世紀社會主義道路的不斷探索後，我們對歷史上的土改有了更為清醒的認識，在肯定它總體上的巨大歷史進步的同時，也注意到了具體進行中的土改存在著偏離共產黨土改政策的問題。土改的政策與進行中的土改運動，關於土改的理論分析與在一些地方進行的土改運動，不能簡單地劃上等號。這種新的歷史觀顯然是方方創作

《軟埋》的思想基礎，也是她把人作為寫作重點的一個內在依據。但是，當人取代土改的過程作為創作的重點，作品對土改的描寫就與把土改當作一個過程來寫的作品有了不同的意義。它不再是講述土改作為一個歷史事件總體上的正確，而是從土改中所涉及的不同階級、不同階層人的感受這一角度，來透視具體的土改運動對人的影響，從而來反思一些地方的土改所存在的偏差。

反思，需要時代的條件。今天對土改的反思，既是回歸歷史現場的努力，也是對於歷史的新的審視。完全返回原初意義上的歷史現場幾無可能，因此所謂的回歸歷史，其實就是借助客觀的經驗，站在新的時代，對歷史的重新評價。對土改的重新審視所依據的客觀經驗，主要就是從土改以來半個多世紀的中國社會主義建設過程中對土地所有制形式的不斷探索。土改以後的集體化，人民公社，新時期的土地承包制，當下的土地流轉經營，都是社會主義制度下土地經營形式的變革，反映了人們對社會主義不斷深入的認識，並伴隨著社會主義目標的調整和道路的探索。探索和創新，不可避免地使土地所有制的實現形式呈現出前後的差異，這也成了今天社會上在一些重大的歷史和現實問題上存在「左」、「右」意識形態分歧的一個重要原因。圍繞《軟埋》的爭論，從根源上說，就是由土地集體所有制的實現形式這種變化造成的，因為這些變化牽涉到中國革命和建設過程中最為重要的一些方面。

在文學的領域，這些分歧涉及怎樣確立對歷史事件和歷史中的人的評價標準。比如革命與人的關係中，誰是目的、誰是手段？或者在什麼條件下革命是目的、人是手段，什麼條件下人是目的革命是手段？歷史的經驗告訴我們，在革命進行過程中，革命者是把革命當成目的的，因為這一目的包含了人的解放的理想，在其實踐的形式中，革命就成了直接的目的，個人可以為這理想而犧牲，成為人民的英雄。但是進入社會主義建設時代，仍然能把那套革命標準原封不動地搬過來對待歷史問題與現實挑戰嗎？正是無視社會主義建設的新條件，簡單搬用一些革命教條的那種極左立場，在一時期裏造成了重大失誤，使革命落入了革革命、革革革命……的無解的邏輯循環，成了針對革命者自己的一次次極左的運動，最為嚴重的就是十年浩劫「文革」。明白了這一點，就可知道，脫離歷史條件，機械地依據階級鬥爭的理論去評價文學作品，既可能脫離時代，也可能脫離文學作品的實際內容，以革命意識形態中的一些概念給作品中的人物貼上政治標籤，而無視作品是在新的歷史條件下，比如在新時期來反思歷史上的一些「左」的錯誤，從而發生以概念

切割生活，切割人，要求藝術創作合乎僵化的觀念，卻肢解了活的人的問題。或者是這些批評者以自己也未必真正了然的概念不切實際地來指責作家的具體描寫，不從作品出發，而是從他的概念出發，亂點鴛鴦譜。

革命與人的關係，反映在人文科學的領域，就是階級性與人性的關係。革命考慮到現實政治鬥爭的著力點和要依靠的社會力量，必定強調人的階級性。人性的觀點會妨礙以階級鬥爭方式進行的革命進程，因而會在革命過程中受到監控和批判。但是當革命成功後，建設成為時代的主旋律，因為要動員一切積極的力量彙集到民族振興和人民福祉的大旗下，階級意識與人性觀念就不是水火難容了，人性的要求就會得到某種確認和尊重。這時，文學的題材就會突破教條主義的限制，文學中的人物也會呈現人性的多樣化。《軟埋》中的丁子桃，她的後半生是向胡黛雲復歸的艱難掙扎。而一旦回歸到胡黛雲，她發現一切皆非個人意願所能轉移，而是由革命鬥爭的規律（包括機會主義所導致的問題）所主導的。歷史真相在此時就成為她無法面對、不敢正視的現實問題。死亡是解脫之道，也是遺忘的極端形式。

如果說胡黛雲的命運是一個客觀的存在，對它的解釋則可以採取革命時期的視角和今天的視角兩種方式。按照當年土改中像金點這樣的投機分子的觀點，胡黛雲顯然沒有什麼可以抱怨的——不鬥爭陸子樵，怎麼分土地和家財？但如果按照今天的視角，則陸子樵的遭遇是歷史的偶然，只不過是金點這樣的壞人挾私報復的結果。可以設想，如果執行人民政府關於不鬥陸子樵的決定，川東這個地方的土改仍會進行下去，但肯定會是另一種可能更為符合土改政策的模樣。但當我們今天這樣來設想的時候，實際上已經在想像中糾正了當年川東地區土改的偏差，這顯然是對歷史的一種想像。不過，想像的意義是彰顯了今天的視角與當時的視角之間的時代差異。當我們討論丁子桃的命運時，顯然會發生兩個時代的視角差異，存在評價歷史問題的一個時代的錯位問題。圍繞一些歷史事件的分歧，主要由此產生。

這種分歧可以分析，但不可能在歷史的時空裏加以彌合，這也正是《軟埋》這樣的題材可能會觸到人的痛處之所在。時間不會倒流，人們所能做的只有改變態度。丁子桃的態度就是失憶——實質就是迴避，也即「軟埋」。軟埋，不是對土改的軟埋。土改的歷史是軟埋不了的，「軟埋」土改的說法太過牽強附會，不符合作品所交待的語境。軟埋，只是對歷史造成的宿命的「軟埋」，那就是遺忘。胡黛雲選擇了遺忘，她的兒子青林，開始想搞清楚他母親

的身世之謎，但當真相接近大白的時候，他也意識到宿命的恐怖，選擇了遺忘，就像他的同學龍忠勇勸他的：「其實也不存在給自己定位的問題。人生有很多選擇，有人選擇好死，有人選擇苟活。有人選擇牢記一切，有人選擇遺忘所有。沒有哪一種選擇是百分之百正確，只有哪一種更適合自己。所以你不必有太多的想法，你按你自己舒服的方式做就可以了。」〔註9〕政委劉晉源之子小安也提醒他：「青林，我比你年長，知道的事情比你多。我想跟你說，如果很難找，大可選擇放棄，沒必要非得去追尋什麼真相。你要明白，這世上很多的事，都不可能有真相的。所以，活著圖個簡單省事，經常就是人生的真諦。」〔註10〕青林最終也明白了：「世上總歸有些事不值得你去記憶。或者說，世上有些事有些人，必須忘掉。」〔註11〕

　　遺忘，是當事者的無奈選擇。那麼作者呢？作者好像有點不甘心，方方在為當事者設計遺忘的方案之外，又通過青林的同學，建築學教授龍忠勇的口，表明了另一種可能的態度——記錄。

　　　　龍忠勇見他沒有說話，緩了一下口氣說：「你還好吧？我知道你的心情。我理解你。如果與你家有關，或是涉及你家隱私，我一定會用隱筆。你不要擔心。只是這本書，我一定會認真地寫出來。因為，你不需要真相，但歷史卻需要真相。」

　　　　……

　　　　龍忠勇最後一句話說的是：「有人選擇忘記，有人選擇記錄。我們都按自己的選擇生活，這樣就很好。」

　　　　青林不知道自己怎麼做的回覆。他關了手機，只覺心下悵然。

　　　　眼前是開闊而蒼茫的湖面，風起時，波浪一層層湧起。

　　　　他想，是呀，我選擇了忘記，你選擇了記錄。但你既已記錄在案，我又怎能忘記得掉？而真相，青林心裏冷笑了，真相又豈是語言和書本所能描述出來的？這世上，沒有一件事，會有它真正的真相。〔註12〕

　　作者寫到的川東腹地，大多的村莊都很清靜，許是人少緣故吧，頗給人

〔註9〕方方：《軟埋》，人民文學出版社2016年8月第1版，第288頁。

〔註10〕方方：《軟埋》，人民文學出版社2016年8月第1版，第233頁。

〔註11〕方方：《軟埋》，人民文學出版社2016年8月第1版，第234頁。

〔註12〕方方：《軟埋》，人民文學出版社2016年8月第1版，第289頁。

一種生氣不足的感覺。油菜已經收穫，春玉米也都落地，小苗還沒有冒齊整，田裏的青綠色便顯得淡淡的。有村的地方，樹叢倒是濃綠成一簇，田園生活的靜謐彷彿都深藏其間。在這樣一片青山綠水間，隱藏著多少歷史的秘密？

記錄，就是要把歷史的真相留給後世，少走前人的彎路。但歷史能告訴後人真相嗎？革命與人的關係，階級性與人性的關係，是一對動態平衡中的概念。它們關係的演變，是由歷史書寫的。作為小說家的方方，可以構想對待歷史的不同態度，但也無力給出確定的答案。因此，《軟埋》的一個意義，是提出了一個隱藏在時間中的關於革命與人等項關係的秘密。它期待後人在歷史長河中，通過實踐去尋找明確的答案。但我預感，這是一個非常漫長的、甚至是沒有盡頭的過程——爭論仍將繼續！

載《南京師範大學文學院學報》2018 年第 1 期，
原題《〈軟埋〉：時空裂隙中的藝術與歷史的對話》。

《無出路咖啡館》中的美國人形象

　　嚴歌苓是當代著名旅美華人作家，她的作品因「窺探人性之深，文字歷練之成熟」〔註1〕而受到廣泛關注。其實，嚴歌苓留美前就是上海作協專職作家，只是其聲名響徹大洋兩岸是在留美之後，這主要是因為她移居美國後，在異質的文化環境中對人生的問題和人性的複雜性有了一份新的感悟〔註2〕。本文以《無出路咖啡館》為對象，考察嚴歌苓移居美國後由於處於兩種不同文化的碰撞中，其跨界敘述對於「美國人形象」塑造的影響，揭示作者既敏感於美國人「救世主」面目背後的虛偽與冷漠，又肯定他們循規蹈矩而又務實樂觀的中產階級生活態度，體現了作者「自我」對他者文化既認同又拒絕的矛盾心理。透過這種心理，我們可以探尋歷史與現實、個人與社會的境遇，可以觀察跨界狀態下作家「自我」的內心狀態。

一、跨界敘述：《無出路咖啡館》的創作旨趣

　　「跨界」具有後殖民語境中「流放」的含義，即指地域、心理和文化上的「流放」〔註3〕，又可理解為無所歸屬、錯位、移植等。用「跨界敘述」來定位《無出路咖啡館》的創作旨趣，是對作者創作經歷和創作體驗進行梳理後得出的結論。1989 年，30 歲的嚴歌苓留美，經歷了打工、讀書、創作的艱辛求學生涯，對底層移民生活有了深刻的瞭解和體會。1993 年，嚴歌苓與美

〔註1〕轉引自陳瑞林：《冷靜的憂傷》，《華文文學》2003 年第 5 期。
〔註2〕王文璨：《永遠的寄居者──淺析海外移民生涯對嚴歌苓小說創作的影響》，《理論研究》2010 年第 5 期。
〔註3〕任一鳴：《後殖民：批評理論與文學》外語教學與研究出版社 2008 年版，第131 頁。

國外交官勞倫斯結婚並定居美國，她曾將這一經歷稱為「錯位歸屬」。所謂「錯位歸屬」，是嚴歌苓對「Displacement」一詞的漢譯，也是作者基於個人體驗對寄居他國後對異國文化難以徹底認同、而對祖國文化又無法徹底歸屬的一種矛盾狀態〔註4〕。

「錯位歸屬」，是當代留美作家共同的體驗。但因社會背景、群體經驗等因素的差異，作家對「文化衝突」的處理方式是有所不同的。同為中國當代留美族，臺灣作家群的現實和心靈的雙重「失根」，使他們頻頻回望故鄉，對美國文化感覺到了「融入的艱難」。大陸「70後」和「80後」的作者，身上沒有歷史陰影所給予的重負，比較容易融入西方文化。而背負「文革」記憶的大陸作家群，則帶著理想主義時代培養起來的昂揚的鬥志和精神上的優越感，對北美文化往往採取「不融入」的姿態〔註5〕。

嚴歌苓，其創作明顯屬採取那種「不融入」的一類。這群人出生於二十世紀五六十年代，大都經歷或目睹了「文革」的狂歡和痛苦，這種記憶永遠烙在了他們的心靈深處。中共十一屆三中全會後，中國社會逐步走向正常的軌道，「留學意識」也隨之高漲，「出國潮」很快由古井微瀾變成滄海巨波〔註6〕。經歷了「文革」的思想鉗制後，人們要求「自由」與「民主」的意識空前強烈，於是，經濟發達、被認為「自由」與「民主」的美國成了眾多留學人士的首選。很顯然，帶著「文革」創傷記憶，懷著「自由」夢想的這一代作家，在赴美後感受到了兩種不同文化相互碰撞時所帶來的強烈的「衝突」。也正是這種衝突，給嚴歌苓的創作帶來了旺盛的生命力：

> 到了一塊新國土，每天接觸的東西都是新鮮的，都是刺激。即便遙想當年，因為有了地理、時間，以及文化語言的距離，許多往事也顯得新鮮奇異，有了一種發人省思的意義。僥倖我有這樣遠離故土的機會，像一個生命的移植——將自己連根拔起，再往一片新土上栽植，而在新土上扎根之前，這個生命的全部根須是裸露的，像是裸露著的全部神經，因此我自然是驚人地敏感。傷痛也好，慰藉也好，都在這種敏感中誇張了，都在誇張中形成強烈的形象和故

〔註4〕莊園：《女作家嚴歌苓研究》，汕頭大學出版社2006年版，第215頁。
〔註5〕劉俊：《北美華文文學中兩大作家群的比較研究》，《比較文學》2007年第2期。
〔註6〕錢功：《留學美國》，江蘇文藝出版社1996年版，第40頁。

事。於是便出來一個又一個小說。〔註7〕

不過，這是經歷了一個過程的。剛去美國的她還沒有在「新土上扎根」，一如眾多大陸留美作家，表現出對他國文化的疏離。但這一狀況在她結婚後逐漸得以改變。1993 年，嚴歌苓與勞倫斯結婚並定居美國，進入了她創作的一個高峰期。對這段異國婚姻，作者在一次訪談錄中這樣談到：「我的異國婚姻對我的創作有很大影響，從這以後，我瞭解了白人，瞭解了美國人，瞭解了他們的文化、思考結構、心理結構。」〔註8〕作為一個努力、認真的專職創作者，她既忠實於自己內心的呼喚，又想保持適當的距離，她說：「像加繆那樣站在局外，因為那樣就比較容易看出社會中荒誕的東西。」〔註9〕她知道，這樣一來，待移居生活方可給她「豐富的文學語言，荒誕而美麗的境界。」〔註10〕從這個時候開始，在經歷了對故國文化與經驗的沉潛，並對他國文化與生活的自覺把握之後，嚴歌苓才將前述幾類旅居作者所迴避、忽視、弱化了的文化衝突予以強化。《扶桑》《人寰》《無出路咖啡館》等作品就是這一「找尋自我」階段的創作〔註11〕。

2001 年中國大陸百花文藝出版社與臺灣「九歌出版有限公司」相繼推出的《無出路咖啡館》，是嚴歌苓創作的一部長篇。由於該小說綜合了多種矛盾，涉及到美國社會的多個領域並講述了幾代移民的故事，因此相對於作者同一階段的其他移民題材小說，其在構建「美國形象」方面具有一定的代表性。小說主要情節取白作者的親身經歷——由於作者與美國外交官有「正式羅曼史」的傾向，美國聯邦調查局「FBI」對她不斷審問和調查，甚至要做測謊試驗。作品以這一情節為主線，將作者對美國人的理解逐漸展開，推向縱深，勾勒出了跨界境況下「我」眼中具有雙重面孔的「他者」，從而形象地反映出身處文化夾縫中自我的矛盾心態。

二、行善背後虛偽、冷漠的「救世主」形象

故事以 FBI 等美國政府部門對「我」的調查、審問為主線，穿插了「我」

〔註7〕莊園：《女作家嚴歌苓研究》，汕頭大學出版社 2006 年版，第 221 頁。
〔註8〕莊園：《女作家嚴歌苓研究》，汕頭大學出版社 2006 年版，第 270 頁。
〔註9〕沿華：《嚴歌苓：在寫作中保持高貴》，2003 年 07 月 17 日《中國文化報》。
〔註10〕莊園：《女作家嚴歌苓研究》，汕頭大學出版社 2006 年版，第 215 頁。
〔註11〕李燕：《異質文化中的身份建構：從敘述者我的出場與缺席看嚴歌苓的小說創作》，《廣西社會科學》2008 年第 3 期。

與「藝術瘋三」里昂等的交往、「我」與安德烈的戀愛以及發生在中國過去時代的「我」母親菁妹與父親、劉先生的纏綿愛情故事幾條副線。在這一故事框架下，作品從兩個方面刻畫了美國人形象的雙重性。一方面是行善背後虛偽、冷漠的「救世主」，另一方面是循規蹈矩而又自立、務實的中產階級。這兩方面是矛盾的，但又奇妙地統一於美國人的形象中。

首先，小說中的美國人大多以「救世主」自居。年輕帥氣的小夥理查·福慈，身為 FBI 特工，在對「我」這個中國大陸來的窮留學生不斷調查審問的同時，一再強調他對第三世界的滿腔愛心，並以行動證明了自己的言說。他收養了韓國女童「陽光燦爛」，每天要與煩人的尿布和幼兒園打交道，不但犧牲了大把休閒時間，偶而還要耽誤工作。他與「我」的幼時好友阿書的交往，想與阿書結婚，以實現他對第三世界人們拯救的願望。房東牧師夫婦見「我」經濟困窘，為「我」多次舉辦教友募捐會。24 歲的牧師太太猶如一隻護著小雞的母雞，為 30 歲的「我」追回電話公司的電話費，並對調查、審問「我」的約翰（國家安全部門工作者）進行義正言辭的指責。當聽說系裏還有「我」這樣的貧困生時，系主任所表現出極度憤慨。這些美國人來自各行各業，有外交部官員、FBI 特工、牧師、教授，還有年輕漂亮的白領勞拉，年老的貴婦米莉等。他們以世界優等公民自居，對來自貧窮的第三世界的「我們」表示關心與善意。在他們看來，「我們」是被置放於籃子中的孩子，順水漂流到了此岸，拯救「我們」也就成為他們神聖的職責。這反映了這些美國人把他者置於弱勢地位的思維方式。這種思維方式的歷史根源，按薩義德的觀點，是前殖民時期西方對東方殖民的優越感，而就中國社會現實來說，八九十年代中國經濟在「文革」後剛剛復蘇，還遠遠落後於發達資本主義強國美國，美國人把中國人當成被拯救者，就是這種現實的反映。人們可以注意到，全球後殖民時代的到來以及美國六七十年代風起雲湧的反種族歧視運動，使得美國社會的種族歧視逐步緩解，以往聲色內荏的殖民壓迫也為東方主義的「救世」外衣所掩蓋。在這樣的背景下，上述兩方面因素結合在一起，正好讓美國人覺得幫助他國的移民，正是以美國為代表的西方世界對包括中國在內的第三世界展示的某種善意。

可面對美國人的善舉，「我」的感受又是怎樣？在小說中，「我」在一次次感恩後，是壓抑、厭倦並最終逃離。比如，「我」拖欠了房東牧師夫婦的房租，他們不但不催問我，還對「我」禮貌有加，使「我」內疚不已，只有儘量

躲避以免難堪。牧師太太為「我」多次發起了募捐會，可「我」終於不堪忍受這種靠販賣過去悲苦經歷來賺取教友們同情的淚水與支票的方式，於是藉故逃離了募捐會，最後搬離牧師家。男友安德烈對我非常愛護，為了保障「我」的溫飽，他從並不富裕的薪水中給了「我」800美金；他還記得「我」的每一種「嗜好」與「過敏」，並儘量滿足「我」，呵護「我」。為使「我」免於測謊試驗，安德烈辭掉了最適合自己的職業。雖然如此，「我」還是默默地離他而去。作者還頗有意味地暗示，特工理查收養的嬰兒「陽光燦爛」，似乎並不理會理查的付出，總對他說「不」。為什麼會有這些違背常情的行為？是因為「我們」深刻地感受到了這些善行背後的冷漠、虛偽與距離。

小說中一再提起「順水飄來」的「籬筐裏的孩子」的意象，已經暗示了這種善行的性質。「我」是個來自第三世界中國的窮留學生，「我」在這些美國人看來，是類似「孩子」的弱者，是他們照顧、保護的對象。他們對「我們」的一切善舉，就根源於這種認識。因此，他們站在與「我們」不同的高度，他們是優越、高貴的，行為是主動、施捨的。而作為這些行為的接收者，「我們」必然會感受到與行為施予者之間的隔閡。這種隔閡往往以講述美國故事時快速、緊張的節奏與人際交往中冷冰冰的禮貌體現出來。小說的敘述以過去的中國與現實的美國不斷交叉進行，前者以「我」母親菁妹的婚戀故事為主線，用一種舒緩的節奏，敘述過去中國的浪漫唯美。比如在菁妹離家去南京闖蕩的那一情節中，作者用了大量的篇幅寫了菁妹如何打車去南京，並對她棉紗的長筒襪以及繡花手絹也進行了仔細的描述。而一旦鏡頭轉向現實美國時，文本節奏是快速緊張的，文中出現了大量不帶引導詞的直接引語，類似自由直接引語，這種引語有助於快速捕捉人物心理。理查·福茲與我的對話，用的就是這種方式。這種快節奏的敘述沒有溫情，使我們感受到了人際關係的距離和冷漠。冷漠又往往體現在禮貌中。當「我」因拖欠房租萬分不安時，牧師太太並不催促，可那一聲聲克制、禮貌的交談與細聲細氣的舉動，分明給了「我」無形的壓力。勞拉是安德烈富有的美國女性朋友，她不斷驚呼「我」的大衣歷史悠久，說它是「普遍意義上的垃圾，特殊意義上的古董」，很有涵養的話中是帶著嘲諷的。理查等特工雖然口口聲聲說同情第三世界，卻像無賴那樣用盡辦法審問「我」，使「我」的生活陷入混亂與崩潰的邊緣。系主任對我的貧窮表現出了極度憤慨，可「我」最終還是與獎學金無緣。可以說，當「我」與美國人交往時，如與安德烈一起進餐，與安德烈一家過聖

誕節，與「我」所侍奉的貴婦人米莉的交談，這些人的態度往往是克制的，禮貌的。這與藝術瘋三里昂（來自印度尼利西亞的華人）、海清（來自中國北京）、王阿花（前兩者的美國女友）以及阿書的表現不同，里昂等人的態度常常是率性的，甚至是放浪形骸的。禮貌與克制本是一種美德，可小說通過對禮貌與克制行為的反諷性敘述，又時時揭露這一行為的虛偽性。這與禮貌的兩面性有關，禮貌一方面是尊重，另一方面又是疏離。禮貌在一些場合，更多的是針對陌生者的。如《紅樓夢》中賈母對久居賈府的薛姨媽刻意的禮讓有疏遠意味一樣，嚴歌苓筆下一再強調美國人的禮貌有加，也應緣自美國人的刻意行為給「我」的距離感與疏離感。嚴歌苓從中感受到的是卑微和痛苦，就像她說的：「他們的人權是有條件的，對一個像我這樣的外國人，他們以為只要有一層虛偽的禮貌就可以全無顧忌地踐踏過來。」〔註12〕

三、循規蹈矩而又自立務實的「中產階級」形象

「無出路咖啡館」，是社會邊緣人「藝術瘋三」里昂、海清、王阿花等經常出入的地方。這類人貧窮而又狂放不羈，信守「不自由，毋寧死」的哲言，與「循規蹈矩」的中產階級主流相對立。在人物族裔身份上，前者多為華裔，後者多為美國人。作者做這樣的處理，應該不是偶然的。八九十年代大陸旅美留學生的生存艱難，決定了他們大多人還不能融入美國主流社會。中產階級則是美國社會的主體，在一定程度上是美國人形象的代表。作品中的中產階級多為美國人，也應與這種狀況有關。

很顯然，「我」是把「藝術瘋三」們引為了「同道」。敘述者以驚險奇遇的筆致講述了她與落魄的華人藝術家里昂第一次相逢於午夜地鐵站的情景。兩個旅伴中，「我」毫不猶豫地選擇坐在「梳著馬尾，穿一身黑的亞洲男子」里昂身邊，因為共同的貧窮，「我」在他那兒迅速找到了認同感。在以後的交往中，「我」與里昂及他的朋友海清、王阿花建立了友好的關係。與此相對，「我」對安德烈所代表的中產階級主流社會卻採取了排斥的態度。比如，小說中多次不無厭煩地寫到安德烈的刻板，他總是千篇一律地拿枝玫瑰在機場迎接「我」，而美國人也總是在聖誕節刻意製造收到禮物時的驚喜。美國中產階級對安逸、富足生活的追求，是以對社會規範的遵循為條件的。遵循規範，意

〔註12〕嚴歌苓：《一個美國外交官和內地女子的婚姻》，《嚴歌苓研究》，莊園編，汕頭大學出版社2006年版，第231～232頁。

味著要對自己的行為有所克制，要犧牲一點個人的自由。這種循規蹈矩的生活方式，與「我」這類貧窮留學生的生活格格不入。在這種正反對照描寫中，「我」認同里昂這個邊緣藝術家而否定中產階級的價值取向十分明顯。

不過，生活並非如此簡單。美國的中產階級固然循規蹈矩，可是刻板的行動中包含了務實樂觀的生活態度。作者對此是基本肯定的，而這又往往通過對「無命名」生活態度的否定表現出來。小說標題「無出路咖啡館」中的「無出路」一詞，點明了題旨，表明「無命名」生活方式是無出路的。這種否定體現在許多方面，如里昂「寧願犧牲自己的腎也不犧牲他無拘無束的生活方式」，在「我」看來，顯然「荒誕」而「兇殘」，是自我法西斯主義者，是「對抽象的人類有意義，而對具體的個人是禍害的一群」〔註13〕。隨著與里昂交往的加深，「我」對他們「無命名」的世界越來越無法忍受。在「無命名」狀況下，一切關係都是含混、沒有意義的，不需要承擔任何責任。與此相對，則是「我」對安德烈所代表的中產階級務實樂觀生活態度的肯定。安德烈花掉他在信用公司最後的一筆 1400 美元買機票，目的就是來向我證實他在調查表上確認的是「打算將此關係發展為婚姻關係」。安德烈對「命名」的重視，最終贏得了「我」的好感。「我」在里昂與安德烈之間曾經搖擺不停，到里昂與安德烈的爭辯結束時才做出了決斷，「我」沒有跟里昂留下，而是隨安德烈離開。這場爭辯是中產階級的安德烈與「無命名」生活方式的代表里昂就各自所認同的「自由」與「犧牲」展開的正面交鋒。爭辯過程中，針對里昂蒼白虛幻的所謂「自由」和「犧牲」，安德烈的陳述集中反映了中產階級務實的世界觀：

> 我也許真像你講的那樣，把生命的主要段落出賣了，但我換來的是尊嚴，是給一個女人起碼的體面生活的力量。假如我一旦失去這個尊嚴和力量，我根本就不會走進任何一個女人。尊嚴和生存能力，給一個男人最起碼的去愛女人的條件，沒有這條件，你連雄性也沒有。〔註14〕

「我」雖然最終還是因為不能忍受被安德烈「照顧」而決定與他分手，可分手時她對安德烈又充滿深情，並對安德烈與里昂作了一番飽含著情感的比較：

〔註13〕嚴歌苓：《無出路咖啡館》，陝西師範大學出版社 2008 年版，第 191 頁。
〔註14〕嚴歌苓：《無出路咖啡館》，陝西師範大學出版社 2008 年版，第 268 頁。

　　　　美好的東西，再新鮮都帶有一點兒陳陳的感覺。這便是昂貴物什的昂貴所在。安德烈外套上的氣息，該是幾十年歲月才能提煉出的悠遠、沉鬱……里昂毀壞的不是我心靈的忠實，他毀壞了我對愛的接受和給予的能力，他毀得最徹底的，是我對愛的胃口。一個人整個情感世界的一切命名被打亂了，他是幸還是不幸呢？他是殘缺了還是有了病態的增生？〔註15〕

　　「我」顯然欣賞安德烈的「美好」與「昂貴」，認為里昂的「無命名」世界是「不幸」、「殘缺」和「病態的增生」。

　　作為一部以作者親歷為主線的小說，「我」對中產階級舒適安逸生活的肯定在一定程度上也能代表現實中作者的態度。舒適而愜意的生活，對嚴歌苓這些八九十年代初出國門的留學生來說並非易得。錢玢曾在他的《留學美國》中說：「1982出國時，他們拿的都是國家教委的獎學金，每月四百多美元。靠這點錢，在美國生活是相當窘迫的。」〔註16〕因此，對富足、舒適的中產階級生活方式的認可與嚮往，應與這種寫作背景有關。更何況，舒適與幸福的生活是人類共同的追求，作者贊同這種生活也是情理之中的事。從這樣的角度看，為了舒適而愜意地生活而遵循社會規範的中產階級自律就是一種好的品德，這應是作者對生活有所感悟而發，她曾說「婚姻是一種嚴格的紀律」〔註17〕，強調的即是律己的重要性。〔註18〕

　　　　載《華文文學》2012年第5期，原題《「跨界」視角下的雙重面孔
　　　　　　　　——〈無出路咖啡館〉中的美國人形象》。

〔註15〕嚴歌苓：《無出路咖啡館》，陝西師範大學出版社2008年版，第283頁。
〔註16〕錢玢：《留學美國》，江蘇文藝出版社1996版。
〔註17〕《婚姻是一種嚴格的紀律》，嚴歌苓口述，卡瑪整理，《名人家庭》2010年第2期。
〔註18〕本文與孫霞合撰。

阿來：經由視界融合而走向世界

　　《西藏文學》走過了四十年的光輝道路。它在為西藏文學的發展作出了重大貢獻的同時，也與西藏文學一樣，面臨著新的挑戰，迎來了新的發展機遇。

　　西藏文學在中國，乃至世界，佔有相當重要的地位。它的魅力，得益於西藏這一片神奇的土地。任誰寫出雪域高原的傳奇景觀和神性文化，他的作品何愁沒有讀者，又何愁不會引起熱烈的反響？

　　在西藏的傳奇和神性已較為廣泛地為大眾所瞭解的今天，如何講好西藏的故事，是一個很有意義的課題。我認為其中一個重要內容，就是如何經由視界的融合，向世界展現一個新的西藏，從歷史與現實的結合上向世界宣告新的西藏精神和西藏的新發展。

　　西藏在漫長的歷史中形成了內涵豐富、特色鮮明的文化傳統，西藏又是中華民族大家庭中的重要一員，與中華民族的歷史和文化血肉相連。因此，所謂視界融合，主要就是神性與人性的融合、信仰與世俗的融合、「西藏」與「中國」的融合。這三個「融合」，歸結到一點，就是要求作家從中國乃至人類的普遍性高度寫出西藏的獨特性，又從西藏的獨特性中寫出中華民族共同的歷史命運，寫出人類共同的價值理念。西藏文學中的神性要有深厚的人性基礎，而人性又應該昇華到神聖的境界，使西藏題材的作品具備博大崇高的美，又能被廣大的讀者所接受。宗教中信仰要能為世俗民眾所理解，它就應該與世俗兼容，並藉以提升世俗的生活，但顯然要由宗教與世俗相通一面的內容來指引人們對世俗意義的理解，而不是以信仰取代世俗生活。表現西藏的地域特色，要有西藏的視界，而優秀的文學顯然又不能侷限於此，而應該把西藏的歷史與中華民族的歷史聯繫起來，從中華民族的總體立場來觀察和

理解西藏的歷史變遷，展望西藏的未來。

我覺得在實踐視界融合的這個方面，阿來是一個成功的例子。

阿來生於大渡河一條支流——梭磨河畔漢藏結合部的一個藏族寨子裏。他的母親是藏人，父親是回族，按他自己的說法，從童年時代起，他就在「兩種語言之間流浪」。從小學到大學，他「學習漢語，使用漢語。回到日常生活中又用藏語交流，表達所看到的一切東西。在我成長的年代，一個藏語鄉村背景的年輕人，最後一次走出學校的大門時，已經能夠純熟地運用漢語會話和書寫，但母語藏語，卻像童年時代一樣，依然是一種口頭語言。漢語是統領著廣大鄉野的城鎮語言。藏語的鄉野就匯聚在這些講著官方語言的城鎮的周圍。每當我走出狹小的城鎮，進入廣大的鄉野，就會感到在兩種語言之間流浪。看到兩種語言籠罩下呈現出的不同心靈景觀。我想，這肯定是一種奇異的經驗」。「正是在兩種語言間的不斷穿行，培養了我最初的文學敏感。使我成為一個用漢語寫作的藏族作家」。〔註1〕

藏漢混居，實際就是兩種文化的一個「中間地帶」。阿來在這樣的「中間地帶」成長，不僅在文化上，也在生命血液裏具備了漢、藏兩個民族的特點，使自己既在漢藏文化傳統中，又不完全屬任何一個傳統，從而獲得了一種跨界的、混合的文化身份。他的作品具備了深入西藏社會的某種銳利性，達成了「藏族生存」、「中國生存」與「人類生存」的共鳴。他的《塵埃落定》，有濃鬱的西藏神性文化氣脈，但阿來並沒有沉浸在這種神性文化中；相反，他從歷史的高度，從人類普遍性的發展方向上，採取批判的態度，寫出土司制度的必然沒落，寫出了這個制度沒落過程中不同人等的心理，寫出了人性的複雜性。因為作品揭示的深刻，觸及了人類共同的生存體驗，它就成為一部名著，不僅走出西藏，而且走出中國，引起世界的關注。可以設想，如果僅僅寫出西藏體驗，寫出宗教和信仰的體驗，而與中國的歷史無關，或者缺少中國的觀念，缺少人類的共性，你也許可以把故事寫成傳奇，具有非常獨特的西藏特色，也不一定會得到廣泛的認同，獲得像阿來這樣的成功。

人說越是民族的，就越是世界的，我覺得這句名言要有一個使之具有普遍有效性的前提，即所謂的民族性本身，必須具備成為世界性的內在活力。僵化的民族性，單純地作為歷史標記的民族性，與當下人類和世界沒有活的精神聯繫的民族性，是沒有生命力的。它至多成為一種歷史的標記，甚至有

〔註1〕阿來：《我是一個用漢語寫作的藏族人》，《文藝報》2005年6月4日。

可能成為民族精神的醜陋的標記，如同魯迅批評過的「國粹」，像小腳、辮子，明顯就是民族性的糟粕，何以成為世界的？

在人類歷史上，既是宗教典籍又是世俗名著的範例，是《聖經》。《聖經》的不少篇章原是民間文學，凝聚了人類早期的生命體驗和民間信仰。後來成為猶太教和基督教的共同的典籍，世俗和宗教並存，並不衝突。到世俗和宗教各執一端的時候，和平就遇到挑戰。也有一些作家，從世俗走向宗教，但最終以宗教否定了世俗生活，這對文學並非好事，它事實上限制了作家對世俗生活的體驗，削弱他的藝術創造力，也縮小了他作品的讀者範圍。

阿來的成功，就在於他沒有被一種固定的觀念所束縛。他的混合性身份，是在文化傳統和歷史進程中經由遊走而生成的。遊走，就是借助歷史提供的機遇所進行的穿行和跨越，在穿行和跨越中見識了不同的文化，逐漸生成個人的見識和信仰。在這樣的過程中，個人的見識和信仰是與直接的生命體驗緊密地聯繫在一起的，哪怕沒有具體的宗教背景，也可能形成自然樸素的宗教般的人生情懷。托爾斯泰晚年離家出走，去踐行自己的諾言，那種決斷，分明包含著悲憫人類的宗教般的博大情懷。沈從文說創作是一種皈依，要在絕對的皈依和沉溺中見到神，就是視創作為神聖事業的那種宗教般的奉獻精神。

西藏的土地並不缺乏神性和信仰，這些在阿來的作品中已經融化在細節和人物的心理體驗中了。而阿來的不簡單，我認為就在於他從不同文化傳統中游走而生成的那種創造能力，使他能把西藏的神性、信仰與中國歷史、人類命運創造性地聯繫起來。因此，人們也就不難發現阿來關注西藏生活，常用一種現代性的審視眼光。《塵埃落定》是如此，他近年一些現實題材的作品，如「山珍三部」（《三隻蟲草》《蘑菇圈》《河上柏影》），觸及官場的弊端和人性的缺點之深，同樣令人印象深刻。這是因為他的作品超越了西藏的地域性，達到了具有較為廣泛普遍性的現代高度。或許正因為這樣，他的一些作品受到了西方一些學者的指責，這些學者「感到憤怒」，「因為那些現實的書寫顛覆了他們對於西藏的規定性，沒有把西藏寫成一個祥雲繚繞的宗教之國，一個遺世獨立的香格里拉」。〔註2〕顯然，這不是阿來的缺陷，恰恰是他的成就，說明阿來對西藏的藝術審視超越了狹隘的地域性視角，而以現代性的眼光打破了西方一些人的僵化思想和固定觀念。

〔註2〕阿來：《地域或地域性討論要杜絕東方主義》，陳思廣主編《阿來研究》第3輯，四川大學出版社 2015 年版，第 2～3 頁。

　　阿來的成功告訴我們，一個藏族作家寫西藏，有他的獨特優勢，但同時他也應該向自己提出更高的要求，那就是不僅要深入瞭解西藏，瞭解西藏的歷史和文化，瞭解西藏的現實，還應更深入地瞭解中國，深入地瞭解世界，深入地瞭解整個人類，從而獲得扎根西藏而又超越西藏、達到中國現代文明和人類共同追求的能力。這樣，人們才可以期待你寫出無愧於這個時代的優秀作品，甚至寫出能讓全世界的讀者砰然一動、靈魂為之震撼的不朽名作。

原載《西藏文學》2017 年第 5 期。

央珍《無性別的神》：神國沒落
與西藏新生的敘事

　　《無性別的神》是藏族女作家央珍的第一部長篇小說。有評論稱其是西藏題材的《紅樓夢》，因為它以細膩的筆觸，反映了 20 世紀前半葉西藏社會從嘎廈官員、貴族家庭，到底層農奴的生活，展現了西藏的典章制度、生活風俗、飲食文化。但這部小說的真正意義，我們認為主要還是在於寫出了西藏現代歷史的重大變遷。作為藏族青年女作家，西藏的生活習俗是央珍成長的一個文化背景，因而她寫出西藏離今不遠的歷史上的日常生活細節並不困難。重要的是央珍是新時代成長起來的藏族作家，具有現代的價值觀，因此她在描寫西藏社會巨大變革時，寫出了舊西藏社會借助宗教統治民眾所遭遇的難以破解的內部矛盾，寫出了貴族莊園主的人性複雜性，從而揭示了舊西藏政教合一農奴制度的必然崩潰。可以說，這是一部「歷史性」的小說——並非說它在藝術上取得了歷史性的成就，而是指它具有詩史的一些品質，即透過叛逆的貴族少女央吉卓瑪的眼睛，以細膩的筆觸展示了西藏社會歷史性巨變的必然性。

一、神意的不公平

　　舊西藏，宗教掌握著世俗政權，其影響力滲透在社會的各個方面。如果說宗教在西藏也曾對穩定人的精神生活、維持社會秩序起過特殊的作用，那麼因為政教合一體制中宗教與世俗利益直接關聯，當宗教著眼於世俗利益時，它就難以避免說教的虛偽性，從而加劇了政教合一體制及其所依據的宗教觀念的內在矛盾，增加了它與被壓迫民眾的對抗性。據西藏日報報導：1959 年

西藏民主改革之前，寺廟佔有全藏耕地面積的 36%；佔有許多草場、牲畜和其他生產資料；發放約占三大領主高利貸總額 80%的高利貸；農奴耕種寺廟的土地交付的實物地租占收穫量的 70%左右，並要為寺廟支付繁重的烏拉差役。〔註 1〕從這組簡單的數據中我們很容易發現鼓吹眾生平等的宗教集團對農奴進行了殘酷的剝削。森嚴的等級和殘酷的剝削背後，隱藏著尖銳的社會矛盾。

《無性別的神》以藝術方式，用故事和細節所展示的，就是西藏社會在宗教教規的統制下的各種矛盾，特別是宗教集團通過對神意的宣傳，將其自身意志滲透到百姓日常生活中，以鞏固其特權地位。作品告訴讀者，越是底層的民眾，越是對宗教懷抱虔誠之心，就越容易受到上層社會的欺騙和剝削。

鐵匠女兒梅朵的死，暴露了神意所謂的眾生平等其實掩蓋了巨大的階級鴻溝。小說寫到曲珍（央吉卓瑪在寺廟中的名字）的師傅時常教導曲珍「眾生平等，人不分貴賤」〔註2〕，但這位潛心佛法、性格善良溫和的僧尼又認為鐵匠和屠夫的家人屬賤民理所應當，他們不得和別的階層通婚、來往。作者通過曲珍的疑惑指出了這種信仰的矛盾：俗人和僧尼都吃牛羊肉，也都使用鐵匠製作的刀刃，卻偏偏鐵匠注定要成為賤民，就因為鐵匠製作的鐵器是殺生的工具？宗教宣傳中的眾生平等，不過是掩蓋人的階級差異的虛假說教，要被壓迫者安於自己的命運。底層民眾被鋪天蓋地的宗教說教所迷惑，他們才會一邊尊崇鼓吹眾生平等的教法，一邊默默忍受生活施加的苦難。

央珍的筆調從宗教宣傳的自相矛盾處深入，揭開了舊西藏社會到處存在的不平等。莊園主和他們下面的莊主都屬貴族，但他們之間也是矛盾重重。「要知道，吞吃別人的財產，自己必須有鐵腮才行。」〔註3〕卓瑪母親的這句話點名了她作為莊園主與她所管轄的各個莊主之間的矛盾。卓瑪的父親去世後，母親一個人打理莊園，家境每況愈下，莊主們開始擠兌女主人。小說寫到卓瑪母親和土登大叔的衝突，實質就是莊主想少繳田租，而莊園主想多收租子。這樣的衝突不是個例，正像女主人——卓瑪的母親所抱怨的：「那些該死的莊主更是不比從前，動不動就水災病災交不齊租子」。〔註4〕

〔註 1〕 保羅 格桑益西：《西藏的宗教與宗教信仰自由》，《西藏日報》2008 年 10 月 24 日，第 6 版。
〔註 2〕 央珍：《無性別的神》，中國青年出版社 1994 年版，第 273 頁。
〔註 3〕 央珍：《無性別的神》，中國青年出版社 1994 年版，第 31 頁。
〔註 4〕 央珍：《無性別的神》，中國青年出版社 1994 年版，第 38 頁。

　　作者在描寫貝西莊園時，花了很多筆墨來敍述貴族對奴僕和佃戶的盤剝。窮達夫婦年過七十，沒有能力繼續耕種，想退租，去獨生女所在的寺廟度過晚年，這本是人之常情，但貴族老爺和太太千方百計地阻撓他們離開土地，直到他們凍死在羊圈裏。卓瑪拉肚子，她母親作為莊園主認為「主子出了事奴僕就該償命」〔註5〕。嬌縱過度的貴族少爺對農奴拉姆更是百般刁難捉弄，毫無人性可言，甚至認為拉姆這樣的奴僕根本不知冷熱。整個貴族階級從老到少，從上到下，都按照慣例心安理得地享受著自己尊崇的地位，奴僕們存在的意義只是源源不斷地為他們提供富足生活所需的物資，宛若會說話的牲畜，尊嚴甚至生命不值一提。

　　帕魯莊園的主人、卓瑪的阿叔思想開明，是貴族中難得的善人。他對自己的僕人說話用「請」字，對下人也很善待和呵護。但農奴制體現了貴族集團的利益，個別貴族的善良無法保障農奴們的權利。阿叔逝世後，新主人是他的女婿，立即整頓莊園的秩序。作為貴族小姐的卓瑪，僅僅因為性格叛逆，也沒逃出他的手心。他先讓卓瑪的奶媽去編織房工作，給卓瑪一個下馬威。後又藉口卓瑪破壞了咒師的法式，造成嚴重的雹災，把卓瑪禁閉起來，減少她與奶媽的飲食，揚言要她好好反省——其實所謂破壞法式，不過是一場披著宗教外衣的巫術，卓瑪的闖入，正好讓咒師借機推卸了驅除雹災不靈的責任。這一事件後，卓瑪只能穿著污臭破爛的舊袍子，和體內吞噬自己的飢餓做鬥爭。「她餓得渾身失去控制地顫抖起來，雙手不自覺地在地上滑動。慌亂中，她突然摸到一塊軟綿綿的東西，趕忙拿到眼前一看，雙眼頓時發出一束野獸般的光亮：杏乾……趴到地上，不停地扭動著身軀把剛才丟出去的杏乾、豆子一一撿到嘴裏。」〔註6〕新主人對卓瑪尚且如此，對農奴更是毫不留情。他派人用鞭子督促農奴幹活，把不堪壓榨而逃走者抓住，綁在馬後拖回來再鞭笞至死。他的糧倉裏糧食多到吃不完，封存多年而黴變，農奴們卻因活不下去而冒著生命危險逃離家園。

　　女人在西藏的社會地位很低，無論哪個階級的女性，都只能充當男性的附屬品。作品中很多地方都透露出這種不平等關係給女性帶來深重的苦難。

　　對貴族來說，家中沒有男人就無法保住莊園。卓瑪的父親逝世後，家道中落，被迫搬出大宅，僕人也精簡不少。母親不得不招贅，並以德康家族的

〔註5〕央珍：《無性別的神》，中國青年出版社 1994 年版，第 147 頁。
〔註6〕央珍：《無性別的神》，中國青年出版社 1994 年版，第 95 頁。

名分為卓瑪的繼父在噶廈捐了七品官位。可這位新老爺除了靠男性的身份為她們保住莊園外，日日念經敬佛和打骨牌，對其他的事情並不上心。家中大大小小事情要太太打理，而卓瑪的母親作為女性，雖獨力支撐著家，她的堅韌品格卻得不到人們讚賞，還謠言纏身。謠言，反映了蔑視女性的陳腐觀念，反映了貴族內部的勾心鬥角，也反映了下層民眾對於貴族階級的穢亂想像和深刻仇恨。

宗教對於女性的歧視和排擠在咒師做法防雹事件中表現最為突出。央吉卓瑪還是一個孩子，看到咒師在曠野上對著陰霾的天空手舞足蹈、念念有詞，提著沙包朝著東南西北方向拋擲，動作越來越瘋狂，忍不住大笑，這是其內心天真單純的體現。她看到咒師的著魔，有心幫忙，當咒師垂下手裏的法袋，她就去搶了過來，咬緊牙關用力甩了起來，法袋對於童年的卓瑪來說有些沉重。然而讓人憤慨的是，作為貴族小女的卓瑪不僅沒受到表揚，反而因此受到了懲罰，被關了禁閉，原因就是她破壞了宗教的「法術」，讓莊園在嚴重的雹災中受到了重大的損失。「女人就是罪惡，所以女人的東西就是醜惡的。」〔註7〕「您是女人，女人怎麼可以看法式，摸法袋呢？」〔註8〕偷看尚且不可，何況你搶奪法袋？雹災襲來，便是你以女人的罪惡冒犯了天神、破壞了法術的一個可怕後果。宗教說教的荒唐和虛偽，在此就以卓瑪的受罰被掩蓋起來，而純潔的童心卻遭受了無情的踐踏。

作者從現代人的視角，把舊西藏政教合一體制下日常生活中的各種矛盾衝突放大，放到了讀者的面前，展現的是政教合一的神國體制的不合理性，它的宗教說教的虛偽性和荒誕性。

二、叛逆的小姑娘

貴族女孩央吉卓瑪是小說的主角，也是一個線索人物，西藏社會生活及其種種矛盾都是通過卓瑪的成長經歷，用她的眼睛作為鏡頭表現出來的。

卓瑪僅僅因為降生在大雪天，她母親認為大雪不吉利，她的哭聲就被認為是邪惡，她成了一個不吉利的人。大家篤信神意，把她弟弟因肺病夭亡，父親鬱鬱不得志都歸咎到她的身上，認為是她帶來的厄運。她被送到鄉下的莊園，無助的卓瑪有時會忍不住幻想自己死了，母親會不會大哭，會不會懺

〔註7〕央珍：《無性別的神》，中國青年出版社1994年版，第92頁。
〔註8〕央珍：《無性別的神》，中國青年出版社1994年版，第88頁。

悔？會不會「從此像對其他孩子那樣也對自己很好」〔註9〕？但「不吉利的人」始終像魔咒一樣緊隨著她：

> 「不吉利的人。」「沒有福分的你。」「命裏沒有造化的人。」
> 這些話央吉卓瑪從來就不以為然，聽起來就跟奶媽逼迫她吃飯睡覺
> 那樣，平平常常。她繼續玩她的遊戲，哭她的不滿，罵她的怨氣。
> 可是，剛才管家羅桑衝她嘟囔的那句「沒有福氣」的話，卻使她感
> 到刺耳驚心，以致久別重返家中的歡快新奇的心情蕩然無存。〔註10〕

這種受歧視的經歷，使卓瑪成為貴族家族中的一個異類，從而使她有可能衝破身份的界限，與下人們——受壓迫的農奴有了深入交流，從而打破了階級壁壘，形成了對貴族家庭的反叛。作者則是通過富有叛逆性的卓瑪的眼睛來審視西藏社會，質疑政教合一制度的合理性，表達了鮮明的現代立場。

卓瑪的反叛性，是隨著她的成長而發展的。在比較開明的父親去世後，卓瑪被邊緣化了。這種命運，使她得以從偏離傳統的思路來感受生活中的不公平。她經常會想出一些奇奇怪怪的問題：「運氣到底是什麼東西呢？佛國到底在哪裏呢？……自己真的是不吉利的人嗎？」〔註11〕由此，她本能性地懷疑傳統宗教觀念的合理性，比如在人們懷著虔誠去朝拜聖湖、占卜命運的旅行中，她一直在旁安靜傾聽，沉默不語的她認真地詢問小尼姑：人和山是否真的有命運。卓瑪對宗教的這種懷疑，像深淵的地火，在黑暗中某個不起眼的角落亮著光，微弱的光芒裏是蘊含著形成燎原之勢的能量的。

出身貴族，而實際的命運卻介於貴族與下人之間，這在舊西藏並不具有普遍性。換言之，這樣的經歷，相當程度上應該是作者一種刻意的安排吧，而目的不外乎是讓卓瑪在此種環境裏產生對關愛與平等的渴求，從而與西藏貴族們的冷漠構成強烈對比，以構成一個審視舊西藏社會的現代性視角。但難能可貴的是，作者的這種安排本身顯然又是具有生活依據的。卓瑪嚮往溫馨的家庭，懷念父親的開明，特別是與帕魯莊園仁慈的阿叔建立起了深厚的感情，都是因為她的童年缺少關愛。小說用非常細膩的文筆，描繪了她與阿叔相處時感受到的溫暖。她時常撲進阿叔的懷裏撒嬌，阿叔也會輕輕摟著她的腮幫滿眼寵愛。她聞著阿叔家裏為她準備的被子裏有一股濃濃的陽光香味，

〔註9〕 央珍：《無性別的神》，中國青年出版社1994年版，第197頁。
〔註10〕 央珍：《無性別的神》，中國青年出版社1994年版，第3頁。
〔註11〕 央珍：《無性別的神》，中國青年出版社1994年版，第17頁。

那是她到來前阿叔特意讓人曬過的，她就會想到阿叔「深深的大眼睛，長長下垂的大耳朵再配上他寬寬的肩膀和仁愛慈悲」〔註12〕。她願意住在這個鄉下的莊園，不願回拉薩自己的家。

由於遭受歧視，卓瑪格外渴望平等與友愛。她與下人們建立了真摯的友誼，她常與奴僕們混在一起，嬉鬧玩耍。「在昏暗溫暖充滿燒牛糞餅味的廚房裏，她和小拉姆邊吃烤土豆邊聽騾夫粗聲大氣地談論商女的精明或者尼泊爾女人的膚色。她和男同學們挽起袍子，用鞋帶把袍擺捆到腰間，然後下河摸魚或上樹掏鳥蛋。」〔註13〕在農場打完麥子後，她總是幫奴僕們拿掃帚、柳條筐，做些力所能及的小事。她能夠細心體察他人的感受，從水磨房淒幽的歌聲裏聽出「一種無可名狀的惆悵、虛弱，覺得那首歌裏有一股淚的鹹味，更有一種不可思議的動人溫情」〔註14〕，而在他人的眼裏這樣的歌聲會觸犯地靈。看到屠夫宰殺綿羊時，她心裏充滿憐憫之情，懇求屠夫們放過這些小生靈。作者塑造出的卓瑪形象，沒有貴族的傲慢和偏見。在她眼中，姐姐、咒師、奴僕、綿羊，是平等的，都值得善待。

卓瑪對宗教的質疑和對平等的嚮往，實質是作者對西藏農奴制社會的批判，是對現代價值觀念的一種確認。當基於歧視而從思想上開始的反叛一步步落實到行動中，卓瑪與舊社會的決裂就成為一種必然。讀者看到，隨著時間的推移，卓瑪的叛逆性在逐步增強。從不滿意僕人對自己的態度，到抗議貴族少爺對拉姆的虐待，再到出家為尼，與舊西藏的世俗生活徹底決裂。小時候父親買的鸚鵡被僕人放生，她生氣了只是「帶著哭腔，在旺傑背後直跺腳」〔註15〕。少爺欺負拉姆時，她已能夠硬氣地「拽過拉姆便朝門口走去」，宣告自己的權利。剃髮後，她發現自己的腦袋「如夢初醒般變得清醒、輕鬆」〔註16〕。從家庭出走，到皈依宗教，卓瑪在逐漸成熟。而促使卓瑪最終覺悟的，則是對宗教信仰的幻滅。她原本以為成為尼姑後「人人都會喜歡自己，都要尊重自己」〔註17〕。但現實戳破了她的美夢。宗教宣揚眾生平等，其實尊卑有別。寺廟有嚴格的等級：尼姑的地位低於喇嘛，貴族出身的女孩和鐵匠家的女兒梅朵在寺中

〔註12〕央珍：《無性別的神》，中國青年出版社1994年版，第63頁。
〔註13〕央珍：《無性別的神》，中國青年出版社1994年版，第297頁。
〔註14〕央珍：《無性別的神》，中國青年出版社1994年版，第85頁。
〔註15〕央珍：《無性別的神》，中國青年出版社1994年版，第10頁。
〔註16〕央珍：《無性別的神》，中國青年出版社1994年版，第131頁。
〔註17〕央珍：《無性別的神》，中國青年出版社1994年版，第256頁。

受到截然不同的對待。當卓瑪最終得知，她被送到寺廟僅僅是母親為了省下替她置辦嫁妝的一大筆錢，她通過皈依宗教來改善地位、獲取尊重的幻想就此徹底破滅，她也看清了親情所掩蓋的人性的虛偽。「消失已久的孤獨、淒涼的感覺又回復到曲珍的心中，並且更加強烈地啃噬著她的心。」〔註18〕顯然，這是在遭受欺騙後突然醒悟時的大痛苦。作者通過這種大起大落的情節設置，為卓瑪與舊社會的徹底決裂做了充分的鋪墊。因而，當西藏迎來一個歷史性變革的時候，卓瑪終於認識到，「什麼是存在的本質，這些是寺院無法傳教也無法加以解釋的，只能由每個人自己去領悟，去實踐。對人來說，宗教不是對真理的陳述，而是通往真理的道路，而這真理要靠自己去尋找」〔註19〕。她尋找真理，尋找紅漢人的真相，第一次在生活中實實在在地發現了佛經上所說的眾生平等何在，認識到自己追求的正是這樣的平等和自由。而要實現這樣的夢想，得付出代價，走向新世界：離開寺廟，離開貴族大宅院，毅然決然地離開西藏，跟著「紅漢人」——解放軍奔向新生活。

三、走向希望之旅

對於政教合一的舊西藏而言，貴族們信奉宗教，是夾帶著私欲的。當自身利益受到損害時，他們對於神的敬畏和對宗教的虔誠就會大打折扣。《無性別的神》寫到卓瑪的父親作為一個貴族，被選中前往西方留學。學成歸來的他想有所作為，計劃開發在西藏的豐富礦產。但當時的西藏，大量土地屬貴族和寺院，採礦必然會損害他們的利益。貴族和寺院反對開礦的理由又是現成的，那就是宗教教義所宣稱的天地萬物與人相似，都不可破壞維持其生命的元素。由於貴族和寺院的反對，有利於西藏社會發展的開礦計劃流產。卓瑪的父親退而求其次，想協助訓練新式軍隊，這又遭到長官反對和制止。這位西藏早期探索現代化發展道路的先驅，最終只能將生平所學用於傳召大會的儀式上一個神聖而又無聊的小把戲。他日趨消沉，染上鴉片，英年早逝。

作者選取卓瑪的父親作為那個年代改革派的一個人物，以小見大，寫出了改革者的悲劇命運。現代化的事業，要經受歷史的陣痛。卓瑪父親的經歷從側面展現了西藏保守勢力對現代文明的頑強抵制。不過，我們不能不說，這場改革派與頑固保守派的鬥爭雖然波瀾不驚，並以改革派的沒落而結束，

〔註18〕央珍：《無性別的神》，中國青年出版社 1994 年版，第 283 頁。
〔註19〕央珍：《無性別的神》，中國青年出版社 1994 年版，第 321 頁。

但改革者曾經抗爭過，新思想已經開始滲透西藏社會，這實際上已經給西藏政教合一的體制撕開了一道裂縫。

當卓瑪的反叛觸及到神的正義性時，這道裂縫透進了更多的光亮，神國的統治才開始真正鬆動了。命運彷彿一個古老的符咒，為卓瑪的成長增添了諸多苦難，但正如前文所述，這也為卓瑪的叛逆創造了條件。在人們朝拜聖湖的時候，卓瑪問的是：「這世上有神靈有佛國嗎？命運到底是什麼呢？自己真的是個不吉利的人嗎？為什麼神靈不保佑我，讓我成為一個吉利的人呢？」〔註20〕在寺廟這樣一個強調眾生平等的佛法聖地，卓瑪看到的卻是地位的懸殊，她固執地問自己：「既然鐵匠和屠夫是低下的賤民，為什麼不管是黑頭俗人還是身披袈裟的僧尼都吃屠夫殺的牛羊肉呢？又都使用鐵匠打的刀和鍋勺呢……我們沒有淪為賤民是因為我們沒有直接去殺牛羊去打鐵嗎？師傅過去不是總說佛教的靈光使眾生變得平等嗎？」這種質疑，意味著維繫西藏社會穩定的宗教已經露出了破綻，無法自圓其說了。

卓瑪繼承了父親的平等意識和善良本性，但她生活在社會矛盾更為尖銳的年代，她的叛逆發端於切身的經驗，是原始的，也是堅韌而固執的。生活的經驗培養起一種反叛的性格，又得到了濃濃的情感支持，比如她與奶媽巴桑之間形為主僕實勝母女，與阿叔之間相互珍視，與拉姆之間超越階級的友誼，寺廟中與法友們和師傅的深厚感情，這些溫情是卓瑪苦難生活的慰藉，而溫情所代表的人性中的善，就是射入二十世紀中葉西藏黑暗社會的曙光。

卓瑪和拉姆之間超越階級壁壘的深厚感情，最能說明問題。央吉卓瑪第一次遇到小僕人拉姆時，覺得她說話的聲音「像野生牲口那樣，嗓門又大又不停頓」，看著拉姆臉上的道道褶子她也感到噁心。但是，單純的拉姆像影子一般天天跟著卓瑪，有她的陪伴和照度，卓瑪在這裡的生活才不孤單。冬天到來時，兩人坐在火盆邊，「一種金黃色的柔和氣氛圍繞著她們倆」〔註21〕，這已經意味著她們的感情發生了變化。從此開始，每當拉姆受到不公正對待時，寄人籬下的卓瑪總是勇敢地站出來。她們彼此陪伴，慢慢建立了超越主僕的感情。作品寫到，伺候少爺到深夜的拉姆，因為寒冷和困倦靠坐在溫熱的爐子上不小心睡著了，沒能及時上茶，少爺一怒之下竟將火爐中的牛糞火全倒入她的脖子。這件事給了卓瑪極大的刺激：「從此，一股刺鼻嗆人的焦臭

〔註20〕央珍：《無性別的神》，中國青年出版社1994年版，第238頁。
〔註21〕央珍：《無性別的神》，中國青年出版社1994年版，第130頁。

味伴隨著拉姆痛苦地扭曲僵躺在污水中的形象，一直留在央吉卓瑪的記憶中。以至，一聞到焦臭的糊味，總使她情不自禁地想起自己受挫折的命運。」〔註22〕在貝西莊園剛剛安頓下來的卓瑪，從拉姆的受難中敏感地回想起了自己命運的不堪。她們在困境中惺惺相惜，精神世界有了真正意義上的聯結。她們之間已不再是貴族小姐和農奴的感情，而是兩個苦命的女孩平等的依靠。衝破了階級桎梏的這種感情，如同黑夜裏的光亮，照亮了人性中善良的一面。它說明黑暗社會中除了私欲的膨脹和剝削的殘酷，還存在著善良和溫情，存在著堅守和期盼。這是生命的火種，是推動西藏變革的一股潛在的物質力量。

「紅漢人」——人民解放軍的到來，攪動了西藏，也喚醒了潛伏在底層民眾心裏的希望。「紅漢人」，既是一股摧枯拉朽的現實力量，又合乎一個藏族小女孩的想像，具有象徵的意義。作品這樣寫道：新年前夕，家人們談論著紅漢人相關的事蹟，「臉上個個都露出驚惶不安的神色，蒼白疲倦。」對於貴族而言，這一切是不合常理的，他們因而感到驚懼。但對於廣大被壓迫的農奴來說，他們看到的是紅漢人善待俘虜和百姓，「一路幫助收割莊稼、看病、打柴火，從不接收任何禮物」〔註23〕。於是，男女老少都匯聚到紅漢人的隊伍裏，就像卓瑪說的：「我知道了，紅漢人就是一些不男不女，沒有性別的人。」〔註24〕對於西藏神國的民眾來說，神是超越性的存在，寄託了他們的美好期待。「無性別的神」，象徵著眾生平等。卓瑪在紅漢人軍營裏，發現每個人都洋溢著生命的熱情，興高采烈。「尤其讓她感動的是：當她分清是男是女，是官是兵後，發現男女和官兵之間說話那麼平等隨便，幹活也是不分高低貴賤，都一起去林中撿大便，都爭著打水掃地，也都可以打毛線。更讓她驚訝的是：當官的給當兵的縫襪子，男人可以給女人斟茶倒水。曲珍第一次在生活中實實在在地發現了佛經上所說的眾生平等。」〔註25〕正是在這樣的集體中，貴族家庭裏又矮又瘦的小男僕羅桑會變得精神抖擻，滿臉笑容。像拉姆這樣備受欺凌的奴僕才能吃飽穿暖，還有機會前往內地讀書。紅漢人所創造的社會是一個人人平等，沒有壓迫沒有剝削的社會，他們成了西藏人民心目中真正意義上的「神」。

〔註22〕央珍：《無性別的神》，中國青年出版社1994年版，第142頁。
〔註23〕央珍：《無性別的神》，中國青年出版社1994年版，第340頁。
〔註24〕央珍：《無性別的神》，中國青年出版社1994年版，第317頁。
〔註25〕央珍：《無性別的神》，中國青年出版社1994年版，第339頁。

新的生活已經展現在眼前。卓瑪想去「看看外面的世界，看看漢人羅桑的家鄉、拉姆學習的地方，看看其他地方的人怎麼生活，還想看看這世道怎麼個新法、會變成什麼樣。雖然她不知道自己這樣離開拉薩、離開寺院對不對，不知道是否應該像法友白姆和德吉那樣安心地在寺院祈禱念經，還是走向了另一個有廣闊的平原、大海、人人平等的新地方……」她和拉姆擁抱了歷史的機遇：「在西藏地方政府官員和班禪代表歡送的哈達叢中，在中國人民解放軍的鑼鼓聲中，在許多老人和僧人甩圍腰甩膀子的唾罵之中，曲珍和她的同伴們爬上了一條條用繩子拴住的牛皮筏，在拉薩河夏日波濤滾滾的河面上，浩浩蕩蕩離開了聖地。」〔註26〕作者的敘事，在此與歷史的邏輯緊緊地結合起來，向人們展示了新生活的希望，令人信服和激動。

總而言之，作者央珍扎根於藏族肥沃的文化土壤中，用典雅雋永的文字，向讀者展示了高原風光和藏族獨特的民族風情，從細微處著筆展現出西藏社會巨變時期的歷史風雲。透過她細膩的描寫，我們觸摸到高原上飄舞的經幡，聽到綿綿千年的誦經聲，也看到了農奴制社會裏的黑暗和不公平。她賦予央吉卓瑪以叛逆的性格，用她的善良在黑暗年代裏照亮了人性的一角。小說告訴讀者，按照神的意志建造的國度有違人性，難逃覆滅的命運。站在當下的我們，獲得了穿越時空的共鳴。《無性別的神》，因而也就有了展現西藏獲得新生的某種史詩性的品質。〔註27〕

載《阿來研究》第8輯（2018年6月），
原題《〈無性別的神〉：神國沒落與西藏新生的歷史敘事》。

〔註26〕央珍：《無性別的神》，中國青年出版社1994年版，第351頁、
〔註27〕本文與黃夢婷合撰。

葉永剛《故鄉的小河》：
通向故鄉的朝聖之路

　　早就聽說葉永剛教授喜歡文學，尤其是喜歡寫詩，但當他真的送我兩本厚厚的詩集《故鄉的小河》和《珞珈山淺草》時，我還是感到十分驚訝，驚訝的是他在短短的幾年時間里居然在繁重的學術研究之餘寫出了這麼多的詩歌，使我這個搞文學的大大地自愧弗如。可是過後一想，也便豁然開朗了：詩是不受專業限制的吧，因而哪裏有青春，哪裏就有詩歌，哪裏有激情，青春不會老去，哪裏也就會有藝術女神的歌聲。葉永剛以他的厚重論著證明了自己的學術貢獻，同時又以他的華章佳作證明他是一個赤誠的詩人。

　　《故鄉的小河》，是作者獻給故鄉的戀歌。葉永剛在故鄉度過了童年和青少年時代，在那一片熱土放過牛，當過民辦教師，後來經過一些曲折考入了一所著名的大學，今天已經成為金融工程領域成就卓著的學者。我經常在想，一個人的成長如果太順利，就不會有銘心刻骨的記憶，而缺少銘心刻骨記憶的生活就顯得太輕巧太平淡了，幸福也就少了點份量。從這一意義上說，童年和青少年時代的遭遇的苦難，未必不是一筆寶貴的精神財富。這種財富不是隨便可以得來的，它需要付出代價，但過後你卻可以享受它的好處，它會化作優美的詩篇，也可以成為一個人不斷攀登高峰的精神動力。比如，當你面對巨大的困難，甚至周圍的朋友和親人也為你感到擔憂時，你卻用一種堅毅而自信的口吻對自己說：別介意，這一點困難比起我以前所經歷的簡直算不了什麼，當你這樣在內心對自己期許時，你其實已從苦難的記憶中獲得了精神的力量。葉永剛教授對故鄉的戀歌，就有這樣一個充滿沉重記憶的背景。他寫道：「我的鄉村／是一頭上了年紀的老牛／拖著一架沉重的木犁／父親揮

著一根牛鞭／牛蹄濺起了四射的水珠／我的鄉村／是小山坡上的一個院落／院落中有一口深深的水井／屋前有一棵老樹母親／彎腰正在樹下養雞喂豬」（《我的鄉村》）這樣的鄉村記憶，既是生活在農村和城市二元對立的體制中的一個農村孩子的難忘感受，又包含著詩人自己的特殊經歷。前者意味著農村孩子成長要比城裏孩子付出更高的代價——試想每天放牛、挑草、下田的繁重勞作之餘，挑燈夜讀，僅僅為了追逐一個夢想，這是一種什麼樣的心境？後者則包括了詩人在災難歲月的飢餓記憶（《二爺》《一隻老母雞》）以及飢餓中爺爺對孫兒的濃濃親情（《那一天我簡直不敢相信》）。鄉村曾經是赤貧的，但赤貧中也有人情的溫暖。時代的悲劇和個人的遭遇，使作者懂得了生活，並且成就了他的一種信念，那就是苦難既然來臨，就不必、其實也無法迴避，重要的是要有一種勇氣對抗苦難，朝向光明前進，就像雪萊說的，冬天到了，春天還會遠嗎？懷著這樣的信念，在黑夜期盼黎明，在嚴冬等待春天。當黎明的陽光灑向大地，當春天的腳步來到人間，等待著希望的孩子該是多麼的興奮和激動啊！

於是，我們看到，在葉永剛教授的詩中存在著兩組關於故鄉的意象。一組是「老樹」、「病鳥」、「老牛」、「秋風」「冬天的月亮」，都是產生於憂患，包含著歷史創傷的意象，涉及的是作者童年和青少年時代的記憶，包括生理上的飢餓、寒冷和作為農家孩子在心理上低人一等的屈辱。作者寫道：「一棵老樹挺立／風雪迷茫之處／就像樹下的／一頭老牛／慢慢地咀嚼／滄桑／歲月／寒冷／孤獨」（《老樹》）；「只有我自己知曉／我病了／我是小河邊／一隻有病的小鳥」（《病鳥》）；「踏枯了／坡上的野草／掃落了／樹上的野果／幾片殘葉／在枝頭喘息／秋風／也不肯放過／山野唱起了／悲壯的輓歌／秋風慌了／秋風再也／找不到了／自己的窩巢」（《秋風》）；「為什麼要在冬天／來看夜空的月亮／月亮在冬夜／愈看愈冷／冷／冷得人發慌」（《冬天的月亮》）。即使是等到了春天的消息，「我」仍然注定要再歷磨難：由於單純，在參加了高考後又陰差陽錯地拿著別人的準考證去參加中考，結果被人告發，取消了上大學的資格，他因此受到了強烈的傷害：「也許／她永遠也／不會記起／那一年／在黃陂縣／第四中學／一間辦公室裏／她託人送給了我／一包糖果／因為她已經收到了／入學錄取的消息／一樣的民辦教師／一樣的考試複習／不一樣的結果／閃電般地劃開了／人和人的等級」（《一包糖果》）。這是一組浸透了創傷記憶的意象，它的調子陰冷而帶點憂傷。

　　另一組意象則是「春天」、「黎明」、「太陽」、「雄雞」、「奔馬」、「大海」、「金黃色的土地」、「天邊的星星」。這組意象的特點，是宏闊博大，充滿朝氣和力量，能鼓舞人不斷地向上攀登，向上飛昇，而作者抒寫這類意象的方式，又給詩平添了幾份壯闊的豪情。比如，他寫春雷：「窗外的第一聲炸雷／驚醒了沉睡的大地／雷聲播下的春雨／淅淅瀝瀝／灑綠了／關於故鄉的記憶」——只有焦急地期待著春天早點降臨的孩子，才會對第一聲春雷特別的敏感；讀者能感覺到在隆隆地滾過頭頂的雷聲中那個看到了希望的孩子在心潮起伏（《春雷》）。他寫春風，不是寫春風吹到了大地——這樣寫也許有點平淡，他寫的是《春風是我追來的》：「你知道嗎？／我不騙你／田野上的春風／是我撒開雙腳／窮追不捨／從深山溝裏／追出來／追出來的」。這樣的氣概，源於不甘屈服於環境重壓的信念，源於不斷地攀登新的高峰的頑強心勁。他寫黎明、太陽、奔馬、大海……，同樣如此。黎明的美麗，是因為它突破了黑暗，給人們帶來了熹微的晨色，那是一抹希望之光，經歷了黑夜的孩子才會真正懂得晨光的意義，所以葉永剛似乎特別鍾情於黎明：「你是黎明前／靜伏在林中的一隻小鳥／我是你夢中的太陽／我來了／我將你／從黎明中喚醒／你睜開你的睡眼／發現眼前的景色／哎呀呀／居然這般美好……」這首詩的核心意象是太陽在黎明時分把林中的小鳥從夢中喚醒，讓小鳥看到了世界的美麗。世界有瑕疵，但作者心中的世界是美的，因為作者心中只分黑暗和光明，當太陽的光芒穿透了黑暗，世界就光明一片。他寫《太陽從大海升起》：「黎明／悄悄地告訴我／太陽／太陽呀／就要升起來了……我情不自禁地／在海邊猛跑／然後，讓自己／在沙灘上／一頭栽倒／我抬頭走起來／朝著大海／朝著遠方的地平線／大聲地呼叫／太陽啊／太陽啊／我終於把你／盼起來了」。太陽當然是與黎明連在一起的，然而一個江漢平原上長大的孩子寫到太陽時卻要把太陽放到大海上，讓它在一望無際的大海上升起，他要傳達的感情顯然非同尋常。這是強烈的激情，開闊的胸懷，詩人需要恢宏而闊大的意象，來表達在強大壓力下不甘心向命運屈服的豪情。「金黃色的土地」，「天邊的星星」……，其實都體現了這種博大無限的特點，它們能把人的思緒引向遠方，在思緒飄向無限的遠方的過程中，人感受到了心靈的舒展，一股不可征服的力量就會油然而生。葉永剛追求的正是這樣的一種崇高的境界。

　　葉永剛詩中的意象，當然也有一些是用「小」字修飾的，比如「小草」、「小路」、「小樹林」，可我們得注意，那是「神奇的小草」（《小草神奇的》），

是在「田野上延伸的小路」（《小路在田野上延伸》），是「歡樂」的小樹林（《歡樂的小樹林》）。比起「太陽」、「大海」、「奔馬」，它們顯得小巧可愛，但它們的小巧是動態的。它們在延伸中展現了頑強的品格，在生存中呈現了神奇，表達的是樂觀的精神，所以它們在精神氣質上仍是詩人所鍾情的頑強不屈的那一類意象。

鄉村記憶中既記錄著歷史的滄桑，又有一股激情在奔湧，高傲的精神在燃燒。兩組意象構成了互文關係，相尅相生，標示著作者所鍾情的一種心境，那就是在苦難的境遇中展望未來，好像在隆冬的深夜期盼著黎明的晨光，而又要在成功的喜悅中回味銘心刻骨的往事，要在苦難的回憶中汲取精神的養分，就好像在黑夜過去的黎明中帶著對寒冷的回味昂頭朝太陽走去。

這樣的心智結構，其實就是一種人生態度，更確切地說，是一種人的精神生活方式。這樣的人，可以面對苦難，決不會被苦難打倒；相反，他可以從苦難中獲得精神力量，就像張承志的作品裏經常寫到的那個踽踽獨行的騎手：在遼闊的草原上，細細地回首往事，思念親人，咀嚼人生的艱辛，淡漠地忍受著缺憾和內心的創痛，他一言不發地緩緩向前。這樣的人孤獨而頑強，在很多時候只能自己證明自己。這不是說苦難不夠深重，而是說人的心力，人的理想，人的信仰，比苦難更強大。於是，我們看到葉永剛寫下了這樣的詩句：「留著傷疤的藤蔓／依然頑強地抬起頭來／搖曳一片又一片的新葉」（《牛蹄下的野薔薇花》）。「黑夜追趕著我／我追趕著太陽」（《晚霞》之二）。前者寫出了野薔薇花的不屈精神：在牛蹄的踐踏下，它依然頑強地抬起頭來，搖曳著一片片新葉；後者則是作者直抒胸臆地寫出了追趕太陽的人生理想和人生姿態。

鄉村的記憶能夠喚起苦難的回想和對苦難的超越，這使它超越了平凡，具有了某種神性。於是，記憶中的故鄉成了一個精神家園，一處能給人以無窮力量的聖地。葉永剛對故鄉的抒寫，就具有這樣的特點。他的不少詩篇，其實就是在回憶中不斷地返回故鄉，從對故鄉的回想中接受精神的洗禮。比如《回鄉》：「那一天／我把兒子帶上／讓他學騎自行車／躍滾在村後的穀場／我像一個游泳者／在穀場旁邊仰躺……／我提著一壺茶水／又回到穀場／教冒汗的兒子／如何／像當年的老爸／放下／肩上的草頭／大碗大碗地／喝得咕咕直響」。如果說故鄉的穀場給作者留下了難以言表的親切感，那麼故鄉的那顆月亮則常常徘徊在他的記憶裏：「一聲一聲的蛙鼓聲中／故鄉的那顆月

亮／從樹梢／升起來了／有人站在樹下／呆呆地望……」（《故鄉的那顆月亮》）。故鄉的一草一木是那麼的令人神往，「我」有時恨不得趴在故鄉的田野上：「我趴在故鄉的田野上／眼前染遍了花黃／我側起耳朵聆聽／聆聽著蜜蜂的歌唱／我將頭臉埋進花束／吮吸著醉人的芳香／我緊閉著我的雙眼／想像著小河在跟前流淌／我仰臥於草地之上／讓淺草貼著我生長／我從故鄉的田野上／爬了起來，我抖啊抖啊／抖落著故鄉的綠草／故鄉的綠草已長在了我的心上」（《我趴在故鄉的田野上》）。他有時甚至能穿越時空，在異地聽到了故鄉的蛙聲：「有一個夜晚／我在燕山腳下／靜靜地聆聽／我聽見了／春草池塘／一片蛙聲／一下子／故鄉的小河田野童年／和我貼得／這樣地緊／那樣地近……」（《故鄉的蛙聲》）。這些詩的語言是樸素的，不事雕琢，可樸素自有樸素的美麗——赤子之心本用不著華麗的詩句，就像他的另一首詩《我想起了鄉下》所寫的：「那個曾經／光著腳丫／抓過青蛙的／鄉下娃娃／回鄉下去／好嗎／也許鄉下的蝌蚪／已經長了出尾巴／也許搖擺著的小尾／正在漸漸地蛻化……」，樸素的詩句，表達出了一顆晶瑩的童心。故鄉的田野裏印下了詩人孩童時代牧牛的足跡，澆灌了他長大後辛勤勞作的汗水，蘊藏著他青春的記憶……有太多的東西與故鄉緊緊相連，因而故鄉成了一塊精神的聖地。難怪作者說：「心情壞透了的時候／我有一個辦法／我會背著行囊／回到我的老家／會站在村前／一聲大叫／我是農民／我怕啥／然後／笑容滿面／去見我的叔嬸／還有我的爹媽」（《心情壞透了的時候》）。

一次次精神回鄉，成就了一次次朝聖之旅。人生在世，難免遭受挫折，甚至陷於困境。但面對挫折和困境，各人的應對方式可以有很大的不同。有人認命，有人怨天尤人，有人破罐子破摔，但也有人把精神的獨立看得高於一切，寧可承受常人難以想像的打擊，也要不屈地追求心中的夢想。這樣的人，是高貴的，也很頑強，但注定具備某種宗教化的精神氣質。他不懼艱難，就像古希臘神話中的西緒弗斯那樣，把人生的意義理解為在於過程，而不計較最後是不是成功。這樣的人或許不太安分：他需要悲壯激勵自己，需要克服困難證明自己，需要不斷地超越自己，以達到崇高的境界。我這樣說，當然不是在暗示葉永剛教授已經達到了宗教般崇高的境界。他要培養國家急需的金融人才，肩負著科研管理和學科建設的責任，因而必須關注世務，不可能成為只追求內心生活和精神價值的高人。但生活是豐富的，即使是世俗中的人，也不見得不需要精神生活，不需要精神的關懷，尤其是追求崇高境界

的人，承受著生活的重負，更需要有一種奇異的力量來支撐自己，讓他不斷地飛揚，不斷地超越自我。如果他不能，或者不想從上帝和神那裡得到精神的關照，他就只能為自己心造一個上帝或神，給自己不斷的激勵。於是，日常化的宗教神祇誕生了。這樣的宗教接近於羅素所說的現代宗教：「現在，人們常把那種探究人類命運問題，渴望減輕人類苦難，並且懇切希望將來會實現人類最美好前景的人，說成具有宗教觀點，儘管他也許不接受傳統的基督教」，這樣的宗教主要地跟「那些感受到它的重要性的人們的私生活聯繫在一起」﹝註1﹞。這與其說是宗教的信仰，不如說是一種堅忍的人生態度，因為它與科學無關，而只在倫理領域為那些不甘於平庸的人確立一個理想，鼓舞他們九死不悔地去追求人類的美好前景。葉永剛教授應該是一個無神論的學者，他顯然不會信仰上帝或神，但他的詩告訴我們，他也有他的神，他的上帝，他的神或上帝就在故鄉，或者不妨直言，他的神就是故鄉。故鄉對他而言，分明扮演了精神關照者甚至救助者的角色，而這本來正是宗教所承擔的角色。

由於赤誠，葉永剛教授的詩在樸素的文字中也時常可見亮麗的神來之筆。比如，《秋葉》（之一）：「在秋風中思索／短暫的季節／一任秋寒／將自己的情緒染紅／讓鳥兒飛過的時候／唱一首／漸飛漸遠的／歌謠」。秋葉在秋風中飄落，飄向遠方，與鳥兒飛過時留下的漸飛漸遠的歌聲形成對照。在我看來，這鳥兒飛過時留下的漸飛漸遠的歌聲，又何嘗不是秋葉在秋風中飄舞的另一種身姿，它們是可以合二為一的。秋葉在秋風中飄舞，消失在遠方，就像鳥兒在秋風中唱響的漸飛漸遠的歌謠。聲與形的合二為一，增加了詩的想像空間，也增加了詩的美感。那麼，秋葉在秋風中思索的又是什麼呢？我想作者大概是想告訴讀者，秋是燦爛的季節。秋葉的飄落雖然意味著生命的終止，但它已讓秋寒染得通紅，呈現了它一生中最為輝煌的顏色，它又有何可以遺憾的呢！生老病死，命之常數，要緊的是讓生命呈現它的輝煌。即使是寫生命的終止，也寫得這樣激情洋溢，這是符合葉永剛教授的人生哲學的。這裡面包含著一種執著，一種堅毅，一種笑對人生的樂觀主義精神。這種精神，借助通感手法的恰到好處的運用，增加了詩意的凝聚力和詩美的感染力。

又如《田野與池塘》：「我走進田野／我就是田野／我走近池塘／我就是池塘／可我又不是田野／可我又不是池塘／我是走動著的田野／我是思索著的池塘」。詩的上半首所寫，並非一般意義上的「我」走進對象，成了對象的

﹝註1﹞羅素：《宗教與科學》第6頁，商務印書館1982年版。

一個組成部分，那樣充其量也只是一個遊客在欣賞風景，而欣賞風景的人又把他當成了風景。葉永剛所寫的，是「我」就是對象本身，「我」與對象合二為一，難以分割，他充分寫出了一個農家孩子對故鄉的深厚感情。更有意思的是下半首：「我」又不是田野，「我」又不是池塘，「我是走動著的田野，我是思索著的池塘」，在是與不是的否定之否定之後，點出了「我」與對象的差異，這種差異表明他有了一種新的身份。「走動著的田野」和「思索著的池塘」，意象十分鮮活；「走動」意味著見多識廣，「思索」意味著思想的力量，這是葉永剛教授所追求的新境界。這一境界賦予「我」的開闊的眼界和超拔的高度，使他最終超越了故鄉，而反過來又進一步增加了他對故鄉的懷念的份量。

　　葉永剛教授的《故鄉的小河》是以真摯的情感和質樸的美取勝的。我這樣說，其實也是想做一點補充，意思是他的有些詩寫得有點滿，有點實。如果這些詩篇能寫得更跳脫一些，增加一些暗示性，留更多的空白讓人去回味，去想像，那無疑就更有感染力，也就更美了。

　　　　　　載《江漢大學學報》2009 年第 4 期，原題《通向故鄉的朝聖之路
　　　　　　　　　　　　　　　　　　——評葉永剛詩集〈故鄉的小河〉》。

思潮論

當代詩歌的前途與詩人的使命

　　詩人生不逢時，成名難，即使成名了也不容易混下去。其實不僅詩人活得艱難，就是整個文學，現在也似乎舉步維艱。

　　問題在人們對文學的期望：是想從文學中尋找精神享受，如思想啟迪和審美感悟，還是像現在流行的為了比較單純的有趣和好玩？如果僅僅是為了好玩，作家是玩不過新興娛樂形式的——你再絞盡腦汁編排故事，異想天開，也玩不過網絡遊戲。靠涉性的作料，也不可能持久地吸引讀者，因為性的刺激，文學不可能與那些非法的毛片比，況且性的刺激也不會維持長久，更不能把人引導到美的境界上去。當然，還有比較高雅的娛樂，比如去影院看大片，聲光刺激，加上一些離奇荒唐的故事情節，讓你雲裏霧裏暈頭轉向樂得合不上嘴；或到卡拉 OK 廳吼幾嗓子，找一點明星的感覺，都是夠意思的。顯然，這些娛樂方式都比文學來得刺激。所以文學要想獲得讀者，不能光在好玩甚至官能刺激上尋找出路，不能以自己的弱點與新興娛樂形式的強項競爭。文學要獲得立足之地，要發展，還得回歸精神和審美的層面。

　　問題是現在又有多少人希望從文學中尋找精神寄託和審美陶冶？今天是世俗化的時代，許多人關心的是實惠和享受，努力在車子、房子、票子、孩子等項上比拼，甚至比拼到逝者身上去了。近日網上就有消息稱，現在墓地的價格比房價還漲得厲害，十大天價豪華墓出爐，其奢華程度超乎一般人的想像。而科學技術的突飛猛進，也已經在很大程度上改變了社會生活方式，人們的精神生活方式也隨之改變。今天人們可以非常方便地憑藉新技術獲得更新奇、更省力的娛樂，有更多的發揮激情的場所。人心變得浮躁起來，哪還有心思到文學裏去尋找精神寄託。欣賞文學需要修養和心情，甚至須在寧靜

的環境中慢慢地思考和體味，而今天的人大多忙碌得沒有時間和激情來享受這奢侈的精神會餐。因此，提供一時娛樂的快餐文化流行開來，嚴肅的文學逐漸被邊緣化了。不少純文學刊物紛紛停刊，一些還在發行的也是舉步維艱，就可以看出文學在今天的命運。文學如此，文學中更為貴族化的詩歌還能有更好的前途？從這個意義上說，詩人的寂寞是難以避免的。

問題還在於，現在又有多少詩人會把寫詩當作神聖的事業來對待？詩是生命的感悟，心靈的振顫，是詩人心血的結晶。用徐志摩的話說，寫詩非要用柔軟的心窩緊抵著薔薇的花刺，口裏不住的唱著星月的光輝與人類的希望非到他的心血滴出來把白花染成大紅他不住口。試問現在有多少詩人能像徐志摩這樣癡到心中只有詩而不顧性命？詩人也是人，在世俗欲望湧動的年代，你要他不考慮物質的因素是強人所難了。可是詩人一旦像普通人那樣考慮起物質利益的得失，他就失去詩人的純粹了。真正的詩人，是需要超越世俗的。他沉浸在內心的感動中，專注於人性的善和自然的美，用詩的語言把他對人事的理解表達出來。他甚至會被自己所體味到的崇高感動，被所經驗到的醜惡激怒，嘔出一顆心來，凝聚為美麗的詩篇。當詩人低俗到看見人家發財就心裏不平衡，發現明星有人追捧，心裏酸酸的，以這樣的心情來創作，至多是頂著一塊詩人的招牌而已，寫出來的詩就不會那麼純粹了。即使因為技術的純熟而語言依然優美，但詩的氣質、詩的精神已經消散，失去能打動人心的內在力量了。真正的詩人要像徐志摩那樣癡，哪怕因為癡而遭世人的白眼也罷；或者像沈從文說的，要徹底地沉溺，沉溺到人性的深處，看到神的光。但這樣的詩人，往往是不見容於世俗的。這有史為證：文學史上的詩人，尤其是那些偉大的詩人，在世時多是命運不濟的，過著並不風光的生活，有的甚至歷盡磨難。他們的偉大，就在於沒有被生活的打擊和磨難壓垮；相反，他們用崇高的精神對抗著邪惡，懷著一顆純潔的心期待著奇蹟來臨，等到了太陽的光輝照亮東方的黎明。在這樣的期待中，是一種與天地相通的偉大而純潔的精神在起作用，是人類所賴以生存和發展的最樸素的規律支撐著你——堅信歷史是人民寫的，因而他找到了精神不垮的力量源泉。讀讀屈原、李白、杜甫的那些名篇，他們寫這些名揚四海的詩篇時有哪些經歷是今天一些抱怨世道對他不公的詩人可以拿來炫耀的——他們是失寵，流浪，衣不蔽體，家破人亡。以此反觀，今天一些詩人抱怨世道不公，說明他們一開始就擺錯了詩人的位置。他們把寫詩當成了謀利的手段，以為詩人就得財大氣粗，就得榮華富貴，就得開寶馬擁美女，享盡

天下人的福，這樣想的詩人是把詩人降低到了一般的市民了。當然，我們並非要求詩人為了寫出優秀的詩篇而去過清貧的生活，去遭受艱難，但也不能不承認，文學史上偉大的詩人，生活往往是很落魄的，甚至很淒涼。不是他們願意如此，而是生活逼得他們陷於困境，他們的詩就是在困境中不被絕望壓垮，從心底裏自然流淌出來的詩情。即使那些飄逸的詩人，他們似乎生活富足而瀟灑，但他們大多富有浪漫的才情，視功名利祿如糞土，寫詩是一種精神生活的方式，壓根就不是為了標榜詩人的身份，更不可能有詩人高人一等的奢侈念頭。寫詩對於他們是自自然然的事情，是把心裏的衝動用詩的語言寫出來而已，如骾在喉，不吐不快。只有當詩人聽從內心的律令，而不為外界的物質利益所誘惑，才能寫出純粹的詩，寫出感人的詩。把詩當作謀利或求名的手段，是寫不出好詩來的。那些世俗的欲念會玷污純潔的感情，會破壞詩美。

說社會容不下詩，詩人寫不出好詩，詩的前途難道就這樣黯淡下去了？不是。詩作為美的一種精緻形式，在任何時代總有其存在的理由和需要，問題是好的詩如何找到知音。首先要有好的詩，而要寫出好的詩，除了必要的語言修養，最要緊的還是要做一個好的詩人。所謂好的詩人，可能就是與世俗的潮流有點隔絕的人，或者是懷著一顆博大愛心的人。無論屬哪一種，他們都不太會去計較實利的得失，而是對詩懷著一種神聖感情，用心去發現美，用美的語言來表達純潔的詩情。這樣的詩人多了，優秀的詩篇自然也會多起來。

但有了優秀的詩篇，也不能指望所有的人都會來欣賞，來唱讚歌。與詩有緣，能欣賞詩美的，也僅是人群中的一部分。他們也有一分純真，甚至一點天真，在忙碌的生活之餘希望靜下心來，讀點好的文學作品，包括讀點好的詩篇，從心的交往和溝通中體味人性是美的，自然是美的，世上的人和事，雖有種種不盡如人意之處，但生活著就是美麗的，從而得半日的悠閒，或者崇高的感動，使自己的心象是在山澗中洗過一樣的清澈。

這樣的人多不多，要看這個社會的發展會不會從過分計較物質利益的得失過渡到更多地來關注精神的和諧與人格的昇華，達到一個較為高尚的境界中去。朝這樣的方向努力前進，是整個社會的責任，也是一個真正的詩人不可推卸的使命！

載《新聞天地》2011 年第 4 期（下半月刊），
原題《詩歌的前途與詩人的使命》。

連環畫：一個版本的「消隱」

連環畫作為一種文獻類型，是伴隨幾代人成長的時代記憶，因其生動形象、圖文並茂、易於理解等特徵為社會大眾所喜愛。雖然如今這種藝術形式已逐漸從人們的閱讀視野消失，但在近幾年卻在收藏領域變得炙手可熱。除了本身的藝術性外，連環畫更承載著歷史的記憶和特殊的文獻學意義。

一、連環畫的興衰

連環畫又叫「小人書」，在全國有各種不同的名稱，「在上海被稱為『圖畫書』、『小書』；在武漢稱『牙牙書』；在浙江被稱為『菩薩書』；在廣東、廣西等地稱為『公仔書』」，〔註1〕在北方普遍叫做「小人書」。由於「小人書」的稱呼較廣泛，因此常作為連環畫的俗稱。連環畫並不是一種現代才出現的藝術形式，《辭海》對連環畫的解釋是：用多幅畫面連續敘述一個故事或事件發展過程的繪畫形式。中國古代的故事壁畫、故事卷及小說戲曲中的「全相」等，即具有連環畫的性質。現代意義上的連環畫在 20 世紀初起源於上海，根據文學故事，神話傳說，或取材於現實生活，編成文學腳本，然後繪畫而成。

連環畫並不是一種現代才出現的藝術形式，很多學者和文人均對連環畫的起源做過考證，如魯迅在《「連環畫」辯護》中追溯了連環畫在東西方藝術史上的起源和發展，認為歐洲藝術史上的《亞當的創造》《最後的晚餐》等都是宗教宣傳畫，都是記錄《舊約》故事的連環畫。至於中國的連環畫，有學者根據畫於長沙馬王堆漢墓上的「土伯吃蛇」和「羊騎鶴」兩組故事圖畫，認定它起碼起源於漢代以前，也有學者認為連環畫的出現更為久遠，將其起源追

〔註1〕鍾豔玲：《新中國傳統連環畫的興與衰》，《圖書館建設》2004 年第 1 期。

溯到春秋戰國時的青銅器。進入二十世紀的中國，連環畫得到空前的發展。最初興起於二十世紀初葉的上海，1925 年～1929 年，上海世界書局首次出版了一批連環畫作品，包括《西遊記》、《水滸》《三國演義》等。因其通俗易懂，老少咸宜，此後連環畫開始在國內風行，不但湧現出不同內容的連環畫作品，還出現了多種開本。此時最廣為人知的作品是《三毛流浪記》和《王先生》，它們生動的人物形象和豐富的故事情節贏得了廣泛的讀者群，在社會上流傳逐漸開來。

在新中國成立以後，響應毛澤東《在延安文藝座談會上的講話》，許多畫家投身到連環畫的創作中去。從建國初到「文革」前，是連環畫的鼎盛時期。這一時期，出版了大量連環畫作品，題材涉獵廣泛，包括《蔡文姬》《白蛇傳》《女媧補天》《釵頭鳳》《逼上梁山》等，神話傳說，民間故事等各類題材均為暢銷的連環畫作品。此後，中央於五十年代對連環畫出版單位進行了整改，將此前大量存在的私人出版社取消或合併，主要由北京人民美術出版社和上海美術出版社承擔小人書的出版發行。這次整改還將大量建國前存在的「毒害」人民思想的連環畫進行了回收和銷毀，並進一步限定了連環畫的表現題材。

一般認為，五十年代初期是新中國連環畫發展的第一階段。在這一階段連環畫主要作為政治任務的產物，從業者響應政治號召，創作的都是大眾喜聞樂見的作品，以表現現實生活為主。1957 年到 1965 年，是小人書創作的高峰期，經過前一階段的摸索，這一時期的連環畫藝術性大大提高了，畫家們的創作逐步形成了各自的風格。到 1966 年，隨著「文革」的到來，連環畫進入了停滯狀態，基本沒有小人書出版。直到 1971 年，周恩來因感覺到「文革」後中國青少年精神生活的匱乏，必須改善他們無書可讀的狀態，提出要恢復連環畫的出版發行。但這一時期連環畫帶有明顯的「文革」印記：「用毛主席語錄統率全書，在內容上以八個樣板戲為先導，受『三突出』原則影響，人物造型臉譜化，屬程式化的創作手法，作者多以集體創作形式出現。」〔註2〕這一時期的連環畫創作主要集中於八個樣板戲，此外還出現了如《林海雪原》《豔陽天》《我們是毛主席的紅小兵》《金光大道》等革命題材作品。隨著 1978 年改革開放的到來，連環畫的創作進入第二個高潮。出版數量大增，歷史題材的連環畫作品有《列國東周》《三國演義》《大唐英豪》《岳飛傳》《楊家將》等；抗日題材有《敵後武工隊》《關東響馬》《鐵道游擊隊》《平原槍聲》等；

〔註2〕鍾豔玲：《新中國傳統連環畫的興與衰》，《圖書館建設》2004 年第 1 期。

外國名著改編的有《1001 故事》《莎士比亞四大悲劇》《安徒生童話》等作品。連環畫創作的數量和質量都出現了一個短暫的高潮。但到九十年代之後，連環畫便漸漸退出人們的視野，也在出版界悄然隱去。直到 21 世紀初，連環畫成為收藏界的寵兒，才又逐漸回到人們關注的視線中來。

從連環畫的開本來分，64 開和 60 開是最常見的。常見舊版本還有 50 開和 48 開，特殊的版本為 32 開、24 開、16 開、12 開不等。從題材上來講，連環畫的涉獵範圍極廣，包括歷史故事、文學名著、革命事蹟、神話傳說、樣板戲、外國名著、武俠傳奇、民間故事、人物傳記、成語和童話等。

作為特定歷史時期的產物，連環畫的形式和出版都因社會政治的變遷而受到很大的影響，也與特定時期人們的審美趣味有很大的關聯，是歷史的見證物。

二、對閱讀方式的影響

連環畫由圖畫和文學腳本構成，打破了之前以讀字為傳統的閱讀模式。圖像的介入對讀者的閱讀方式產生了影響，形成了新的閱讀體驗。

連環畫文本形式的特殊性首先表現在其創作過程。不同於一般的文學作品，連環畫的創作過程分為兩步：首先由文學工作者寫出文學腳本，然後由繪畫工作者按照文學腳本進行連環畫的繪製，在繪製過程中要借助畫面體現文字內涵。兩步走的文學創作過程決定了文本的意義不是簡單的文字意義和圖畫意義的累加，而是二者的融合。也就是說，文字說明和圖畫表現是一個整體，沒有誰為誰服務的問題。

連環畫的閱讀方式既不同於傳統的文字閱讀，也與單幅畫作的欣賞和漫畫（卡通畫）有著很大的區別。單幅畫作沒有連環畫的連續性和強烈的故事感，往往只表現一時一處的景物，而連環畫則用多幅畫面來講述故事，因此必然是連續的，每幅畫之間都由文字作為連接，串聯起整個的故事。作品的優劣也並不是看單幅畫的構圖，而是看是否能夠準確、生動地展現故事情節。

漫畫看似與小人書類似，都是用連貫的畫來表現故事，但實際上二者有很大區別。「漫畫（卡通畫）是借鑒電影的表達方式，以分格的畫面表現場景或者情節的局部為主要的敘述方式，往往出現的畫面都是不完整的，一個手拿著書本的局部特寫，或者一雙在街道上漫步的腳的特寫，都可以構成一個畫面的內容。當然，偶而需要交代整個環境或者人物之間位置關係的時候，也出現完

整的構圖畫面。」〔註3〕與漫畫重視局部表現的特點不同，連環畫很少出現這樣的特寫鏡頭，在一個畫面中，人物和環境的構成都是完整的，作者會巧妙安排人物與環境的關係，通過主要人物、次要人物以及人物動作的設計來為推動故事情節，抓住讀者的眼球。這種藝術加工使得小人書的構圖更加完整，因此傳達出更加豐富的內容，相比於一個漫畫畫格的傳達效果，連環畫豐富的視覺內容更易給讀者留下深刻的印象，這也是小人書百看不厭的藝術魅力所在。

傳統書籍中也往往配有插圖，但插圖與連環畫的效果顯然是不同的。插圖作為書籍的副文本，是對文本內容的闡釋，給人視覺上的直接感受，雖然它會參與到文本意義的生成，但卻是文字的附屬品而非必須品。連環畫則不是對文字的單純補充，而是和文字相互融合，共同鑄就了作品的藝術性。插圖出現在書籍的某一頁作為文字的補充說明，雖能給人以視覺衝擊，但往往也會中斷了文字閱讀。而連環畫中的畫面則是承接上一段文字和下一段文字的橋樑，畫中不可能表現出一段文字說明的全部內容，因此要求繪畫者能夠抓住腳本的核心，通過精心的構造展現出文本的內涵，畫面往往是對文字內容的引申，或能夠激活讀者對於文字的想像，拓展文字的空間。

但不得不承認，連環畫對於讀者的想像空間也存在一定的束縛作用。強烈的畫面感造成了最大限度的視覺衝擊，而文字則成了閱讀的輔助，讀者對於文本的理解更多來自直觀的繪畫，圖畫替代了文字成為直接能指，而扼殺了更為廣泛而多樣的空間所指。特別是建國後的連環畫，遵循毛澤東《在延安文藝座談會上的講話》精神，本著文學藝術為工農兵服務的精神，其人物造型往往有著明顯的英雄主義傾向和程式化特點。在連環畫的創作中，這種「三突出」、英雄人物形象「高大全」的展現也以直觀的畫面呈現出來。英雄人物往往濃眉大臉、國字臉，身材魁梧，體格健碩；而反面人物多身形佝僂，賊眉鼠眼，或是滿臉橫肉，大腹便便。這種人物刻畫方式的普遍存在與文字一起綁架了讀者對於文本的理解，也加深了政治的宣傳作用。如果說文字構建起的還是閱讀者對於文字的想像空間和認識傾向，那麼圖畫綁架的則是閱讀者的感官。這種視覺衝擊是第一印象的、直觀的，不需要經過思維的建構而直接呈現在腦海中。因此，過於具體的畫面展現會造成讀者對於文本理解的單一性，而將文本本身的豐富性扼殺在感官衝擊之中。小人書的風行是對文本內涵簡單理解和機械處理的最好手段，因此是成功的意識形態宣傳工具，

〔註3〕段國英：《連環畫的畫面特點淺析》，《宜賓學院學報》2006年第10期。

其對思想的綁架是直接的。作為宣傳工具的連環畫是特殊歷史語境下的產物，隨著人們思想的解放，其退出閱讀視野也就成了一種必然。

三、形式意義的再思考

由於連環畫文本形式的特殊性和對讀者閱讀方式的時代性影響，連環畫在特定的歷史時期承擔了特殊的歷史作用，也是承載著歷史記憶的見證物。

首先，連環畫承擔了教化任務並發揮了宣傳作用。由於小人書的通俗易懂、圖文結合、形象生動，因此成了是向工農兵和青少年普及文化知識的有力手段。人民共和國成立之初，國民的文化程度普遍偏低，再加上多媒體手段的貧缺，因此向民眾宣傳革命思想和傳播國家意志僅僅依靠有限的報紙和文字是行不通的。連環畫故事性強，配有便於理解的圖畫，老少咸宜，因此是很好的傳播文本。據記載，1949 到 1952 年，「出版工作按照這個方向發展，供工人、農民、士兵的政治、文化、生產教育之用的通俗讀物，採用連環畫冊、唱本、通書、年畫等舊的民族形式，注入了有益於人民的和國家實際需要相結合的新的內容，因此最為廣大的工農兵群眾所喜愛。三年以來的民主建政、抗美援朝。生產建設取得偉大的勝利，通俗書報起到了一定的宣傳教育作用。」〔註4〕

這就不難理解為何建國之初國家要對連環畫出版機構進行整頓重組，收繳並銷毀大量「不合格」的連環畫作品。重組後的連環畫出版機構便於審查機構的監管，而文化部門的意志也能夠得到更好的實現。連環畫的宣傳意圖是明顯的，如《紅岩》系列小人書的第一部《山城風暴》，在出版前言中寫道：「我們是想通過連環畫，使青少年瞭解革命事業的艱苦，珍視今天的幸福生活，繼承革命先烈的戰爭傳統，做革命事業的接班人。同時使更多的讀者認識到：在國民黨反動派統治的黑暗歲月裏，無數先烈為了爭取革命的勝利，如何同敵人進行堅決的鬥爭。他們的英雄事蹟，將進一步地鼓舞我們建設社會主義的信心與激情，在階級鬥爭，生產鬥爭，科學實驗的三大革命運動中，戰勝前進道路上的困難，取得更大的勝利。」〔註5〕很多連環畫都是特定時期

〔註4〕 胡愈之：《出版工作為廣大人民群眾服務》，載中國出版科學研究所、中央檔案館編《中華人民共和國出版史料（1952年）》，中國書籍出版社1998年版，第229～230頁。

〔註5〕 韓和平、顧炳鑫等繪：《紅岩》之一《山城風暴》，上海人民美術出版社1978年8月版。

的歷史見證，帶有鮮明的政治色彩和宣傳教化性質。但是，進入九十年代，隨著改革開放和市場經濟的進一步發展，人們的思想有了很大的改觀，連環畫刻板的教化顯然已經過時，必然為歷史所淘汰。

其次，連環畫特殊的版本形式開啟了讀圖時代的先河。不同於今日所謂的「讀圖」快餐文化，連環畫所呈現的是對文本的藝術化處理，這種處理的最大特點就是直觀呈現。讀者，特別是文化程度低的青少年，借助豐富的畫面更易理解文本意義。然而，這也就將讀者對於文本意義和形象的再塑造扼殺在搖籃中，「一千個讀者眼中有一千個哈姆雷特」的景觀不復存在。他們看到的是唯一的、棱角分明的「哈姆雷特」，文本的多樣性被繪圖直接遮掩。隨著科技的發達，媒體種類越趨多樣化，海量的信息和數據，行色匆匆的高強度快節奏的現代生活，使人們失卻了耐心閱讀並賦予文字想像畫面，最快捷的方式就是讀圖——通過電視、互聯網等，獲取海量信息。連環畫的風行得益於它是一種快速閱讀、簡單處理信息的便捷方式，只是受到年代、歷史語境和科技手段的限制而難以與現代化的讀圖方式相比。從這個層面來說，連環畫開啟了視覺文化的先河，可以說是一種「前讀圖時代」。

再次，因為特殊的版本形式，連環畫還具有特殊的收藏價值。進入九十年代後，連環畫遇到了出版瓶頸，印製冊數直線下降，到最後基本淡出了出版業的視野。然而出版的蕭條卻成就了連環畫的收藏熱。到九十年代後期，在舊書市場的書攤上，連環畫成了搶手貨，價格由最初的幾角錢漲到單本精品上百元，在各大拍賣場上，精品小人書過萬的現象已十分普遍。拍賣的價格受到連環畫的品相、出版年代、繪製者、題材等方面的影響。品相好、版本老、反映革命題材的作品，以及名家名作更受追捧。若是珍貴的繪者手稿，則能拍出更高的價格。

連環畫收藏熱的原因，一是很多連環畫是名家所作，有較高的藝術價值。當代許多著名畫家都曾創作過連環畫作品，如程十發、劉旦宅、陸儼少、范曾、戴敦邦等。這些畫家的連環畫作品雖與其後來成熟時期的畫作有所不同，但同樣是難得的藝術珍品，因此名家畫的連環畫受到人們的青睞。二是由於九十年代後期連環畫出版量的急劇下降，小人書基本已淡出了人們的閱讀視野，大量的小人書已經遺失或損毀，面臨著失傳的困境。物以稀為貴，正是連環畫數量的減少成就了它在收藏界的熱潮。三是因為連環畫承載了一代人甚至幾代人的青春記憶，伴隨著他們的成長，是歷史的有力見證。在懷舊成

為一種消費時尚的今天，連環畫收藏熱也為一種必然。連環畫作為一種文獻類型，正淡出我們的閱讀視野，對其收藏也多以鑒賞為主。

特殊的版本已經變成一種文化符號，連環畫的繁榮和消隱見證了時代的發展，它所承載的是一段歷史記憶。從這種版本的消隱，我們看到了文化的進步和思想的開放。如今，很少有作品再以連環畫的形式出現，連環畫正像古代的線裝書一樣退出普通閱讀的舞臺。版本的更替和消失不僅僅是形式的發展變遷，更記錄了一段歷史的逝去，是一個時代在懷舊中成為永恆，連環畫的版本形式即是這種永恆的載體之一。〔註6〕

載《現代中國文化與文學》第15輯（2015年），
原題《一個版本的「消隱」：關於連環畫的文化思考》。

〔註6〕本文與馬靜合撰。

世俗語境下影視改編的困境與出路

　　近年來，文學作品的影視改編成為社會津津樂道的話題，如火如荼的形勢帶動多個行業的爭相合作，也引起影視界 IP（文學作品改編版權）的爭奪戰。然而，在這個大眾文化肆意蔓延的世俗語境下，文學作品的影視改編面臨著巨大的困境。該如何平衡「忠實」與「創造」的關係，迎合世俗審美的「創造」是大勢所趨還是誤入歧途，文學經典真的難以東山再起嗎？這些急需回答的疑問，讓文學本身的純粹不再單純。它不再僅是一種文學現象，也是一種複雜的社會現象。

一、從「忠於原著」到「彰顯自我」：影視改編觀念的演進

　　縱觀中國電影史，優秀小說被搬上熒屏的不勝枚舉，歷屆獲「金雞獎」的影片，絕大多數改編自文學作品。但是，電影和文學這兩種藝術形式，容易陷入「忠實」與「創造」的兩難，這也是最飽受爭議的話題之一。由於文學原著深入人心，先入為主的心理暗示，加上某種程度上文學蘊含的精英意識與研究者的身份相契合，導致幾乎每一部影視作品問世，都會被拿來與原作比較，而結果基本上毫無懸念，觀眾對原作的青睞遠遠大於影視作品，到頭來演變成一場「像不像」與「似不似」的比較之爭。其實，影視改編，尤其是改編於經典作品，既要傳承原著的核心精神，又要融入編劇的獨特理念和自主意識，也要結合觀眾的審美需求和認可度，可以說是「戴著腳鐐跳舞」，如電影界老前輩夏衍說的：「改編是一種創造性的勞動，也是相當艱苦的勞動。」〔註1〕

〔註1〕夏衍：《漫談改編》，轉引自李標晶《電影藝術欣賞》，浙江大學出版社 2005 年版，第 185 頁。

　　伴隨著影視的發展，影視改編的理論和方法一直同步而行，影視界的編劇和導演對改編的探索從來沒有停止過。而一個大體的趨勢，就是從「忠實於原著」到「彰顯自我」。

　　人民共和國成立，到處洋溢著政治的熱情，影片的立場和思想觀念與政治有密切的關係，尤其是作者的政治身份成為考慮的重點，因而影視改編大多侷限於魯迅、茅盾、巴金、曹禺等左翼作家的作品，比如魯迅的《祝福》、老舍《我這一輩子》都被搬上熒屏。而在改編的實踐中，改編者往往適應時代的要求，對原著進行捨取、刪減、濃縮，表現出濃厚的政治傾向和時代色彩。

　　新時期，伴隨著改革開放和思想解放，文學呈現百花齊放的繁榮景象，各種思潮此起彼伏。電影也順應文學的發展，向現實主義傳統回歸，凸顯了精英意識和人道主義精神，而個性的表達更成為改編的時尚。就改編的對象而言，1990 年以後的電影更多地傾向當代文學的作品。1990 年至 2011 年的 22 年間，據現代文學作品改編的電影僅 7 部，而據當代文學作品改編的電影有 91 部之多。

　　新時期初的電影改編特別強調「忠實於原著」。夏衍說：「力求忠實於原著，即使是細節的增刪、改作，也不該越出以至損傷原作的主題思想和他們的獨特風格」。〔註 2〕謝晉、水華等導演將這個理念貫徹於電影改編的實踐，拍出了《原野》《傷逝》《駱駝祥子》等一批有影響力的佳作。但是完全忠實原著，既不可能，也不一定成功。水華導演的《傷逝》，從思想內容到情節設置充分尊重原著，卻忽略了電影和文學的本質區別，沒能充分發揮電影獨有的表達優勢。因而，電影《傷逝》成了文學的另類翻譯，失去了電影應有的魅力。

　　到 90 年代，中國社會發生了深刻的變動，市場經濟、消費意識逐漸滲透社會文化的各個領域，大眾文化應運而生，「以大眾媒介為手段、按商品規律運作、旨在使普通市民獲得日常感性愉悅的體驗過程，包括通俗詩、通俗報刊、暢銷書、流行音樂、電視劇、電影和廣告等形態。」〔註 3〕這種市民文化本質上與精英文化、主旋律文化不同，它以商品性、娛樂性和通俗性消解掉精英文化裏的凝重和崇高。這一時期從文學作品改編而來的電影，也就明顯打上了大眾文化的烙印。比如張藝謀、陳凱歌、田壯壯等第五代導演，與前輩的改編理念不同，充分彰顯了他們個人的導演風格，高度發揮了自主的創

〔註 2〕夏衍：《雜談改編》，《夏衍論文集》，中國電影出版社 1979 年版，第 222 頁。
〔註 3〕王一川：《大眾文化導論》，高等教育出版社 2004 年版，第 8 頁。

造性。他們拍出來的電影往往與原作大相徑庭，在開創電影新紀元的同時也引起了廣泛的爭議。爭議較大的，就有張軍釗的《一個和八個》，由郭小川的長篇敘事詩《一個和八個》改編而成。影片只選取了原著的一兩個元素，戰爭在影片中只是一種背景，八名罪犯從原著的配角地位上升到影片中的主角位置，著力刻畫他們的心靈撞擊和關係演變。還有陳凱歌的《黃土地》，由柯藍的散文《深谷回聲——回憶採錄（蘭花花）民歌時的一個插曲》改編而成，原著講述的是一個愛情悲劇，但是影片中愛情只是作為線索，對民族歷史的思考才是導演要表達的主題。

　　21世紀迎來了一個消費時代，大眾文化的發展勢不可擋。在這場沒有硝煙的文化戰爭裏，嚴肅文學被邊緣化，通俗文化大行其道，使電影可以藉以改編的作品成為稀缺資源。張藝謀就曾坦言，現在好的劇本越來越少，經典作品越來越青黃不接。在這樣的情況下，一些導演轉向當代小說中有市場潛力的作品。這些小說充斥獵奇、窺視、暴力、性等一切娛樂元素，其中網絡作品的改編更如火如荼。他們在改編的觀念上，更加迎合大眾需求，以觀眾喜好來增刪情節，因而各種「戲說」「仿說」的現象大量產生。總的看，文學和電影走在一個良莠不齊的大眾文化環境裏，機遇和危機並存。

二、「提取一點」和「大眾化的抒情表達」：張藝謀的改編理念

　　在這種複雜的世俗文化語境中，改編自現當代文學作品的電影欲突破重圍，重拾往昔的光彩，就需要電影人的加倍努力。其中，張藝謀，「第五代」導演，一位注重視覺符號而個性鮮明的藝術家，在文學改編這條路上孜孜不倦，用自己的成就向社會提供了文學改編的重要經驗。張藝謀的幾乎每部電影都是從文學作品改編而來，借助電影語言營造震撼人心的視覺效果，讓原著重放光彩。

　　張藝謀說：「我一向認為中國電影離不開中國文學。你仔細看中國電影這些年的發展，會發現所有的好電影幾乎都是根據小說改編的。看中國電影繁榮與否，首先要看中國文學繁榮與否。」〔註4〕縱覽張藝謀的電影，大多從現當代小說尋找創造的靈感。1987年，《紅高粱》根據莫言中篇小說改編。1989年，《古今大戰秦俑情》改編自李碧華的小說《秦俑》。1990年，《菊豆》改編自劉恒的小說《伏羲伏羲》。1994年，《活著》根據余華同名小說改編。2006

〔註4〕李爾葳：《當紅巨星——單俐張藝謀》，北京出版社1989年版，第211頁。

年，《滿城盡帶黃金甲》改編自曹禺的話劇《雷雨》。2011 年，《金陵十三釵》根據嚴歌苓同名小說改編。

在平衡「忠實」和「創造」的關係上，張藝謀是「提取一點，凸顯自我」的典型代表。這裡「提取一點」可以是情節的提取，選取代表性的場景或情節大力發揮，從而彰顯主題。例如在他的電影《紅高粱》中，觀眾念念不忘的那一片紅高粱，是張藝謀千辛萬苦地讓人特意種下的，但是僅僅這樣一個普通場景，折射著主人公豪氣萬丈、有血有肉的真實人性。然而，原著作者莫言看了劇本後，曾質疑張藝謀的改編，說他只選取了幾十個場景、幾十個細節，怎麼可能完成兩個小時的電影？後來影片紅遍大江南北，他終於明白原來電影並不需要那麼多元素，僅僅紅高粱裏「顛轎」一場戲，劇本裏幾句話，但電影裏就表現了五分鐘。有限的時間裏用有限的場景充分地表達，已經蘊含了導演要傳達的主題和情懷。

「提取一點」不僅是情節的取捨，同樣可以是主題的提取。例如他的另一部影片《滿城盡帶黃金甲》，改編自曹禺的話劇《雷雨》，影片中的時代背景影射為五代十國時期的後唐。這部影片華麗精美、氣勢恢宏，錯綜複雜的宮廷爭鬥，跨越性的時空關係，很難一下子想到是來自話劇《雷雨》的改編。大眾對這部影片褒貶不一，有不少人認為它一定程度上消解了《雷雨》複雜多重性的悲劇意味，人物形象在影片中只成了一個傳遞符號；也有人不滿濃厚的商業意味，讓影片變得低俗。但是這部影片在國際上大獲好評，被美國影評人高度評價為「史詩之作」、「宏大的正劇奇觀」，也被《時代》週刊評選為 2006 年全球十大最佳電影之一。更有《紐約時報》認為：「《黃金甲》的問世，是張藝謀朝著經典邁出的重要一步。」縱使毀譽參半，不可否認的是，張藝謀用自己的電影語言將這部文學經典再度詮釋在大眾眼前，把王室家族病態的掙扎同 20 年代兩個家庭錯綜複雜的關係實現了時空的對話，重新包裝，提取新意，使得經典再度綻放光彩，讓國際瞭解中國的文學經典。

但是導演的個性化表達並不一定得到觀眾的青睞，口碑與批評往往雙劍齊飛。第五代導演「彰顯自我」的理念，容易被認為是曲解了原著、蹂躪了經典。比如張藝謀的另一部作品《歸來》，改編自嚴歌苓的小說《陸犯焉識》，電影捨棄了原著的大部分情節，只選取了主人公潛回家鄉的橋段加以發揮。最有爭議的是導演刻意抽離歷史背景，用小情小愛來消解社會傷痛。

如果說「提取一點」是張藝謀在敘事的主線、情節的變動上的匠心獨運，

那麼在溝通原著與觀眾這座橋樑上，他選擇了大眾化的審美作為溝通方式，將原著的精神內涵通過大眾化的視覺傳達出來，將作品的思想藝術性和觀賞性結合起來，做到以情動人，所謂「大眾化抒情表達」，則是張藝謀電影一個典型的特徵。

　　張藝謀曾表示，「鑒於電影是一次過的觀賞性藝術，我們的《紅高粱》也是只準備讓人看一遍的電影。一般人用不著兩遍三遍地來回琢磨。它沒想負載很深的哲理，只希望尋求與普通人最本質的情感溝通。生命的快樂與活力，是人性中最木質的東西，是作為生命主體的任何層次的人都可以感悟到的。」〔註5〕張藝謀充分依賴文學，依賴文學的深刻內涵所啟發的靈感，但是他也依賴觀眾，依賴觀眾可以理解他傳遞的情懷。例如改編自鮑十的小說《紀念》的電影《我的父親母親》，最初並不受歡迎，一些同行認為它題材單薄，不適合改編，但是張藝謀力排眾議，他有自己獨特的想法。在改編中，他沒有過多地關注鄉村教育這個社會主題，而是強調故事中愛情的「感覺」很打動他，相信這種「人類共通」的主題，娓娓道來的愛情故事同樣可以打動觀眾。於是他選取了現實與回憶不斷交錯的手法，用特寫鏡頭表現年輕女主人公奔跑在金黃田野間勇敢地追逐愛情的動人場景。果然，電影大受歡迎，被譽為一部歌頌愛情的散文詩之作。同樣的抒情手法在張藝謀的電影中隨處可見，例如影片《山楂樹之戀》《歸來》《金陵十三釵》等等。

　　然而，迎合大眾審美也難免遭到訴病。一方面這是導演平衡「忠實」與「創造」的權宜之計，另一方面也是在這個世俗語境下妥協的產物。張藝謀早期以執導傳統文化的文藝電影著稱，後來也逐漸加入商業電影的大潮。在他的商業電影中，不可避免地打上了商業的標簽。有不少人批評他走向「墮落」，張藝謀也曾感慨：「媚俗還是崇高，是每位導演一生的難題。」改編自嚴歌苓小說的《金陵十三釵》，講述了在南京大屠殺的時代背景下數名風塵女子犧牲小我、英勇救女學生的可歌可泣的故事，彰顯了人性的光輝和悲痛的時代記憶。但是影片中過多地渲染了妓女誘惑的性感畫面、與男主人公的情愛「床戲」，留下了情色救國、惡意消遣國殤的訴病。他的另一部作品《三槍拍案驚奇》更是典型案例，喜鬧劇式的插科打諢，文化價值的缺乏，是商業裹挾的產物，遭到了廣泛的批評。

〔註5〕羅雪瑩：《讚頌生命崇尚創造——張藝謀談〈紅高粱〉的創作體會》，《論張藝謀》，中國電影出版社1994年版，第169頁。

2014 年 5 月 17 日，張藝謀新作《歸來》上映第二日，與莫言在北京百老匯電影中心進行了一場題為「回歸創作，大師歸來」的對談。張藝謀表示，時代變化其實對作家的創作影響不大，但電影、電視受環境的影響巨大。由於作品的生產流程、傳播方式等限制性因素，影視必須參與商業大潮，導演本身也很為難，他們也想有像作家一樣更純粹、更個性化的表達，但很難。這番話充分表明了影視與時代相互依存的關係，也是現如今所有影視製作的生存處境。從小說到電影，不僅僅只是將文字轉化為影像，而是協調對原著文學價值的展現、適應電影的表現手法以及如何吸引觀眾諸方面的複雜過程。一方面這種商業化的取向適應了世俗語境下觀眾的需求，擴大了文學的影響力；但另一方面也以犧牲文學本身內涵為代價，偏離文學本身，加大了文學的誤讀。

雖然張藝謀的電影還有很多缺陷和不足，這既有個人原因，也有大環境的時代原因，但是，張藝謀在電影的探索之路上做出了卓越的貢獻。他的不斷嘗試讓中國電影在世界上嶄露頭角，把中國文學和中國文化更直接地推向了世界。而且，他堅守文學不可動搖的地位，堅持從文學本身尋找靈感，這為後來的電影改編之路提供了一個典範。不僅如此，他從不拘泥於傳統的改編方法，大膽創新，提取一點，彰顯個性化的人文情懷，並用觀眾能聽懂看懂的方式講述故事，溝通人類共同的情感，使得電影的觀賞性大大增加，將觀賞性和藝術性結合起來，這些嘗試為電影藝術的發展做出了貢獻。

三、「忠實」基礎上的「創新」：影視改編的出路

電影的發展，文學是母體。只有文學的繁榮，才能源源不斷地為電影提供能量和養分，才能將民族智慧和精神的結晶傳承下來，才能將民族文化和價值發揚光大。人民共和國成立以來，無數的電影人孜孜不倦地致力於影視改編的探索，在平衡「忠實」和「創造」的關係上提供了各有千秋的理論和實踐，在不同的時代裏各領風騷。

我們有理由相信，一部文學作品，尤其是經典，並不是定格在某個時代，而是隨著時間累積彰顯它的生命力，不斷綻放光彩。那麼在不同的時代裏，同一部文學作品應該有不同的解讀，也不可能只有一種改編方法。所以，我們應該要轉變一些觀念，認識到「忠實」和「創新」並不矛盾，完全可以根據時代背景，對作品做出合理的闡釋，融入時代特色加以改造，在「忠實」的基

礎上「創新」，這是影視改編的出路。

　　對於編劇和導演而言，文學的影視改編不意味著將作品曾經的年代和情節完全再現，深陷在原著的桎梏中束手束腳，塑造完全「忠實」的模式來拉開與觀眾的距離，這對解決問題並無益處。同時，文學的改編也並不意味著「創造」是肆意妄為或顛覆消解，借原作的空殼而丟掉靈魂，一味迎合大眾而空洞浮躁。以張藝謀為代表的「第五代」導演樹立了很好的典範，他們深刻瞭解文學，在此基礎上同原著作者進行反覆的溝通探討，確立電影所要表達的主題和情節。這樣既不偏離原著，也根據自己的需要做出了提取與創造，這就是站在前人的肩膀上做出有根有據的解讀，在尊重原著的基礎上做出合理的闡釋，賦予文學新的生命力。

　　對於讀者和觀眾而言，甚至對於作家本身，很重要的一點是，應該抱有寬容的姿態接受文學的改編，接受電影和文學的本質不同。很多作家和讀者，往往並不太願意作品被導演大肆改編，而要求充分尊重原著的完整性。然而，張藝謀的黃金搭檔──莫言不這麼認為，他曾調侃：「如果大家覺得這部電影很好，那是因為我的小說寫得好；如果大家覺得電影差強人意，那是張藝謀拍得不好，所以作家跟著沾光不吃虧。」雖然這是一番調侃，卻表明莫言對文學改編抱有海納百川的態度，他曾表示：「小說改編電影，作家就應該寬容，放手，讓導演盡情的發揮藝術主動性，享有更多的自由和空間。因為電影受時間限制，運用的東西也很有限，對比而言，作家卻可以無限的寫下去，所以對導演來說，提取精華才是最重要的。」﹝註6﹞莫言提到了很重要的一點：提取精華，吸取原作的核心或內涵，在此基礎上加以合理的創作。

　　學術界的不少學者一提到「大眾文化」，可能就會嗤之以鼻，批判它的低俗與膚淺。但是任何事都不可以一概而論，尤其在這個世俗文化語境下，誰都不可逃避潮流的裹挾。文學和電影，在世俗文化語境下，不一定每況日下，而是可以相互依存，特別是影視，可以從文學中吸引營養、獲得靈感、尋找適者生存的契機，這是一種審時度勢的創新和生存必要手段。例如，張藝謀不僅僅是一個追求自我的藝術家，也是一個充分站在普通人角度的觀眾。他的電影觀賞性非常強，大量的抒情渲染，傳達出濃濃的人間感情，帶來心靈震撼和生活啟迪，所以往往能夠獲得歡迎。2015 年 3 月，張藝謀籌備拍攝的 3D 奇幻動作

﹝註6﹞以上所引，見 2014 年 5 月 17 日，張藝謀新作《歸來》上映第二日，與莫言在北京百老匯電影中心進行了一場題為「回歸創作，大師歸來」的對談。

片《長城》，好萊塢製作班底，國際國內熱門演員主演，採取與觀眾微博、熱門話題互動參與的形式，獲得世俗的矚目和期待，但這樣一個國際範和高科技聯合的故事，講述的卻是關於中國長城上生死決戰的傳統故事。

張藝謀也曾指出，「在媚俗與崇高之間，我們往往顧此失彼，無法完美平衡。有人說商業電影低俗，有人說藝術電影晦澀，無論拍哪種，思想性、藝術性、觀賞性的統一，才是導演追求的終極目標。」〔註7〕2014年的新作《歸來》，張藝謀坦誠是「回歸」之作，從早期視聽風格強烈的藝術片到商業片之後的創作初心的回歸，更是回歸到拍攝《紅高粱》的初心，從形式到內容上極力追求作品的文化內涵、價值和承載的情懷，還有對未來社會的思考。

從文學到影視，從文字到影像，看似一步之遙，卻是漫長而複雜的路程。張藝謀的作品也只是時代的一個印記，彰顯了電影領軍人在文學改編的漫漫長路上所做出的創新和實踐。他不斷地引領中國電影步入新的階梯，更把中國電影帶向了世界。雖然他的影片在「忠實」與「創造」的溝通上依舊面臨著爭議，但是對於文學走出困境的實踐卻做出了巨大的貢獻。

總之，我們在看到改編自現當代文學的電影取得的成績的同時，也應該清醒地認識到，在這個世俗文化語境下，電影和文學面臨著怎樣的生存困境；我們應該如何轉變觀念、如何應對。文學不是影視的附庸，影視也不是文學的拷貝，影視改編應在忠實於原著的基礎上，尊重藝術規律大膽創作。只有既獨立又合作、既促進又補充的前提下，才能實現文學和影視的兩全其美，才能促進文學和影視的共同繁榮發展。〔註8〕

載《長江叢刊》2016年第3期，
原題《世俗語境下影視改編的困境與出路——以張藝謀的電影為例》。

〔註7〕2012年10月31日，張藝謀接受《經濟觀察報》的採訪時的談話。
〔註8〕本文與王小燕合撰。

神話的破滅——「韓寒」現象批判

　　在一個無神論的時代，由媒體和網民共同打造了一個現代神話，而且在許多人對這個神話提出質疑之後，一些粉絲還竭力相挺，甚至聲稱如果他是包裝出來的，我以後還怎麼活啊？有的甚至表示：不管他是不是代筆，我就是喜歡他，你們管不著！有一個旅居加拿大的網友向我透露，他的侄女把韓寒當成偶像，拒絕讀書，把她父母急死了。這位朋友因此開始關注並參與網上的討論。前些日子又有青年發文，說當年學韓寒，拒絕高考，現在回想起來非常後悔。

　　作為一個品牌的「韓寒」，竟然有這樣的超凡魅力？這種現象不能不讓人深思！

一、文化符號的「韓寒」

　　韓寒是幸運的。他以體育特長生進入上海松江二中，學習不好，高一復讀，最終以七門功課紅燈而退學。他的幸運，是在退學前參加了《萌芽》雜誌主辦的新概念作文大賽，以一篇《杯中窺人》榮獲一等獎。憑這一榮譽，他本可以升入名牌大學，但因為高中沒畢業，與大學失之交臂。復旦大學曾向他伸出橄欖枝，建議他先旁聽，但韓寒覺得這有辱尊嚴，拒絕了。韓寒的拒絕，與他稍後毅然決定退學一樣，表現出對現存教學體制的反叛，而他反叛的資本就是對創作的自信。他說高一階段幾乎全用來創作《三重門》，因而各門功課成績一塌糊塗。新概念大賽的殊榮，使他獲得了出版《三重門》的機會，他一炮走紅，名利雙收。

　　《三重門》奠定了「韓寒」神話的基礎：一個學習成績糟糕、被迫退學

的中學生，照樣可以寫出包含了巨量知識的長篇小說。這一活生生的事例，證明了現行教學制度存在重大缺陷，同時也表明真正的才能完全可以從其他渠道獲得。當時正是教學界大聲疾呼推行素質教學、對現行教學體制進行改革的時代，創造了奇蹟的「差生」韓寒湊巧成了現行教學體制失敗的一個證明，無數中學生把他視為可以借鑒、走向成功的偶像。於是，「韓寒」這個品牌首次有了文化符號的意義，代表著與現行教學體制的對立、叛逆和出人意料的大獲成功。

2003 年，《三重門》熱度未退，韓寒卻一頭扎入賽車界，代表北京極速車隊參加全國汽車拉力錦標賽，以一種酷酷的外貌和裝扮馳騁於賽場，引來了更多熱情的粉絲。古往今來，罕有作家能成為一名成功賽車手的，而一個賽車手更罕見能成為一個當紅作家。這樣的先例只能用天才來解釋。

神話還沒有到此為止：作為文化符號的「韓寒」，其內涵還在繼續不斷地擴張。當韓寒初涉博客，他僅發一個逗號，就會有幾百萬的轉發，無數粉絲欣喜若狂。2008 年，韓寒再次轉型，轉向了時評，就許多熱點問題不斷發言。那些署名「韓寒」的時評大多用一種揶揄和笑罵的態度寫出，罵白燁罵陳逸飛罵高曉松罵郭敬明罵余秋雨罵王蒙，罵政府罵城管罵文化罵教育罵社會，詞鋒犀利。他的博文經常成為門戶網站的置頂帖子，為他贏得了巨大的聲譽。曾有傳聞，某著名門戶網站負責處理韓寒博文的管理員僅僅因為沒有及時把署名「韓寒」的博文置頂而受到處罰，可見其受寵至極，影響之大。

隨著聲望日隆，各種耀眼的桂冠相繼落到了韓寒頭上：「公共知識分子」、「意見領袖」、「當代魯迅」。一些文化名人也交口稱讚：「年輕人裏，我看好韓寒，再寫幾年他就是魯迅，他只是少一些魯迅身上的深沉和悲劇感」；「現在的中國大學教授加起來的影響力，趕不上一個韓寒」；「這小子是個外星人，沒人殺得了他」。「韓寒當總統都有希望」，「韓寒具有一人決定中國未來的能力」，「韓寒天然地接近真理」。一位廣州的先生甚至斷言：「如果韓寒倒了，中國將倒退二十年。」2008 年，韓寒接受公盟法律中心頒發的「公民責任獎」，與孔慶東、黃健翔、金晶等榮獲年度十大博客。2009 年，他成為《南方周末》年度人物，《亞洲週刊》風雲人物；2010 年，當選「全國中小學生最喜愛的當代作家」，入選《時代週刊》「全球最具影響力一百人」娛樂類排名第二，得到近一百萬投票，入選北京大學百年講堂「中國首屆心靈富豪風雲榜」十大人物和美國雜誌《外交政策》年度「全球百大思想家」。

　　一個二十幾歲的小青年，獲得令人震撼的榮譽，不能不說是一個奇蹟。不過仔細一看，這原是基於「韓寒」作為一個文化符號的價值。顏昌海在一篇題為《韓寒倒掉意味啟蒙時代終結？》的博文中寫道：「中國並不缺乏有勇氣有良知的知識分子，關鍵是更嚴肅的思想探討在當下的輿論環境中幾無生存之在，一旦觸及到體制根源就遭封殺，理性建設無從談起，剩下的只能是情緒性的發洩……有那麼多的人追隨韓寒，並不都是偶像崇拜，也並非源於他的道德感召力，公眾只不過是希望為維護自身的正當權益找到一個代言人，一個可以替他們表達心中的不滿和憤怒的人。民主體制下，各階層的利益團體有各自的代言人，民眾的利益訴求有表達渠道，有維權機制，有法制保障，有解決途徑，而在當下的中國，這一切都不存在，公眾只能把希望寄託在某個有影響力的人身上。韓寒因緣際會，成就風雲人物。」該博文稱中國當下沒有民眾利益的表達渠道，有點聳人聽聞，但它說公眾要借「韓寒」來表達不滿和憤怒，則有幾分真實。署名「韓寒」的作者利用年少身份信口直言，說出了一些人或許想說而不便說的話，因此大受青睞。可是顏昌海也並不諱言這有政治投機之嫌：「韓寒提供了政治心靈雞湯，來撫平大眾的政治焦慮。所以不難理解，在對國內政治生態有更深刻認識的人看來，韓寒有政治投機嫌疑，用路金波的話說，樹政治牌坊，後極權時代言論有相對的自由，只要不觸碰底線，就不必承擔任何風險，反而會有現實收益。」顯然，這是一個見仁見智的問題。

　　不過，「韓寒」的品牌最終卻因為「韓三篇」的拋出而面臨巨大的危機。2011 年 12 月 23 日、24 日、26 日發表的《談革命》《說民主》《要自由》三篇博文，試圖重新定位「韓寒」，但文章在微博上發表後，招來一片罵聲。網上有人問：「『韓三篇』為什麼是臭名昭著的公認拙作？」答曰：「有些人覺得他說的不夠正確，覺得夠正確的認為他說的不夠高深和專業。」接著，麥田以一篇《人造韓寒：一場關於「公民」的鬧劇》拉開了「倒韓」大幕，然後方舟子被韓寒「拉上」擂臺，「韓寒」的神話終被一步步拆解。

二、神話的虛假性

　　任何神話，都是人造的。此處所稱神話，與麥田的「人造韓寒」的意思有所不同，主要是指這樣的神話從根本上說是人依據自身的需要通過特定的方法虛構出來的。「韓寒」的神話，對於當年正是中學生的粉絲來說，是一種

激勵。特別是其中的一些成績不好者，他們從韓寒的輝煌中看到了另闢蹊徑獲得成功的可能。即使那些考上了大學的幸運者，他們也把韓寒當作偶像，來發洩對現存教學體制的不滿和憤怒，作為他們向記憶中沒有自由、缺少樂趣的中學時代告別的儀式。這些人，正是韓寒最初也是最虔誠的崇拜者。當然，韓粉中也有一些中年知識女性。有一位在中學從教二十餘年的女老師曾真誠地對我說，韓寒的確是天才，她決不接受任何形式的質疑。另有一位文史功底不俗的知識女性寫道：「我今早上買了本《南都娛樂》，讀完了韓寒這個訪談，我居然一下子為韓寒流下淚來。我在想，如果韓寒的那個前女友就是三重門裏的女主角原型，則全世界都不會再懷疑三重門的作者是誰了。」我難以定性這種情緒，但我可以理解，這就是對偶像的崇拜：偶像身上的任何問題都會被完美化，並且與情緒上的認同緊緊聯繫在一起。

真是看到了範圍廣泛的這種非理性崇拜，我才意識到問題的嚴重性，也才開始認真考察作為一種文化現象的「韓寒」。我堅信，在現代社會不應有這種閹割了獨立思考能力或者自動放棄獨立思考權利的偶像崇拜，尤其是在知識界。何況憑經驗和常識不難判斷，韓寒作為一個中學沒能畢業、被李敖貶為沒文化的小年輕，根本當不起如此高得離譜的吹捧和膜拜。

神話的破滅是從麥田、方舟子揭露韓寒代筆開始的。其實，我的興趣一開始就不在韓寒有沒有代筆，而是關注韓寒在不少時候有沒有誠信。代筆問題如果當事者不出來作證，會永遠處在大家常說的信者恒信、疑者恒疑的狀態。當然，有興趣的朋友還可以繼續去尋找代筆的證據，但我認為也不能過頭，因為憑我的判斷，說韓寒的作品全是別人代筆很難成立。質疑派作為韓寒沒有寫作能力的證據拿出他的一些不堪之作，如《京城》，如《再見四川》，如發給易中天、石述思的私信，按邏輯不正是韓寒寫的嗎？我的意見是，韓寒的成功除了他自身的叛逆形象，很大程度還是包裝和策劃的結果。當然，他早期的一些作品也絕非像他當時吹的那樣神乎其神，我仍然認為其中有代筆的，至少不能排除代筆的可能。比如《小鎮生活》，與青少年韓寒的閱歷和經驗相去太遠。作品主要寫大學生活和成人心理，難以讓人信服會出自一個十六七的少年之手。一些韓粉曾與我爭辯說文學可以虛構，但我要提醒，文學的虛構是有經驗前提的。吳承恩的《西遊記》寫神怪得心應手，但他肯定寫不好真實的印度社會；一個孩子可以有童話般的想像，但寫不出成人的心理，尤其是性體驗。

2000 年韓寒接受網易專訪談到《就這麼漂來漂去》，記者說封底的一段文字很有文采，韓寒立即申明這不是他寫的：「不知道出版社哪摘的，不是我的風格，不是我寫的。」其實這段文字就摘自他作品的正文，而且在扉頁和第一章的摘要裏出現了多次。哪有自己剛出的書裏面精彩的段落都忘了是自己寫的？正因為不合情理，所以當有人質疑這就是他代筆鐵證時，韓寒通過成都商報記者澄清，說這確是他寫的，但又辯稱他並不贊成這段話的觀點，所以當時採訪時覺得自己不可能寫出這樣的文字才否認。這算什麼邏輯？只要看看採訪視頻中他的驚訝表情，他當時的矢口否認絕對真實，他後來的改口明顯有撒謊嫌疑（視頻 http://www.tudou.com/programs/view/r7SHKhe0cT8/第 16 分 12 秒處）。

《光明與磊落》（《三重門》）手稿中的一些寫錯的詞語，如「四兩拔干片」（「四兩撥千斤」）、「功虧一貫」（「功虧一簣」）、「覓協」（「妥協」）、「枝女」（「妓女」）、「穩私」（「隱私」）、「柳揚頓挫」（「抑揚頓挫」），方舟子說只能是機械性抄寫時因為字型相近而抄錯的例子。我則從版本考證入手做過研究，發現《光明與磊落》手稿確實不能保證就是韓寒自稱的原稿。我的證據是關於書名「三重門」的釋義，這一對於小說非常重要的內容，只有這個手稿版本最為準確，他是以注的形式寫的：「《禮記·中庸》第二十九章『王天下有三重焉』，三重指議禮、制度、考文。王（wang，讀去聲）。」顯然，所謂「議禮、制度、考文」，皆動賓結構，完全正確。可是作家出版社初版《三重門》及此後 05 年中青版、06 年 21 世紀版、07 年的作家版、08 年的萬卷版，在這個關鍵地方都錯了。這些版本都寫成：「三重指儀禮、度、考文。」其中，「議禮」錯成「儀禮」，「制度」錯成「度」。這是延續了《三重門》初版的錯誤，而這個錯誤應該是送交作家出版社的那個謄清稿的錯誤。那麼《光明與磊落》版的手稿至少在「三重門」釋義這一點上，是晚於送出版社的那個手稿的。這說明，韓寒所稱《光明與磊落》手稿是原稿的說法很不可信。

這樣的不可信，意味著韓寒在自相矛盾的說法中總有一些說法是在撒謊。對於撒謊者，人們的懷疑是自然而然的。

其實，要證明韓寒早期作品哪些是代筆，沒有必要，證明其全部為代筆又是不合常理的，而要證偽韓寒說的沒一個字由別人代筆則完全可以做到，上述證據就能說明問題。而證偽韓寒沒有代筆的意義卻又是非同尋常的，它可以反過來證明「韓寒」品牌帶有水分。「七門功課紅燈，照亮我的前程」，這

只是一個策劃包裝出來的故事，到後來又進一步發展為一個神話。

「韓寒」神話的虛假性，網友已從各個方面找出了證據。比如，新概念作文大賽的評獎在程序上有漏洞。雖然這並非關鍵，我們不能要求一個半官方的創新嘗試，一開始就盡善盡美，而且我認為更沒理由懷疑大賽評委捲入了作弊，但從規範的角度看，程序的確存在問題，而大賽獲不獲獎，對於韓寒後來的成功又是決定性的。我認為更重要在於《杯中窺人》的寫作，最有可能是韓寒按照許多中學生的習慣準備好幾篇文章，臨場套到考題上去。文中對諸子思想的理解，對現代文化名人的揶揄，對《舌華錄》文字的抄錄，對拉丁文單詞「Corpusdelieti」的釋義，怎麼可能是飽讀詩書後的信手拈來——不可能，只能是事先準備的，用韓寒後來的話說就是「裝逼」。至於誰準備這份材料，那是另外的問題，有質疑者提出了他們的看法和證據，可以討論。

還有《三重門》的創作時間及交付出版社時間前後打架，已有不少嚴謹的考證文章。如果按學術的標準看，這些考證文章的意見是值得重視的。根據這些考證，上海文藝出版社總編及中介人在採訪中表示，《三重門》稿子交到這家出版社是在新概念作文大賽之前。韓寒的同學則證明這以後的半年時間裏他還在課堂上創作這部小說，因而研究者指出韓寒課堂上的所謂創作僅僅是抄寫表演。當然，韓寒及相關人士可以強調時間記憶有誤，這也是完全可能的。但另一種觀點又認為，如果在作文大賽之後交到出版社，推薦者肯定會強調作者是轟動全國的一等獎得主，哪有出版社方面毫無印象的道理？

最讓人起疑的，是韓寒在採訪視頻中的拙劣表現與他署名作品之間的天壤之別。他談賽車和女人眉飛色舞，卻迴避談自己的作品，一談作品就洋相百出。他說根本不懂什麼是儒家，從沒讀過《紅樓夢》，根本不看中外名著，而他作品中卻有大量關於經史百家的精彩議論，對《紅樓夢》情節和語言的化用，有人戲稱這是「巨量知識來源不明罪」。正是這種不可思議的強烈反差，使許多原來的韓粉反水成了堅定的質疑者，典型的有愛倫坡的安娜貝。安娜貝在一篇題為《尊重民意，尊重民智，從尊重質疑開始——推心置腹致韓寒》的博文中寫道：「在那個時候，我還是打心底裏不想成為鐵杆質疑派的，因為那對我來說，是一次太大的信任坍塌。於是我依然騎在牆上，看著各種材料和證據。抱著對你半信半疑的態度，我開始仔細閱讀你的早期作品，甚至，我找到了你幾乎所有的採訪視頻，有空就看上幾段，到 2 月底，我基本上看完了你接受採訪的所有視頻。我不是那種看到幾個疑點立刻高喊『打倒』的

人，甚至，每當看到你的疑點，我會先在心中試圖說服自己相信你，這種『懷疑』與『說服』交織的心理鬥爭持續了將近一個月，直到『懷疑』的內容已經多到我無法再『說服』自己。」這確實是一個真實的心路歷程。

三、「天才」不可自證

對「韓寒」神話的質疑，當然並非普遍有效，首先韓粉不會答應，雖然韓粉的數量現在已經大為減少，而且大多不願再出頭力挺，更不會像韓寒風光無限時那樣對質疑者進行肆無忌憚的攻擊。一度曾有韓粉公開著文說：「韓寒你快出來吧，我們都急死了！」就代表了這樣的趨勢。

韓粉不接受質疑的最重要依據，就是「天才論」。他們說你們按常理來判斷，而韓寒是天才：你們做不到的，韓寒難道就做不到？比如，《小鎮生活》寫大學生活和成人心態，一般的少年沒有這方面的經驗，寫不出，韓寒為什麼寫不出？《三重門》手稿方舟子說沒有寫 20 餘萬字長篇小說難以避免的創作性修改，過於乾淨，他們就稱方舟子你寫文章要修改，韓寒就可以一稿成型（韓寒自己也曾反覆這樣自豪地宣稱和顯擺），何況也確有著名作家的手稿很乾淨的例子。

對於天才來說，一切不能以常規衡量，任何例外都是可能的。而韓寒的被視為天才，也並非毫無來由。這原本需要作為一個專題來研究，但限於篇幅，我這裡僅提出兩個重要的環節來討論。

一是韓寒自身的基礎。《三重門》不是神品，大多數人都認可，韓寒自己後來也承認它是一部很裝逼的小說，故意要裝得博學的樣子。小說反映中學生的生活和心理，情節是模塊式的，可以一段一段組裝起來，而語言有點機趣。但由一個高中未能畢業的小青年寫出，其意義就非同尋常。韓寒身上的這類神奇之處太多了，《南方周末》署名陳鳴的一篇文章《差生韓寒》中就有這樣的描述：

> 1998 年 9 月份，秋季開學的那天，如果你在上海松江二中的校園裏頭，剛好路過高一（7）班，就有機會看到這樣一幕——一個又黑又瘦、頭髮蓬亂的高一新生站起來，輪到他向全班作自我介紹：「大家好，我叫韓寒。韓是韓寒的韓，寒是韓寒的寒。」底下笑成一團。接著，他又鄭重其事地說：「從今往後，松江二中寫文章的，我稱第二，就沒人敢稱第一。」

教室裏一片歡騰，笑聲中有嘲弄的味道。

……

1998 年 12 月的一天晚上，教室的電視機裏播放《新聞聯播》，一則消息說錢鍾書去世了，正在教室裏晚自習的韓寒突然激動地站起來，走到電視前，他盯著電視機良久，轉身對班上的同學說，以後這個世界上寫文章，我就是第二了，排他前頭就剩個李敖。

這一次，教室裏沒人笑。

豈非媒體打造青春偶像的絕好切入點？不僅如此，韓寒在接受訪談時常吹：我不讀文學史，因為我就是文學史。茅盾、巴金的文筆很差，難以卒讀。作者排名榜上蘇東坡居於他韓寒之後是正常的，如果靠前反而不正常了，因為今人肯定寫得過古人。古代的書能成為名著，是因為那時可讀的東西太少了。諸如此類的奇談怪論，卻又童言無忌，都是媒體進行包裝宣傳的好材料。

二，媒體和資本的合力打造。媒體需要韓寒這樣的青春偶像來凝聚人氣，資本也需要這樣的青春偶像來吸金，因而一些媒體和資本聯手，按時尚口味著力把韓寒塑造成天才型的青春叛逆偶像。在刻意安排下，各種訪談接踵而來，署名博文時常置頂，酷酷的照片登上雜誌封面。而韓寒依然我行我素地表現他那一副對世俗不屑的做派。記者問他《三重門》書名是什麼意思，他說「我忘了」，「你們去問語文老師吧，他們也許會給你一個好的答覆。」主持人問他理想的女性，他說：「只要發揮好，活好。」憑此創造出了不少讓人目瞪口呆的韓氏語錄。後來他又轉型賽車手，在馳騁賽場的同時，卻又不耽誤寫文章。一個文武雙全，威風八面的「天才」就這樣煉成了。即使是他暴粗口，也能激起無數粉絲的巨大興奮。一句「文壇是個屁，誰也別裝逼」，罵得某著名評論家無法忍受粉絲及水軍的攻擊而被迫關了博客。總之，韓寒的話成了是非標準，所謂「天然的接近真理」、「可以獨力決定中國」，韓寒成了一個普通人得罪不起的神明。

凡事有利也有弊。韓寒、媒體、粉絲合力把「韓寒」打造成了一個偶像，一個神明，同時也為韓寒挖好一個致命的陷阱：他遲早得證明自己是一個天才，一個神明。

韓寒年少時，人們不便與他計較，因為那是童言無忌，你成年人跟孩子過不去，會丟了自己的臉。可是韓寒自己也當了爹，他就應該承擔一個成年人的責任，再沒有孩子時代的豁免特權了。而當人們按成年人的標準來檢驗

韓寒，才發現韓寒有不少言行非常過分，不僅張狂，而且在肆無忌憚中包含著一種敵視文化、反對秩序的反智主義和政治投機的傾向，在促使人們對現狀進行某種反思的同時，也消解著不少正面的價值，會產生相當消極的後果。重要的還有，讓這樣一個具有學習障礙的「偏才」隨心所欲地為社會立法，他說東就是東，他說西就是西，你只有歡呼的份，沒有質疑的權利，這個社會不知如何才能正常發展，人們好不容易爭取到的一點獨立思考的權利豈不又要自動或被動地放棄了？人創造了神話和神明，卻最終真信了這個神話，甚至成為這個神明的奴隸，賦予他不受限制的胡說權利，凌駕於一切人之上，控制你的思想和命運，這還得了？「韓三篇」出籠後激起一片強烈的譴責之聲，便是一部分知識分子對這種危險前景的擔憂促成的。可以說，正是基於這種擔憂才推動質疑的聲勢越來越大，最終幾乎成了一場群眾性的運動。

重要的更在於，韓寒無法證明自己是天才，證明他就是這樣的一個神明。天才或者神明的高度，超出了凡人的經驗和認知水平，它既是韓寒走紅的神秘推動力，而當質疑之聲四起時，又成了質疑者打破「韓寒」神話的有力武器，因為他們可以拿這無法確定內涵和邊界的「天才」和「神明」來要求韓寒，韓寒再怎麼神奇和努力，也不可能達到人們可以無限提升的「天才」和「神明」標準。韓寒「天才」品牌的倒掉是必然的，只是一個時間問題。

韓寒抱怨說作家都無法自證，許多人不以為然。其實，韓寒說的是無法自證為天才，如果他僅僅要自證為會寫字，會寫點文章，那是非常容易的，他不可能自證的只是「天才」。一些網友調侃說，韓寒，你出來走一圈，你在公眾監督下寫一篇《杯中窺人》那樣的千字文，我就服了你。韓寒當然不會出來，他也沒有出來的義務，因為他知道即使出來當眾寫，網友只會挑出更多的問題和疑點。那是越描越黑的，何況他其實並非天才，至多是一個會寫點文章的青年。《杯中窺人》他說是裝逼之作，現在他怎麼可能再故伎重演呢？

那麼，韓寒為何不實實在在地以平常人身份亮相，從「天才」的光環裏走出來？其實，他是嘗試過的。今年4月5日，在一片強烈質疑聲中，他發表了一篇博文《寫給每一個自己》，其中這樣寫道：「十七八歲時，我居然說，活著的作家中，寫文章論排名老子天下第二，現在想起來都臉紅，更讓我臉紅的是當年我心中那個第一居然是李敖。我少年時裝酷，追求語出驚人，這些話現在看來，很多都惹人厭惡，甚至還惹我自己厭惡，把各種傻話挖出來，總會擊中不同的人。誰沒有年少過，你在宿舍裏說過的那些蠢話，你在樹林

裏幼稚的表白，現在拿出來可不都得笑死，沒有人永遠和過去的自己一致，除非你不再成長。」他又抱怨說：「我口才不算好，有人把我十幾二十歲時的電視採訪都挖了出來，挑了回答的差的問題和木訥的地方拼接在一起，以驗證我是一個草包。」「今天我知道了口無遮攔的代價，知道了年少輕狂的代價，知道了直來直去的代價，知道了不設城府的代價……此番我又發現我 17 歲的書中有一句話錯了，那就是七門紅燈，照亮我的前程——紅燈永遠不能照亮你的前程，照亮你前程的，是你的才能。」文末，他調侃自己：「我想到一部電影的結尾。朋友們，願你帶走我身上你們中意的那一部分，踩兩腳討厭的那部分。當你站在城牆上，擁抱著你所喜愛的那部分，回頭看到人群裏背身遠去那個叫韓寒的傢伙，不妨說一句，那個人樣子好怪，他好像一條狗誒。」顯然，韓寒如此平和地剖析自己，這與他以前罵白樺，罵王蒙，罵麥田和方舟子，判若兩人，可謂是一次史無前例的自我反省，應該說包含著一種息事寧人的誠懇。但網友不答應。人們渴望發現真相，追求誠信，並沒理會韓寒事實上的服軟和道歉。

力挺韓寒者或許會說天才並不是韓寒自封的，而是別人加於他的。這是善意的辯護，但當韓寒氣壯如牛地罵名人罵文壇時，他內心不是有一種俯視天下的特權意識嗎；他說我的影響比誰都大，沒有一點敬畏之心，豈非自認為神，享受著並且自覺利用著這種「天才」的特權？

要韓寒回歸常人不那麼容易。即使韓寒自己體驗到了扮演一個「天才」的痛苦而要回歸日常（我認為，「當代魯迅」、「公知代表」、「意見領袖」、「未來總統」、「天然地接近真理」等高帽，任何一頂都可以壓垮一個人），他背後的利益相關者，財團和媒體都不會輕易答應。其實韓寒自己也不會願意，因為一旦真的回歸一個常人身份，與「天才」神話聯繫在一起的一切利益，包括金錢甚至美女，都將會化為烏有——他會心甘嗎？

韓寒目前就掙扎在這樣的兩難中！「天才」的形象成就了韓寒，也是「天才」的形象最終坑了韓寒。歷史給凡人開了一個殘酷的玩笑！

四、結語

這篇文章是計劃中的，但動手寫出卻是因為朋友的限時約稿。原本還要談到別的一些重要問題，但發現篇幅已長，就此打住，那些未涉及的問題就另寫文章吧。在結束本文之時，我還是要重申我 7 月份剛介入此事時寫的博

文中的觀點：「韓寒也可以做出他的選擇。他是有能力寫作的，而且他近期的一些作品比較符合他的特點，即使他早期的一些作品也是有特點和個性的，我相信並非都是代筆。他可以繼續從事創作，只是不要打著天才少年的旗號，更不能借著這個虛構起來的叛逆品牌，運作團隊來從事經營。要經營也可以，但必須向社會講清楚，而不是繼續玩弄玄虛，消費以前炒作起來的偶像。他背後的利益集團，也不能借用他的原來的青春偶像和後來打造起來的意見領袖繼續來騙取粉絲們的感情和金錢了。說穿了，他的偶像是打造起來的，他的意見其實並不高明。」（《關於「韓寒」現象的幾點思考》）我要補充一點的是，韓寒事實上很難靜下心來，而創作是需要沉潛的，因此我認為韓寒今後可以取得屬他的那一份成功，可以相當壯觀，但他很難寫出真正有份量的大作品。當然，天才例外，所以我的話還得留一點餘地。

載《新文學視野》2012 年第 9 期，
原題《神話的破滅——「韓寒」現象批判》。

視界融合：助推西藏文學發展

　　西藏，是一片神奇的土地。平均海拔 4000 米以上的高原，險峻的山川地貌形成了青藏高原獨特神奇的自然風光。相對封閉的環境，古老的信仰，人與自然千百年來的相互依存，形成了西藏特有的風俗。進入現代以來，西藏社會發生了翻天覆地的變化，但崇高的山川之美依舊，由文化承傳所延續的生活習俗與信仰在這塊土地上生存繁衍的人們身上打上了鮮明的烙印。連外來者，當目睹雪域高原的自然風光和奇特神奇的風俗人情，也不禁會發出深深感歎，體悟到這是高居世界屋脊的聖地。

　　西藏的地理風貌和文化，孕育了西藏的文學。進入新時期，降邊嘉措的《格桑梅朵》和益西單增的《幸存的人》相繼出版，標誌著藏族作家長篇小說創作取得了新的成就。1985 年左右，以扎西達娃、馬原、色波為代表的「西藏新小說」作家群橫空出世。這批有實力的進藏作家，會合了此前進藏和本土生長的作家，使得西藏文學空前繁榮。「西藏新小說」以其鮮明的地域文化色彩和結構、語言、敘事方式的新奇，向世界展現了一個神奇的西藏，在整個小說界掀起了巨大的衝擊波。繼扎西達娃等作家之後，以阿來、梅卓、央珍、白瑪娜珍、唯色、吉米平階等為代表，又一批藏族作家取得了豐碩成果。他們的創作表現出藏族作家對寫作技巧把握得更加成熟，對自己本民族文化的開掘更加深入，更加理性。

　　在中國更快、更深、更有力地融入世界，並以自己歷史文化和現實成就影響世界的 21 世紀，作為中國當代文學重要組成部分的西藏文學，如何走向全國，走向世界，這可以從多個方面來探討，本文想重點談談其中視界融合的問題。

一、神性與人性

西藏文學的創作隊伍，可以分為二撥，一是當地的藏族作家，二是進藏的漢族作家。兩支隊伍對西藏土地上神性的理解有所不同。

藏族作家對神性的理解源自西藏文化的薰陶，有一個宗教信仰的基礎。藏民的本土信仰苯教，於公元前後逐漸在後藏和拉薩地區形成勢力，到吐蕃朝發展到頂峰。苯教秉承「泛神論」的思想，認為鬼神是世界的主宰，死去的人可以通過祭獻將其靈魂從黑暗的世界中贖回，升到天國。基於這些觀念，苯教形成了一套原始的神、鬼體系和酬神、驅鬼的儀式，其主要內容為上祀天神、下鎮鬼怪、中興人宅。苯教在和佛教的鬥爭中敗退，但佛教也吸收了苯教的一些教理和儀規，產生了對西藏後來政治、經濟和文化具有廣泛影響的寧瑪派、噶當派、薩迦派、噶舉派和格魯派等不同的教派。噶舉派於 1283 年噶瑪巴希圓寂後，採用了尋找轉世靈童來確定教派繼承人的方法，在西藏歷史上率先創立了活佛轉世制度。格魯派由宗喀巴創建於 14 世紀，是清代以來在藏傳佛教各個教派中影響最大的教派。它完善了活佛轉世制度，從清朝開始形成了以達賴喇嘛和班禪額爾德尼為首的兩大轉世活佛系統都必須經過中央政府認定、批准和冊封的定制。

當代藏族作家把這種信仰轉化為作品中的神性和地方特色，表現為作品中雄偉、神聖的景觀和人物精神生活、想像方式以及對大自然的神秘感應中。他們的創作與藏傳佛教等宗教文化資源息息相關，與民族人格心理遺傳無法分離。前者如察珠·阿旺洛桑、松熱加措、拉巴平措、扎西班典、加央西熱的創作，後者如益西單增的《幸存的人》（最早在全國產生影響），扎西達娃的《西藏，隱秘歲月》《西藏，繫在皮繩結上的魂》《騷動的香巴拉》，色波的《圓形日子》，《竹笛、啜泣和夢》《在這裡上船》，德吉措姆的《漫漫轉經路》，央珍《無性別的神》，唯色的《幻影憧憧》《西藏筆記》，格央的《小鎮故事》《一個老尼的自述》《西藏的女兒》，通嘎的《天葬師生涯》，白瑪娜珍的《拉薩紅塵》《復活的度母》等。

扎西達娃對藏傳佛教感悟很深。他的西藏故事有關於蓮花生大師的傳說，身強力壯的年輕人可縮變成胎兒，少女會蛻變成老太婆，康巴漢子尋找「香巴拉」，堆積如山的瑪尼堆、隨風飄揚的經幡，洋溢著宗教氣息。1985 年，《西藏，隱秘歲月》發表，作品肯定了藏民對宗教信仰的堅守，也表達了作者重歸宗教傳統時的困惑。扎西達娃的小說大都具有一端指向荒誕，一端指向崇

高的兩種特性。因為一方面扎西達娃感受著現代意識的衝擊，在反觀並表現具有神秘色彩的西藏宗教文化時，很容易發現其中的荒誕；另一方面扎西達娃又對傳統的宗教文化充滿了依戀，對藏民族信仰的虔誠滿懷敬意。〔註1〕

色波的中、短篇小說《圓形日子》《竹笛、啜泣和夢》《在這裡上船》，以怪誕誇張形式建構的藝術世界中潛藏著藏民族集體無意識的記憶，打上了藏傳佛教神靈觀念的鮮明烙印。《星期三的故事》中「星期三」「在睡眠中接受了一個頭上罩著紫色光暈的聖賢關於宇宙奧秘的啟蒙教育」，醒來後就在成佛的道路上跋涉。苯教傳說中，羊具有召回靈魂、驅除邪惡的能力，人一旦靈魂走失，就用羊舉行招魂儀式。小說中的「星期三」原是個宰羊的屠夫，一頭母羊用它的眼淚和生命激情喚醒了潛藏在「星期三」心中的人性和佛性，在經歷了種種考驗之後，他終於成為苦行僧眼中的大師。可以說，《星期三的故事》是一篇神話「原型」和意象「原型」兼而有之的作品。

與藏族作家經由文化薰陶而建立起來的信仰有重大不同，進藏的漢族作家對神性的理解則是基於文化的習得，關於信仰也是在成人以後通過學習而建立起來的一種知識體系。他們進藏，是由國家派遣到西藏工作，或是作為旅行者被西藏的山水及文化所吸引。因而他們與西藏是一種工作的關係，與西藏的山水是保持了距離的審美關係。他們的創作基本是反映西藏社會的歷史變革，比如和平解放，農奴制改革，軍民魚水情，現代化進程的可歌可泣的故事，走的是現實主義創作道路。這就是說，寫的雖是西藏題材，但採用了與其他當代作家沒有根本性差異的國家敘事，缺少深層次的西藏特色。個別遊歷的作家，像馬健寫《亮出你的舌苔空蕩蕩》，以獵奇的眼光打量西藏的山川歲月和奇異風俗，用誇張的手法寫西藏的奇聞軼事，最終冒犯了西藏的信仰。

不過這也從一個側面說明，神性的傳統存在著自我封閉的危險。對傳統內的人來說，神性的感受具有強大的自我激勵力量，能把人帶向崇高的境界。而在走向崇高的過程中，那種內斂的傾向自然地產生排他性，阻止與異質文化的交流。長此以往，封閉的信仰強化了自身的特點，卻走向進一步的封閉，失去了吸收異質文化來發展自身的機會。對於傳統外的人來說，則處於自我封閉中的神性信仰是一種外在於己的獨立存在。他們會驚訝於它的奇特，它

〔註1〕楊紅：《西藏新小說之於尋根文學思潮的意義》，《貴州民族學院學報》2007年第6期。

的神秘，但也可能在主觀引申和想像中發生誤會甚至褻瀆。

防止神性走向自我封閉，打破它封閉的怪圈，對於作家來說，一個有效的方法就是在心靈的層面上實現神性與人性的互動——一方面為神性構建一個人性的基礎，使之具有更為廣泛的普適性，成為人類高尚情懷和精神的一種象徵；另一方面，在這一過程中，人性昇華到神聖的高度，成為人們走向盡善、奉獻的崇高境界的一個精神動力，由此實現神性的視界和人性的視界的融合。在現代文明的背景中，神性與人性是可以相通的，不是對立的。神性，是人性基礎上的神性，具有生動的個性化內容；人性，是由其自身昇華而來的神性原則指導下的人性，內含人類普遍性的價值共識。借助神性抵達人性深處，又從人性深處感受神性的美麗，是文學創作獲得世界廣泛認可的一個途徑。換言之，要使西藏題材的作品具有更為厚重的思想和藝術分量，神性的觀念應該融合更具普遍性的人性內容。崇高的神性裏透出普遍的人性之美，平凡的人性中閃耀著動人的神性光輝，作品就具有動人的藝術魅力，能被更為廣大的讀者所欣賞和接受。

融合神性和人性的視界，對於藏族作家和進藏作家來說，都是一項重大的挑戰。這意味著他們需要克服文化上的固有侷限，使心胸變得更為闊大，以人類的自由解放為自己的終極理想。而到這一時候，神性已經不僅僅來源於宗教，而是人類高貴精神的自我呈現。它從平凡中透露崇高，在困境中展現人的聖潔。它的美不需要信仰的前提，而是依憑普遍人性的立場感受人類精神生活的偉大和崇高。神性也不僅僅是山川的險峻之美和風俗的傳奇之美，而是尊重各族人民的信仰、在心靈上相通，因而能傳達出他們內心深處真實情感的真摯之美。一些比較成功的西藏題材作品，莫不體現了這樣的規律。

需要補充的一點是，人性的視界其實包括了人的社會性一面，人性本來就在社會性之中，是通過人的相互關係表現出來的。這一方面，我們就應該看到進藏作家的優勢。進藏作家參與了中國革命的歷史進程和新中國的社會主義建設，瞭解中國發展變化的基本脈絡，掌握了現代的知識，因此擅長於反映西藏的歷史與現實的生活。藏族作家可以從他們身上學習現代史的知識，建立起現代社會學的視野，把西藏的神性傳統與現代社會的文明更好地結合起來，使之具有更為厚重的現世內容和更為豐富的人性表現，使包含神性想像的西藏題材作品能得到更為廣泛的讀者的青睞。

二、信仰與世俗

信仰管治人的精神，世俗則是日常生活領域。對一般人而言，信仰與世俗可以兩分，而對於一個作家來說，無論他是藏族的還是進入西藏的，要想取得被廣泛認可的厚重成果，還得考慮信仰與世俗的視界交融。

信仰使人體驗到崇高——苦中見樂，困境中看到希望，墮落中發現神性。神的光照，萬物有靈，想像不受拘束。像色波的《圓形日子》，創作靈感來自於藏傳佛教生死輪迴的信仰。小說開頭與結尾呈現一種首尾對應狀態，中間部分寫到「女孩走著走著，就要回過頭來尋找一下母親」，後面又有「母親走著走著，就要回過頭來尋找一下女孩」，暗示了「母親」和「女兒」情感上的血肉相連。這篇小說中出現了大量的圓形事物，如太陽、環形水泥通道、圓形廣場，可以清晰地看到作者的圓形意識，實則是輪迴觀念的一種外在表達。

不過，這樣的輪迴觀發展到極致，終將消解人對現世生活的追求，而不再有現世追求的人也終將失去生存的熱情。這說明什麼？具有宗教信仰的作家要防止觀念上走向厭世的極致，而應該兼容世俗的情懷，不以宗教的標準給世俗下墮落的定義，不能用宗教的精神高度否定現世的生活。誰善於從世俗人生中發現崇高的精神之美，從普通人的精神生活中發現人的聖潔和高尚，誰就可能取得成功。這意味著作家要突破宗教視界的侷限，把信仰理解為人的一種精神生活方式，從它與普通人性相通的一面來觀察和感受日常生活，而不是以教義來解釋生活，來規範世人的行為。

世俗生活是創作的源泉，也是構成文學的基本內容。要發現世俗生活的意義，可以借用宗教的思想資源，但那只能是由宗教與世俗相通一面的內容來指引你對人生真諦的理解，而不是以宗教生活取代世俗生活。由宗教思想資源提升世俗生活的意義，這是可能的。宗教從它的起源上說，就是從世俗人生中昇華而來的人生觀，一種哲學，一種自成體系的信仰。有信仰的作家特別要注意信仰與世俗的相通一面，不是把宗教與世俗對立起來，由信仰為世俗立法，而是把信仰納入日常生活，打開世人理解真理之窗，提升自己和他人精神生活的質量和水平，做一個視野開闊、心胸博大，能夠深入理解普通人的內心生活、能夠感受日常人生之美的人。由宗教思想來剪裁世俗生活，對作家來說並非福音，因為這會損害生活的豐富性，也會縮小作品的讀者範圍。

對於進入西藏的作家而言，信仰則首先是要有一個關於信仰的觀念，能尊重西藏和這一塊土地上生活的人們。外來者，一般首先是被西藏獨特的景

觀和風俗所吸引，欣賞這裡的文化，但容易陷於獵奇的低俗。懂得尊重，方能接近和理解在這塊土地上生活的藏族同胞。理解了這些生活在雪域高原上的人，才能讀懂他們的心靈，讀懂那些沐浴著神光而又生活在世俗中、具有日常的喜怒哀樂的人們的精神生活。這是一條從世俗的豐富和平凡向信仰的崇高與奇特攀援之途，是作家瞭解這一片土地和生活在這一片土地上的人們的必由之路。如果僅僅用外來的視角，你是難以抵達這裡人們的心靈的，你的創作也就只能是一種浮光掠影，遑論寫出能震撼心靈的偉大作品。

今天的藏族作家，實際上大多已是世俗化的，進藏的作家也多少有一些關於信仰的知識，但信仰與世俗視界融合的問題依然重要。藏族作家的世俗化生活，有一個源遠流長的傳統文化背景。他們接受這一文化傳統中的宗教觀念是與日常生活融為一體的，因此有了一個如何瞭解和接受現代文明的問題。現代文明是普世性的，它尊重宗教的信仰，但能把宗教信仰引向更具普遍性的意義，從而提升日常生活的價值，使平凡的人生顯露神聖的光彩。今天的進藏的作家也具有宗教的知識，但要把知識提升到與生命體驗融為一體的世俗人生的信仰，轉化為與個人血脈相通的文化修養，則是一個頗為艱難的過程，要付出極大的努力。在這樣的視界融合中，無論是藏族作家還是進藏的作家，他方能夠理解這一塊土地和生活在這塊土地上人們的心靈，才可能生動地傳達出這一塊土地的聖潔和這塊土地上生活的人們的精神生活豐富，寫出成功的作品。

阿來是漢藏雜居地的一名嘉絨藏人，出生於大渡河一條支流——梭磨河畔漢藏結合部的一個藏族寨子裏。他的母親是藏人，父親是回族，按他自己的說法，從童年時代起，他就在「兩種語言之間流浪」。從小學到大學，他「學習漢語，使用漢語。回到日常生活中又用藏語交流，表達所看到的一切東西。在我成長的年代，一個藏語鄉村背景的年輕人，最後一次走出學校的大門時，已經能夠純熟地運用漢語會話和書寫，但母語藏語，卻像童年時代一樣，依然是一種口頭語言。漢語是統領著廣大鄉野的城鎮語言。藏語的鄉野就匯聚在這些講著官方語言的城鎮的周圍。每當我走出狹小的城鎮，進入廣大的鄉野，就會感到在兩種語言之間流浪。看到兩種語言籠罩下呈現出的不同心靈景觀。我想，這肯定是一種奇異的經驗」。「正是在兩種語言間的不斷穿行，培養了我最初的文學敏感。使我成為一個用漢語寫作的藏族作家」。〔註2〕

─────────

〔註2〕阿來：《我是一個用漢語寫作的藏族人》，《文藝報》2005 年 6 月 4 日。

　　藏漢混居，實際就是兩種文化的一個「中間狀態」，文化混血和生理混血的阿來同時具備了漢藏兩大民族的特點。他身處藏漢文化的夾縫中，多方借鑒，又不完全屬任何一個傳統，於是獲得了一種特殊的邊緣和跨界的混合性文化身份，並用自己的寫作展示他所處的這個中間地帶。阿來執著於一種精神臆想和生存悖論的較為單純而有深度的探詢，使他的作品具備了深入藏族某個生存層面的銳利性，即在超越中把握到了「藏族文化生存」與「人類生存」的某種共鳴。藏族作家開始表現出自己的文化視野，不再簡單地以西方人的「眼」，或者以東邊漢家人的「眼」，展現雪域高原的神奇瑰麗，而在包含藏族氣質的文字中又瀰漫著現代文明的意韻。

　　信仰，對於西藏文學而言，我認為還有一個純粹的如何堅守藝術精神的意義。作家是需要藝術虔誠和信仰的。創作中要有一分激情，不計得失地追求心中的理想，就像沈從文說的：「鄉下人所想的，就正是把自己全個生命押到極危險的注上去，玩一個盡興，」〔註3〕「不管它是帶鹹味的海水，還是帶苦味的人生，我要沉到底為止。這才像是生活，是生命。我需要的就是絕對的皈依，從皈依中見到神。」〔註4〕沈從文說的，就是藝術的虔誠和信仰，即立志把一生獻給藝術，從皈依中見到神，在沉溺中窺見神性。有了這樣的精神，環境險惡和生活的艱難自不在話下，會在徹底的沉溺中超越常人難以想像的困境，內心出現聖潔的感覺，對人性有了異乎尋常的發現和理解，恍如達到「立地成佛」的境界。此時的世界也就在你面前呈現與日常完全不一樣的景觀。在西藏生活不容易，如果太過功利，會停留在浮光掠影的低俗層次上，只有虔誠才可能沐浴神光。但無論是藏族作家的由信仰到世俗，還是入藏作家的經由世俗達到信仰，對藝術的虔誠皆不能否定世俗的意義。作家只能在世俗中體味孤獨，在孤獨中享受超越，在有限中發現無限，在日常中窺見神性，用自己的心血創造出優秀乃至偉大的作品。

三、西藏與中國

　　西藏的傳奇性，決定了西藏文學需要注重西藏的視界，把西藏的最為本色的地域風貌和精神特質表現出來。只有站在西藏的土地上，採用西藏的視

〔註3〕沈從文：《從文自傳・一個大王》，《沈從文文集》第 9 卷，花城出版社 1983 年版，第 201 頁。

〔註4〕沈從文：《水雲》，《沈從文文集》第 10 卷，花城出版社 1984 年版，第 266 頁。

界，才能生動地傳達出西藏的聲音。一些西藏題材的創作，之所以受到廣泛的關注，就因為寫出了西藏的獨特性，包括壯美的山川和聖潔的精神。

扎西達娃在《西藏，隱秘歲月》中，對帕布乃崗山區的哲拉山這樣描述：

> 哲拉山位於帕布乃崗山區的南部，是一座海拔五千三百公尺的巨大的錐形平頂山，層巒疊嶂，溝壑縱橫，山勢崎嶇不平，夏季的幾場暴雨沖刷著貧瘠的土地，裏走泥土，只剩下一堆亂石和道道斷崖裂縫，地裏的莊稼像長了癬的老牛身上的毛稀稀落落，東倒西歪。周圍的群山在古老的雅魯藏布江邊綿延不斷，高低起伏伸展下去。哲拉山頂是一片浩瀚無垠、靜默荒涼的大平原，光禿禿的一望無盡，地上布滿著堅硬的土塊和碎石，平原的一側緊挨另一座叫嘎榮的雪峰，融化的雪水沿峰座下的淺溝從平原邊緣的豁口流下，穿過深谷半山裏的幽靜的廓康飛躍到山腳，然後緩緩淌過江岸邊那傾斜的沙丘地帶匯入江水中。平原另一側是望不見底的深淵，邦堆莊園就在懸崖下面。旁邊不到五百米外還有一座平原，只是面積小得多，從這端走到那端只要三頓飯時間就到。從江對面看去，整個哲拉山猶如兩級大平臺。最頂上的大平原正中央有一個圓的十分精確的湖，像一面平滑的鏡子倒映著天空的靛藍，沿湖邊有一圈很寬的青草地帶，是座水草茂盛的天然好牧場，足夠餵養幾千隻牛羊。〔註5〕

哲拉山此時不再是單純的山脈，而是藏族久遠的歷史文化積澱的承載者。作者敘述了四代人近百年的離合命運，怪異的事物出沒其間：兩藏的次仁吉姆能在沙盤上畫世間生死輪迴的圖騰，跳一種失傳的格魯金剛神舞；加央卓嘎死而復生；察香功德圓滿，腦門迸裂靈魂直接飛入天堂，他和米瑪的屍體被自動抬出；一條純白的阿西哈達自動由洞中飛出，飛在次仁吉姆的脖子上，女醫生聽見幻覺中影子的說話……這些都類似於馬爾克斯的《百年孤獨》。然而，扎西達娃是西藏的扎西達娃，他從拉美魔幻現實主義悟出了屬他自己的一些東西。次仁吉姆削髮為尼，終日坐在門口，拿著佛珠，過著沒有時間的沈寂生活。達郎等待 18 年，無可奈何中下山而去，把長久的思念壓在心裏。扎西達娃的筆是很犀利的，小說末尾，又像《西藏，繫在皮繩結上的魂》中的塔貝聆聽到的聲音一樣，讓女醫生發現修行的大師，他早已化為骨架。而本來充滿青春活力的次仁吉姆此時的靈魂也了無生氣，成了宗教

蒙昧主義的犧牲品。

　　扎西達娃在對藏民族及其社會歷史的反思中充滿著憂慮，同時懷著一種非常「緩慢」的希望，這實際上已經超越了西藏的視界，而抵達了中國的甚至更為廣闊的人類的視界。要反思自身，發現自己出身民族的侷限，必須具備超越自身的更為開闊的眼光，必須接受現代文明的觀念。在扎西達娃的筆下，實不難發現他與中國視界乃至人類視界相通的例子。《西藏：繫在皮繩扣上的靈魂》，桑傑達普活佛在彌留之際說的一樁往事，正是「我」寫成後從來沒給人看過的一篇小說的內容，一個女子跟一個過路的男人出奔，「她根本不想去打聽漢子會把她帶向何處，她只知道她要永遠離開這片毫無生氣的土地了。」漢子要去尋找北方的淨土香巴拉，她就跟著，別無所求。荒原，雪山，峽谷，低矮的小屋，漫無目標的流浪，宗教……漢子臨死之前聽到 23 屆奧林匹克運動會的開幕式上的英語廣播，嚴肅地說：「神開始說話了。」這是人對於理想和自由的永不停息、沒有止境的追求，它通向神聖和崇高。換言之，西藏題材的作品要想取得成功，受到廣泛的關注，甚至成為經典，它必須既是西藏的，而又是中國的、乃至是世界的。西藏的地域特色，是一個顯著的標識，而真正打動人心的——不僅打動西藏同胞的心，而且打動每一個讀者，中國的、全世界的，它必須是具有高尚的理想和普遍的人道內容，表達出中華民族乃至全人類的價值理念和精神訴求。西藏的地域特色越是與中華民族的精神、全人類的理想融合，作品就越有深度，越能受到讀者的喜歡。

　　西藏的視界與中國的視界乃至人類的視界相融合，意味著一個作家首先要熟悉西藏的生活，從心底裏熱愛並且崇敬這塊土地，而不是出於獵奇的目的到此一遊。同時，他又不能侷限於西藏的立場，而是要把西藏的歷史與中華民族的歷史聯繫起來，從中華民族的總體立場來觀察和理解西藏的歷史變遷，來展望西藏的未來。這一視界的融合，涉及對西藏的歷史和未來的能不能正確認識和深刻的理解，決定一部作品能不能按照歷史的真實性原則來展示西藏的歷史，反映現實和展望未來，能不能表現出中華民族的共同的心理內容。西藏的民族性要通過中華民族的中華性張揚其精神、擴大其影響，中華民族的中華性在西藏題材的作品中要通過西藏的地域性得到充實和豐富。

　　從現代文明所指導的域外視界，比較容易發現地域性的侷限。從 20 世紀初開始受到關注的國民性問題，最早提出的並非中國人，而是外國人。美國傳教士史密斯的《支那人的氣質》列舉了中國人的種種劣根性，雖然在中國

人看來有些偏頗，但卻是對當時中國人精神面貌的一個犀利揭示，這引起了一些首先覺醒的中國人的警覺，到五四時期便轉化為蔚為壯觀的思想啟蒙運動，開始批判國民劣根性，構建中國人的現代人格。以現代文明的觀點看西藏，西藏當然並非盡善盡美，它的優點可能就是它的缺點。比如沉浸於信仰，就可能導致精神生活與現實的脫節。神秘主義的思維和想像方式，有助於藝術創作，但又可能妨礙與外界的溝通和自身的發展，甚至影響日常的生計。任何事物總有兩面性，關鍵在你如何看待。

掌握現代文明，是一個學習的過程，也是提高個人修養的過程。與西藏這片神奇的土地結緣的作家，不管是本土的還是外來的，都有一個學習現代知識、把個人的修養提高到足以理解人類共同的價值和理想這一水平的任務。越是掌握系統的現代知識，具備犀利的現代眼光，就越能發現西藏地域生活的獨特性和生動性，越能展現西藏同胞精神生活的深度和廣度，當然也包括看到他們精神上的侷限——但那是由歷史鑄成的侷限性，在現代文明的光照下，通過創造性轉化，或許能轉化成新的精神動力。

視界的融合，絕不是視界的相互取代。就文學創作的內在規律看，作家是從個人經驗出發，關注具體的人和事。作家如果跳過具體的人和事，只考慮大的歷史問題，他的作品免不了概念化，更難生動。因此，域外視界有一個立足於本土的問題。回到個體，尊重少數族群的觀點，就是尊重少數族群的利益。雙重視界間存在內在的張力，並非對抗性的關係，不是一個方面壓倒另一方面，或者一個方面掩蓋另一個方面。個體的經驗要體現出中華民族的共同追求，但中華民族的共同追求不是抹殺個體的觀點和立場；相反，要為個體權利的實現創造條件，從而使文學具有普遍的意義，又有民族的特色。文學越具有普遍的意義，普遍到全中國、全人類，越具有地方的特色，它就越有力量，越有可能成為不朽的經典。作家的才華，很大程度上就在於他在創作實踐中能否處理好普遍與特殊、整體與個別的關係，按照社會實踐的規律靈敏地維持兩者間的微妙平衡。換言之，大歷史觀的要求，須通過作家個人的思想和藝術的修養來落實，它不是一個規定作家寫什麼或怎麼寫的原則，而是要求作家追蹤現代文明，豐富自己的知識，提高自己理解和協調各種矛盾的能力。

沒有西藏的特點，不成其為西藏文學；沒有中華民族的特性，沒有人類的普遍性，西藏文學就難以獲得國人的認同和世界的肯定，也就難以走向全

國，難以走向世界。文學是人類共同的精神家園，是不同民族、不同國別、不同時代的人們彼此相互溝通的心靈橋樑——越是民族的，越是世界的。當然，要成為世界的，就必須是民族的——文學永遠是感性的、具體的、個人的，而好的文學又是民族的、世界的，也即是人類共同的精神財富。

視界的融合，最終要在社會發展的進程中，通過作家的創作實踐，方能在不同程度上得以實現。這是一個理論問題，更是一個實踐問題。對西藏文學來說，這需要作家具備強大的感性直觀的能力，去發現西藏的山川之美，民俗之美，文化之美，更需要豐富、系統的現代文明的知識，掌握普遍的強大的思想，去發掘西藏題材中能被人類共同所關心的重大問題，向世界展現西藏的美。換言之，西藏文學的發展需要更多的作家，不管他是來自何處，必須兼具個人敏銳的感性直覺能力和人類所共同擁有的現代文明的知識與眼光。

載《西藏大學學報》2017 年第 4 期。

世俗化思潮中的文學及文學批評

陳國恩（主持人）：世俗化思潮最早產生於西方反對宗教神學的鬥爭中，其特點是反對宗教神學的思想壟斷，肯定人的合理欲望，高揚人的主體精神。嚴格地說，中國沒有西方意義上的宗教神學，但中國的儒家思想長期作為統治階級的統治思想，影響到社會的廣泛層面，在維持了社會秩序和生活穩定的同時，也起到了限制人的思想自由乃至否定人的合理欲望的作用，這一負面影響到封建統治的晚期越加嚴重。從這樣的意義上說，五四新文化運動的反叛傳統，就是中國現代世俗化運動的發端。不過，我們今天所要談論的世俗化思潮，是指新時期以後興起、逐漸滲透在社會生活各個層面的一種文化現象，它是以此前極左的政治思潮為歷史背景的。由於針對著極左政治的否定人性、人情和人的合理欲望，這一股世俗化思潮同樣地具有人性解放的意義，其特點是要從極左政治的思想束縛中解放出來，追求人性的豐富性，反對把人強制納入機械的教條中，賦予人以獨立自主的主體地位。當然，這種主體性地位同時也要求人具有自尊、自強的精神，對歷史和未來承擔起應有的責任。思想領域的這一轉變產生了深遠的影響，而這一轉變最直接、最感性的形式，就是文學。

從傷痕文學、反思文學開始，世俗化思潮在文學領域就開始顯現。這首先是題材擴大到個人感情生活的領域，人的最隱秘的內心生活得到展現；其次是所依據的價值原則向多元化的方向發展，評價正義和正當的標準與極左年代的以教條束縛人性的做法越來越拉開了距離；再次，人性在文學中得到越來越豐富多樣的表現，人回歸到了人自身。這給新時期的文學帶來了巨大的變化，呈現為一種具有豐富歷史內容的人道主義風景線。

　　但回歸到人自身，有一個回歸到什麼樣的人的問題。文革剛剛過去那幾年，人們所向往的是獲得起碼的尊重，具有人的尊嚴，但當這些要求隨著社會進步而逐漸獲得以後，關於人的想像或者說期待又開始發生了變化。變化的軌跡是從社會的人轉向個體的人，降低對人的公共期待，越來越貼近個人本位和人的內心欲望。這在文學領域呈現為解構崇高、削平意義的虛無主義傾向。出現這樣的文學現象決非偶然，而是與進入 90 年代後經濟領域裏從計劃經濟轉向市場經濟的變化相表裏的。市場經濟講究利益原則，放逐了以前理想主義時代的宏大觀念，花樣翻新的成功典型又讓人眼花繚亂，因而一些人的思想和感情陷於迷惑。迷惑，是尋找出路的契機，尋找的結果之一，就是一部分人更多地關注平凡人生乃至個人的享樂。反映這種世俗心態的文學，就是一種典型的世俗化文學，用這種世俗化時代的處世原則和價值理想來思考文學的問題，就構成了這個時期帶有世俗化色彩的文學批評。很難對這樣的世俗化文學和受世俗化思潮影響的文學批評做一個簡單的評價，無論是世俗化的文學還是世俗化的文學批評，都曾起過推動社會向多元化方向發展、強化人的主體地位的積極作用，但也不必諱言，這一過程中發生過矯枉過正的問題，存在著以絕對個體的人對抗社會的人的傾向，造成了價值觀的混亂。

　　評價世俗化的文學和受世俗化思潮影響的文學批評，是一個重大的課題，關係到對文學史的理解，更重要的是關係到對未來中國的選擇。這裡發表的是一組武漢大學文學院在讀博士生的筆談，其實他們中的好幾位是已經在文學界頗有影響力的作家和研究者，他們對世俗化時代的文學及文學批評發表了意見，各有側重，並且有見地，我想可以作為大家進一步思考的參考，請識者批評。

曉蘇：文學世俗化的功與過

　　追根溯源，那些具有全球性影響的新思潮基本上都發源於西方。這是一個讓東方人感到羨慕嫉妒恨的事實。世俗化思潮當然也不例外。這股從上個世紀八十年代就開始風靡於我國的文化思潮，似乎至今也沒有完全停息下來。無論是在思想領域還是在文學領域，到處都還能看見它的餘波，聽到它的迴響。單從文學創作的角度來講，世俗化思潮對中國當代文學所產生的影響是巨大而深遠的，可以說功不可沒。

　　因為語境的不同，西方的世俗化傳播到中國以後，它的內涵也隨之發生

了微妙的變化。西方的世俗化是在反抗宗教控制的語境中滋生的，其主要目的是祛宗教化。中國的世俗化則是為了擺脫政治束縛而興起的，所以祛政治化便成了它的主要訴求。儘管西方的世俗化與中國的世俗化有所不同，但它們在本質上卻是一致的，那就是呼喚人性的回歸。眾所周知，人性對文學來說是至關重要的，也是不可或缺的。人性開掘的深淺，直接關係到文學性的強弱。然而，無論是宗教還是政治，都曾不同程度地限制甚至扼殺了人性，從而干擾和阻礙了文學的發展。從這個意義上說，世俗化思潮無疑對文學產生了極大的推動與促進作用。

文學的價值首先取決於作家的立場。或者說，文學的價值是否純粹關鍵在於作家的立場是否純正。回眸中國當代文學的發展歷程，我們不難發現，中國作家的立場在相當長一段時間裏是不夠純正的。作家的立場總是受到政治的左右，緊貼政治甚至附屬於政治，實際上就是政治立場。從土改到反右，從文化革命到改革開放，作家們幾乎都是從政治立場出發，用文學為政治服務。雖然作家不可能完全脫離政治，但政治立場顯然不是純正的作家立場。純正的作家立場是什麼立場？我認為是人性立場。作家應該站在人性的高度，超越政治，從人性的視角，用人性的目光，去觀察、發現、捕捉那些潛藏在人性深處的、不易為一般人察覺的、帶有普遍性的東西。那往往是人性中最溫柔的、最脆弱的、最潮濕的、最疼痛的、最神秘的、最美妙的、也是最有文學性的部分。一個作家，只有從純正的人性立場出發，才可能創作出具有純粹的文學價值的作品來。

然而，由於極左思想的控制與打壓，中國作家一直不敢正視人性，甚至還刻意迴避人性，視人性為洪水猛獸，對人性諱莫如深。這樣一來，文學就完全變成了政治的說明書和宣傳單，既無靈魂也無血肉，顯得虛假，乾癟，枯燥，僵硬，乏味，毫無文學性可言。文革結束之後，中國開始了現代化建設。隨著社會的改革開放，思想解放的萌芽也應運而生。從這個時候開始，文學似乎出現了多元化的格局，傷痕文學、反思文學、改革文學、尋根文學等等，它們如雨後春筍，競相湧現，文壇一下子熱鬧起來。但是，無論是傷痕還是反思，無論是改革還是尋根，這些文學從本質上來說都還沒有徹底擺脫政治的藩籬與陰影，說到底還是從政治立場出發的，表現出泛政治化的傾向，屬泛政治化的寫作。

泛政治化的寫作與人性無關。除了政治本身，它充其量還涉及到與政治

密不可分的道德與倫理。這些文學企圖傳達給讀者的，要麼是官方意志，要麼是精英意識。它們選擇的往往是宏大敘事，關注社會態勢和時代風雲，強調作家的責任感與使命感，注重作品的思想性與教育性，長於表達諸如信仰、主義、價值、理想、彼岸、終極、烏托邦這類貌似重大的、深遠的、崇高的主題。遺憾的是，無論是出於官方意志的寫作還是出於精英意識的寫作，它們都忽視了人性這個重要命題，要麼用黨性要麼用理性取代了人性觀照，致使作品的文學性大打折扣，消弱了文學價值的純粹性。

直到西方世俗化思潮襲來，中國作家長期以來壓抑的、凍僵的、休眠的人性才得以真正喚醒、復蘇、激活。從此，一大批敏感的作家便積極投入了這股強勁的潮流，紛紛從政治立場轉向人性立場，開始了文學世俗化的探索與實踐，從而給中國當代文學帶來了新的生機，讓中國文壇呈現出了前所未有的繁榮景象。

經過世俗化的洗禮，中國當代文學發生的最大變化，我認為是民間意味的凸顯。民間意味是相對官方意志和精英意識而言的，它們代表了三種不同的文學動機、文學趣味及文學策略。代表官方意志的文學堅持的是黨性原則，關注的是黨和國家以及民族的命運，顯得沉重、堅硬、宏大。當年流行的傷痕文學和改革文學大都屬這類寫作，王蒙、劉心武、蔣子龍和張賢亮便是這方面的代表性作家。代表精英意識的文學堅持的是理性原則，探討的是人從哪裏來又要到哪裏去這類人生課題，顯得高深、遙遠、玄虛。曾經備受注目的反思文學和尋根文學基本上屬此類，代表性作家有韓少功、張煒、阿城和張承志等。從本質上來看，這兩類文學都屬泛政治化或者泛道德化的寫作。

代表民間意味的文學則不同，它堅持的是人性原則，反映的是平頭百姓、飲食男女、凡夫俗子的日常生活，吃喝拉撒、柴米油鹽、生老病死、男歡女愛、七情六欲等一切世俗生活都可以作為寫作對象，顯得真實、鮮活、生動、豐富、親切、有趣，具有明顯的世俗性特點。

在世俗化思潮的催生下，上世紀八十年代的中國文壇出現了兩個具有劃時代意義的小說流派，一個是新歷史小說，一個是新寫實小說。新歷史小說的代表作家有汪曾祺、莫言、賈平凹、楊爭光、蘇童等，汪曾祺的《受戒》《大淖紀事》、莫言的《紅高粱》《高粱酒》、賈平凹的《五魁》《美穴地》、楊爭光的《賭徒》《黑風景》、蘇童的《妻妾成群》《紅粉》等都是新歷史小說的經典作品。新寫實小說的代表作家有餘華、劉震雲、方方、池莉等。余華的《活

著》《許三觀賣血記》、劉震雲的《新兵連》《一地雞毛》、方方的《風景》《桃花燦爛》、池莉的《煩惱人生》《不談愛情》等均是新寫實小說的重要收穫。無論是新歷史派，還是新寫實派，儘管他們所描寫的時代背景和生活內容不盡一樣，但他們的小說卻有著一個共同的傾向，那就是有意擺脫了官方意志的束縛和精英意識的籠罩，自覺地回到了文學的人性立場，凸顯了文學的民間意味。

民間意味是文學世俗化的本質特徵，具體表現在以下三個方面。一是取材的生活化。它讓文學回到了世俗生活本身，包括歷史生活和現實生活，強調生活的客觀性、生動性和豐富性，一方面極大地拓寬了文學的題材領域，一方面有效地拉近了文學與生活的距離。二是立意的人本化。它堅持以人為本，把人作為文學關注的焦點，超越政治和道德，從人性的角度去觀察人、分析人、透視人，著力寫人心，寫人情，寫人性，不僅強化了文學的人學內涵，而且深化了文學的人性主題。三是表達的感性化。它崇尚感性美學，注重感覺和體驗，在形式上全面借鑒了民間文學的敘事策略，加強了文學的形象性、趣味性和可感性。正是因為民間意味的凸現，中國當代文學煥發出了令人欣喜的活力與魅力。

當然，任何事物都有其兩面性，文學的世俗化也不例外。我們既要充分肯定文學世俗化的積極意義，同時也要看到它對文學的消極影響。因為世俗化思潮的泛濫，中國世紀末的文壇上曾一度出現了兩種不好的創作傾向，一種是缺乏理性的社會化寫作，另一種是缺乏美感的身體化寫作。這兩種寫作都可以看作是世俗化思潮對文學的負面衝擊。

社會化寫作的典型代表，應該是被稱為現實主義衝擊波的那一批作家和作品，像劉醒龍的《分享艱難》、談歌的《大廠》、何申的《年前年後》等。他們緊跟時代步伐，快速反映社會現實，作品雖然具有可貴的社會勇氣和濃鬱的生活氣息，但是他們往往照搬現實、堆砌生活，只注意到了對形而下的現實圖景和生活狀態作紀實性的描寫，缺乏形而上的提煉與思考，給讀者一種複製現實和展覽生活的感覺，嚴重消弱了作品的文學性。身體化寫作的代表人物，無疑要推那批倡導下半身寫作的作家，如衛慧和棉棉，衛慧的《上海寶貝》《像衛慧那樣瘋狂》和棉棉的《糖》《鹽酸情人》都是這方面的標誌性作品。她們高舉欲望的大旗，赤裸裸地寫性，器官、上床、高潮、尖叫等是她們作品中的關鍵詞。這種寫作雖然大膽地衝破了人性的禁區，直面肉身，正視

欲望，寫出了許多與性有關的獨特體驗，但是，她們過度地癡迷於性本身，為寫性而寫性，缺乏節制，缺乏收斂，更缺乏審美觀照，致使作品失去了文學應有的美感。

不過，我們不能因為上述兩種寫作傾向的出現而全盤否定文學世俗化的成就。客觀而論，它的功是主要的，過是次要的，顯然功大於過。

而且，令人欣喜的是，有一批敏銳的作家，他們及時發現了文學世俗化的種種弊端，在順應文學世俗化的同時，也開始了世俗文學化的探索。比如鬼子和東西，他們也客觀冷靜地描寫社會現實，努力展現原生態般的生活況味，如鬼子的《被雨淋濕的河》和東西的《沒有語言的生活》，但他們卻不再是簡單地紀實，而是將理性之光照進了現實之中，讓作品走出了社會化寫作的紀實泥淖，既有形而下的感性描寫，又有了形而上的理性提升，實現了感性與理性的交融，從而強化了作品的文學性。再如遲子建和鐵凝，她們也把性和欲望作為重要的寫作對象，如遲子建的《逆行精靈》和鐵凝的《麥秸垛》，這些作品都坦然地、正面地寫到了性和欲望，可她們卻刻意迴避了性所帶來的感官刺激，注重的是性給人們帶來的情感體驗，極力發現性本能中所蘊藏的美感心理，從而讓作品走出了身體化寫作的欲望深淵，達到了情感與美感的交融，極大地彰顯了文學的無限豐富性和多種可能性。

戴海光：祛魅與返魅——新時期來小說的世俗化向度

「世俗化」在中國是一個與「政治化」相對的概念，其關注點為個體世俗生活與個人慾望，而非帶有「集體」性質的民族國家及社會秩序。20 世紀 80 年代以來，文學世俗化思潮隨著市場經濟的發展而愈演愈烈，這導致理想主義時代文學書寫力求內容「宏大」、精神「崇高」的美學規範「祛魅」，文學「返魅」到自然狀態，作家轉向對凡人世俗生活的敘寫。

一、祛魅：解構「崇高」

早在春秋時，孔子就提出了「興、觀、群、怨」的觀點，這是對文學具有認識、教育功用的經典闡釋。孔子的觀點影響了後世的文學價值建構，以至於在很長的時間裏，文學都肩負著教化職能，然而 80 年代以來隨著市場經濟的推進，中國思想、文化發生了變革，各種西方文化趁機輸入中國，形成與既有文化形態話語抗衡的格局，這樣原有「一元」文化價值體系的話語權被削弱，西方話語的影響力顯著增強。在價值觀念的轉型期，文學價值話語訴求向度發

生了變化。從新時期以來小說的價值訴求看,它呈現出明顯的「去『集體話語』」而趨『個人話語』」、「遠『崇高』而近『鄙俗』」的價值祛魅傾向。

一是去「集體話語」而趨「個人話語」。強調文學「集體話語」的表達,是作家們孜孜以求的目標。如五四「啟蒙文學」、「十七年」文學及 80 年代初的「啟蒙」文學,都表現出明顯的「集體話語」特徵。可是從 80 年代中後期開始,文學世俗化導致了「集體話語」敘事的大撤退,而具有「個人話語」特徵的文學敘事則成為發展主流。「集體話語」向「個人話語」的轉變,使文學的藝術審美、思想價值表現出了新特徵:作家們不再考慮文學的價值重構與宏大意義闡釋的功能,文學回歸到自然本體而更重視「個體」生命體驗書寫。這與「集體話語」時代文學的價值訴求是相悖的。如果說表現個體生命是具有「個人話語」性質的文學表現的一個維度,那麼將傳統文學中的「英雄」拉下神壇並賦予他們「常人」特徵則是「個人話語」體現的另一個維度。大家知道,在政治革命意識高揚的年代,作品中的「英雄」人物都具有「高大全」形象,而在世俗化時代的小說中,如葛翎(《大牆下的紅玉蘭》)、彭其(《將軍吟》)、王公伯(《神聖的使命》)等英雄人物在面對生與死、血與火的考驗時,既有個人理想與集體理想鬥爭的痛苦,又有個體利益與集體利益衝突時的困惑。這祛除了英雄人物的「傳奇」品格,使之還原成世俗化的凡人,這是文學去「英雄」化的體現。

二是遠「崇高」而近「鄙俗」。優秀文學作品總能給人以震撼心靈的力量,這種力量源自文學「崇高」之美。在馬克思主義美學觀中:「崇高的特點不但是美,它的特點同樣還是自己的特殊威力。崇高的範疇反映生活現象和藝術現象的這麼一種內容,它使人感覺到高臨在平庸和渺小之上,促使人去和卑鄙進行鬥爭。」[註1] 多少年來,正是作家們執著於對文學「崇高」之美的建構,才使作品在經歷諸多風雨後,仍能給人以向上、向善的力量。然而,80年代市場經濟興起後,作家本應恪守的文學「崇高」傳統,逐漸被廣大作家拋棄,文學從整體上遠離了「崇高」,滑入到「鄙俗」的藝術建構中。如在「傷痕」、「反思」、「改革」、「尋根」文學中,就呈現出很鮮明的解構「政治」神聖化傾向。如果說該傾向是解構「崇高」的個人嘗試,那麼「新寫實」與王朔小說裏表現出的消解「崇高」的實踐則是作家們的「集體」行動。新寫實小說沒

〔註1〕〔蘇〕萬斯洛夫、特羅菲莫夫:《美與崇高》,夜澄譯,上海:上海文藝出版社 1958 年版,第 39 頁。

有將既有價值觀念強加在人物之上，也無圖解主流話語的意向，而以一種近乎「零度情感」的話語表達方式，對普通人的瑣碎、庸俗的生存狀況進行了描繪。在王朔小說中，作者在敘述中呈現出一副玩世不恭的狂歡姿態。可見，不管是新寫實還是王朔的小說，它們都不再追求預設、虛妄的理想主義的情懷，而更強調活在現實的世俗人生，顯然這與文學應堅守「崇高」的價值訴求是背道而馳的。而在新生代、新新人類的小說中，文學「崇高」之美更是被解構得體無完膚，文學不再關涉倫理、道德訴求，從而「敘事成為物質符號的堆砌……勾起消費欲望的商品……文本成了欲望無節製表演的場所」。〔註2〕這些作品抹去了現實生活的豐富性、詩意性，以感官刺激、娛樂快感取代了文學的審美性、崇高性，表現出宣揚虛無、頹廢的人生享樂思想的動機，這是作家解構「崇高」的極端表現。

二、返魅：回歸日常

文學世俗化在當代中國經歷了較長的演變過程，早在 20 世紀 70 年代末 80 年代初，文學「世俗化作為一股思想潛流」〔註3〕就初見端倪，作家們打破了「十七年」、「文革」文學的寫作觀念模式，開始重視凡人生活的描繪。這大致從「傷痕文學」、「反思文學」、「改革文學」、「尋根文學」等文學作品表現出來。在《班主任》等「傷痕文學」中，作品敘寫了卑微人物的悲劇人生，控訴了「左傾」錯誤給人造成的創傷。與「傷痕文學」相比，《李順大造屋》《人生》等「反思文學」作品雖然關注的仍是底層人物，但是已不再拘泥於對其苦難的呈現，而是從人性高度反思了苦難根源。《喬廠長上任記》等「改革文學」作品塑造了一些敢於擔當的城鄉改革者，然而作者祛除了人物的「神性」光環，將他們視為有喜怒哀樂的凡人。如果說在「傷痕文學」、「反思文學」、「改革文學」中，作者們出於對主流意識形態話語回應的考慮而使世俗化表現程度欠深入，那麼「尋根文學」和「市井小說」則代表了一種更深入的世俗化書寫範式。在這些小說裏，作者們刻畫了一些底層農民、市民形象，描繪出一幅平淡的底層民眾的生活圖景。

不論「傷痕文學」、「反思文學」，還是「改革文學」、「尋根文學」，都描繪

〔註2〕李長中：《20 世紀中國文學由「神聖化」走向「世俗化」的語境與價值缺失》，《內蒙古社會科學》（漢文版）2008 年第 2 期。

〔註3〕樊星：《論八十年代以來文學世俗化思潮的演化》，《文學評論》2001 年第 2 期。

出一幅幅個體生活圖景，表達了個體世俗欲望的合法性，顯示出從「集體」向「個體」之人轉變的傾向，在一定程度上回應了五四「人的文學」傳統。然而這些作品是剛跳出政治藩籬的「新生兒」，其敘事話語還保留了政治意義指涉的痕跡。因此，它們還不能稱為嚴格意義上的世俗化文學作品，只有新寫實小說興起，才標誌著文學世俗化時代的真正到來。新寫實小說是一種具有「藝術自覺」性質的小說形態。從視角看，新寫實作家以「平視」視角去與人物進行「對話」；從內容看，新寫實小說熱衷於描繪普通人的「原生態」生命形式和表達他們世俗的欲望。比如，池莉的小說「人生三部曲」再現了飽受酸甜苦辣又庸庸碌碌的底層市民生活，而《冷也好熱也好活著就好》敘寫了售貨員貓子、公交司機燕華等小市民的雞毛蒜皮的生活瑣事，詮釋了「活在世俗當下」的人生主題。方方的《風景》裏沒有優美「風景」，只有一幅幅底層民眾窘困不堪的生活「風景」。如果說池莉、方方的小說著眼於表現小市民的生活圖景，那麼劉震雲的小說則將觸角伸向了「單位」這個特殊場域，《單位》《一地雞毛》等小說描繪了單位複雜的權力生態及主人公小林不堪重負的生活鏡象。

新寫實小說再現了凡人的生活狀態，敘述了小人物庸俗的人生體驗。雖然這種表現方式解構了生活「詩意」，但是卻迎合了欲望化社會市民階層的審美需求，從而掀起了一股解構「崇高」，表現「世俗」的寫作浪潮。這股浪潮也影響了其他作家的創作，王朔即是一個典案。其《頑主》《一點正經沒有》等，實現了「雅與俗、沉重與瀟脫、憤世與玩世各種矛盾因素的有機融合」，使「一大批在現世生活的沉重而尋求解脫、玩得瀟灑而渴望理解、玩世不恭卻又滿懷憂患的各色人等沉醉在他的文本世界中，在褻瀆中尋求快樂」，〔註4〕王朔以這種玩世不恭的寫作態度用調侃、戲謔的語言展現了凡人的世俗生活，迎合了世俗文化消費心理，從而引起了廣大讀者的共鳴。

不可否認，「新寫實」小說與王朔小說，都肯定了「世俗」合理性。然而它們「沒有為了肯定世俗而否定『神聖』……對於世俗的強調，在很大程度上只不過是對過去過於被強調的『神聖』、『終極』、『淨化』文學的一種矯枉過正而已」。〔註5〕到20世紀90年代，隨著市場經濟的全面介入，原有「一

〔註4〕李揚：《褻瀆與逍遙：小說境況一種——王朔小說剖析》，《當代作家評論》1993年第3期。

〔註5〕李長中：《20世紀中國文學由「神聖化」走向「世俗化」的語境與價值缺失》，《內蒙古社會科學》（漢文版）2008年第2期。

元」文化價值體系的影響力式微，加之受「後現代」文化思潮蠱惑，「新生代」、「新新人類」作家改變了以往作家確立的文學「世俗化」的「路線圖」，在小說中表現出去「世俗」而趨「鄙俗」的傾向，而何頓的《生活無罪》，張旻的《情戒》，朱文的《我愛美元》，邱華棟的《手上的星光》及衛慧的《像衛慧那樣瘋狂》，棉棉的《啦啦啦》等小說即是這種傾向的體現。它們展示了底層普通市民卑瑣的生活狀態與異化的生命形式，特別是在衛慧、棉棉的小說中，滿足或發洩欲望成了人物個體生命的全部意義所在，從而「酒吧、迪廳、咖啡吧等成為他們縱情享樂的朝陽之地，浴缸、馬桶、電話線旁等成為他們隨時瘋狂淫亂的溫床。」〔註6〕這種文學「鄙俗化」書寫本已不堪入目，然而隨著世俗化進程的推進，文學「鄙俗化」表達更是令人觸目驚心，諸如春樹、木子美之流的「美女寫作」、「下半身寫作」的橫空出世，則完全偏離了「身體寫作」的初衷，致使文學滑入「鄙俗化」的深淵。

禹權恒：「世俗化魯迅」的得與失

在過去的二十多年裏，「世俗化思潮」在諸多社會領域產生了深刻影響。針對魯迅研究而言，「世俗化思潮」堪稱一場革命，極大地改變了魯迅研究的固有路徑，魯迅形象因此也遭遇了一種妖魔化改寫。

1993年，《上海文學》第6期刊登了王曉明等人的對話形式的文章《曠野上的廢墟──文學與人文精神的危機》，正式開啟了全國範圍內「人文精神大討論」的論爭序幕。《讀書》《中華讀書報》《文匯報》《作家報》《光明日報》等報刊或闢出專欄，或刊出連續性對話文章，圍繞著「人文精神」問題進行了廣泛而深入的探討。其中，著名作家王蒙在1993年第1期的《讀書》雜誌上發表《躲避崇高》一文，極力支持王朔的「褻瀆一切」、「躲避崇高」的文學主張，認為「五四」以來的作家都扮演了先知先覺的精英者形象，創作了一種神聖崇高的「救世文學」，而王朔和他的夥伴們的「玩文學」，恰恰是對橫眉立目、高踞人上的「救世文學」的一種反動，更是對『紅衛兵精神』和『樣板戲精神』的直接解構。在《人文精神問題偶感》一文中，王蒙再次為王朔辯護，禮讚王朔小說痛恨那些「偽道德」、「偽崇高」、「偽姿態」，用「佯狂」的方式「說出皇帝的新衣的真相」，「道出了小人物的辛酸和不平之氣」。王蒙認

〔註6〕歐陽小勇：《「意義」的消解及「性而上」的迷失──關於衛慧、棉棉等「七十年代後」作家及其寫作的思考》，《學術探索》2004第5期。

為，「文壇上有一個魯迅是十分偉大的事。如果有五十個魯迅呢？我的天！」
〔註7〕這就直接引發了後來的「二王」（王蒙、王朔）和「二張」（張承志、張
煒）之間圍繞著「道德理想主義」的話題論爭。

　　1998 年第 10 期的《北京文學》刊發了由朱文發起、整理的《斷裂：一份
問卷和五十六份答案》一文。此時，朱文有意識地設計了「你是否以魯迅作
為自己寫作的楷模？你認為作為思想權威的魯迅在當代中國有無指導意
義？」的問卷。針對上述問卷調查，新生代作家韓東、朱文、邱華棟、于堅、
魯羊、東西、刁斗等都一一進行了答覆。最後，本次問卷統計結果顯示：「98.2
％的作家不以魯迅為自己的寫作楷模。91％的作家認為魯迅對當代中國文學
無指導意義。3.6％認為有指導意義。5.4％不確定。」〔註8〕可以看出，諸多
新生代作家對魯迅進行了不同程度地挖苦和嘲諷。後來，人們把本次問卷調
查稱為「斷裂事件」，並在中國當代文壇引起了熱議。

　　1999 年，葛紅兵在《芙蓉》雜誌上發表了酷評《為 20 世紀中國文學寫一
份悼詞》，根本意圖在於從總體上否定 20 世紀中國文學的整體成就，史稱「悼
詞事件」。「悼詞」一一清算了魯迅、郭沫若、巴金、冰心、丁玲、錢鍾書等著
名作家的精神人格，幾乎全盤否定了他們在現代文學創作過程中的巨大實績，
而魯迅則成為葛紅兵首先要扳倒的一塊「大石頭」。2000 年第 2 期的《收穫》
雜誌也重磅出擊，開設「走進魯迅」專欄，相繼推出了林語堂寫於 60 多年前
的《悼魯迅》、馮驥才的《魯迅的功與過》、王朔的《我看魯迅》等系列文章。
其中，王朔認為，魯迅光靠一堆雜文幾個短篇是立不住的，沒聽說有世界文
豪只寫過這點東西的。他在文中分別批評了魯迅的《阿 Q 正傳》《狂人日記》
《傷逝》《一件小事》《從百草園到三味書屋》《社戲》等傳統名作。認為魯迅
沒有什麼思想：「早期主張『全盤西化』，取締中醫中藥，青年人不必讀中國
書；晚年被蘇聯蒙了，以為那兒是王道樂土，嚮往了好一陣子，後來跟『四條
漢子』一接觸，也發覺不是事兒。」〔註9〕後來，文學史上把此次事件稱為「收
穫風波」。2006 年 10 月 22 日，網易網站的文學專欄上發表了朱大可的《殖民
地魯迅和仇恨政治學的崛起》一文，在虛擬的網絡空間之中產生了巨大反響。
朱大可認為魯迅在死前的七條遺言，展示了魯迅極端的「仇恨政治學」觀念，

〔註7〕 王蒙：《人文精神問題偶感》，《東方》1994 年第 5 期。
〔註8〕 萬濤、谷紅梅：《聚焦「魯迅事件」》，福建教育出版社 2001 年版，第 8 頁。
〔註9〕 王朔：《我看魯迅》，《收穫》2000 年第 2 期。

「毛語」和「魯語」在後來的「勝利會師」，毛澤東和魯迅的「仇恨政治學」同盟，卻成為極權主義與紅衛兵話語的共同搖籃。當前，諸多民眾之所以仍對魯迅保持極度忠誠和熱愛，唯一的解釋理由是，這個民族對於仇恨和暴力永無止境的熱愛。這裡，「倒魯派」的許多過激言論得到部分文化人的隨聲附和，並在當代文壇產生了重大影響。在他們的筆下，魯迅形象呈現出多副面孔，似乎變得越來越可憎，完全失去了昔日的光輝和榮耀。

魯迅形象在「世俗化思潮」的催生之下得以重構，即從「大魯迅」向「小魯迅」的趨勢發展。換言之，在「世俗化思潮」的有效影響之下，魯迅身上的各種政治迷信得以祛除，魯迅研究正在從「集體化魯迅」向「個體化魯迅」的方向跨越。一言以蔽之，魯迅之所以能夠從「天上」回到「人間」，再逐漸向「魯迅本體」靠攏，「世俗化思潮」自始至終扮演了一種重要角色，這明顯是「世俗化思潮」對魯迅研究的極大貢獻。正是在這個意義上，孫玉石說：「反神聖的『世俗化』的努力，『解構』神聖的吶喊和抗爭，為我們帶來的渴望進一步破毀禁錮，要求思想解放這一點信息且不用說它，至少，它可以讓我們在不同的聲音裏，即使不能讓我們換一種視角和思維去看魯迅、思考魯迅，也可以給我們的研究增加一些『冷卻劑』，讓我們反思自己，以利前行。」〔註10〕

首先，我認為，「世俗化魯迅」使「文革」時期被扭曲、被利用、被異化的魯迅形象逐漸顯現出本來面目，神化的魯迅被「祛魅」，從而能夠最大限度地「回到魯迅那裡去」。我們知道，在原來的許多文學史敘述中，為了突出中國革命的歷史合法性，毛澤東等政治權威把魯迅納入到新民主主義革命的闡釋體系之中，無條件地對魯迅形象加以政治改造。此時，他們就魯迅思想於中國革命有利的東西則大肆渲染，而對中國革命不利的方面卻任意肢解，甚至採取一種完全迴避的態度。在中國新民主主義政治革命的體系框架之中，魯迅被塑造為「左翼文藝運動的領袖」、「新中國的第一等聖人」、「偉大的文學家、思想家和革命家」、「無產階級文學的偉大導師和精神領袖」等等光輝形象。所以，汪暉說：「魯迅形象是被中國革命領袖作為這個革命的意識形態的或文化的權威而建立起來的，從基本的方面說，那以後魯迅研究所做的一切，僅僅是完善和豐富這一新文化權威的形象，其結果是政治權威對於相應的意識形態權威的要求成為魯迅研究的最高結論，魯迅研究本身，不管他的

〔註10〕孫玉石：《反思自己，走近真實的魯迅》，《魯迅研究月刊》2000 年第 1 期。

研究者自覺與否，同時也就具有了某些政治意識形態的性質。」〔註 11〕實際上，這些神聖光環看似榮耀無限，實則正是魯迅的可悲之處。在紅色意識形態的壓制之下，作為「個體化魯迅」的鮮活形象被淹沒在「集體化魯迅」的洪流之中，以至於淪為一種階級鬥爭的工具。一言以蔽之，「世俗化魯迅」對於認識本真魯迅、深化魯迅研究具有明顯的積極作用。

其次，「世俗化魯迅」反映了新時期以來價值觀念多元化的趨向，預示著批評言論空間日益寬容和自由化，「百花齊放、百家爭鳴」的局面逐漸形成。只有在不斷的爭鳴和對話過程中，才有可能澄清各種認識迷霧，「魯迅學」這一學科才能不斷地得以提高和完善。因此，我們也要對「倒魯派」的文章給予辯證地看待，而不是全盤否定。不可否認，魯迅在中國現代文學史、現代思想史甚至現代革命史上都是一個標誌性人物，這是其他任何現代作家不可比擬的。但是，早期的政治化闡釋模式已經使魯迅研究偏離了正常發展軌道，這一學科的鮮活生機幾乎喪失殆盡。倘若不及時打破現有的研究僵局，魯迅研究注定是沒有任何希望可言的。此時，「世俗化思潮」在中國的廣泛傳播可謂恰逢其時，給魯迅研究注入了一股新鮮血液。作為魯迅研究領域的拓荒之作，1985 年王富仁的博士論文《中國反封建思想革命的一面鏡子：〈吶喊〉〈彷徨〉綜論》出版，標誌著魯迅研究實現了一個跨越式發展。王富仁擺脫了早期「政治革命」的闡釋框架，開始把魯迅研究納入到「思想革命」的邏輯體系之內，部分地扭轉了魯迅研究的固有路徑。後來，錢理群的《心靈的探尋》、汪暉的《反抗絕望》、王乾坤的《魯迅的生命哲學》等著作相繼問世，預示著魯迅研究出現了一個良好的發展機遇期。在「世俗化思潮」的傳播過程中，雖然存在著肆意顛覆或者妖魔化魯迅的非理性傾向，但是作為對早期單一政治化闡釋模式的一種反撥，「世俗化魯迅」的現實價值依然是不容忽視的。

然而，一個無可爭辯的客觀事實是：在「世俗化魯迅」的塑造過程中，許多文學批評家出於不同的文化心理和價值訴求，他們對魯迅進行了非理性的解讀，嚴重褻瀆了魯迅的精神人格，極大地歪曲了魯迅的本真形象。大致來講，他們在評價魯迅的過程中存在著下列弊病：

第一，完全憑藉個人喜好對魯迅進行妄加論斷，缺乏一種基本科學的理論根據，學理性較差。比如，王朔的觀點就極具代表性。在《我看魯迅》一文中，王朔認為魯迅單靠許多雜文和短篇小說是不配稱為作家的，因為他一生

〔註 11〕汪暉：《魯迅研究的歷史批判》，《文學評論》1988 年第 6 期。

都沒有能夠創作出任何一部長篇小說，而長篇小說才是衡量一個作家最重要的價值尺度。後來，馮驥才也基本持同種觀點。不僅如此，他還認定魯迅缺乏一種相對完整的思想體系，沒有值得人們過度推崇的哲學思想，根本夠不上一個思想家的稱謂。因此，在王朔看來，魯迅既不是作家，也不是思想家，充其量不過是一個憤世嫉俗者。這些觀點可謂沒有任何立論依據，其邏輯基點也就不攻自破了。

第二，故意製造文壇噱頭，以博取虛名薄利。葛紅兵的《為 20 世紀中國文學寫一份悼詞》就是其中的典型之作。他主要分作家、作品、大結局三個維度對 20 世紀中國文學進行了肆意解構，嚴重顛覆了許多主流作家在文壇上的突出貢獻。為了達到自己預設的批評目的，葛紅兵首先把魯迅置於道德審判的制高點上，進行肆意謾罵和攻擊。首先，他認為人們過度拔高了魯迅早期在日本留學期間的「幻燈片事件」的歷史意義。與秋瑾、徐錫麟等革命家的愛國行為相比，魯迅拒絕回國刺殺清廷走狗的行為，就是一種懦弱和不愛國的表現；其次，葛紅兵認為魯迅的棄醫從文與其說是愛國的表現，不如說是他學醫失敗的結果，原因在於魯迅的醫學成績很差，而且醫學筆記還經常被藤野先生改得面目全非。言外之意在於，魯迅根本就不會做課堂筆記；再次，葛紅兵還斷定魯迅表面上是「個人自由主義」者，實則一個地地道道的壓迫者，因為他的一生都在壓迫自己的正室妻子朱安，具有性壓抑的明顯傾向。這些觀點完全是葛紅兵的一種主觀臆想，缺乏一種基本的歷史思考，在文學批評界造成了諸多消極影響。

第三，企圖矯枉過正，實則南轅北撤，嚴重地干擾了讀者的認識判斷能力。比如，許多新生代作家在回答朱文設計的問卷調查時，就切實體現了此種傾向。韓東說：「魯迅是一塊老石頭，他的權威在思想文化界是頂級的，不證自明的。即使是耶和華人們也能夠說三到四，但對魯迅卻不能夠。因此，他的反動性也不證自明。對於今天的寫作而言，魯迅也卻無教育意義。」朱文說：「讓魯迅到一邊歇一歇吧」「已經沒有任何意義了」。有的作家甚至認為，「魯迅對當代文學的指導意義多數是負面上的，是幌子和招牌的意義，魯迅被人利用了來製造文學垃圾」。〔註12〕倘若認真思考一下這些偏激之辭，其實並不是他們缺乏一種最基本的科學判斷能力，而是在故意製造驚人之語，從而達到吸引人們眼球的批評目的。總之，在「世俗化思潮」的極大刺激之下，

〔註12〕朱文：《斷裂：一份問卷和五十六份答案》，《北京文學》，1998 年第 10 期。

許多批評家對魯迅形象的塑造是存在嚴重問題的。一方面，這可以看作是「世俗化思潮」本身的內部病相之一。因為「世俗化魯迅」是對「政治化魯迅」的一種過度糾偏，在急於擺脫原來的政治闡釋模式的過程中，許多批評家往往就會犯以偏概全的錯誤，這也是社會轉型過程中普遍會出現的一種亂象；另一方面，部分批評家在從事文學批評之時，由於受到各種外在因素的嚴重困擾，他們就會故意製造文壇噱頭，從而達到一種不可告人的批評目的，這也就喪失了一個職業批評家最寶貴的道德操守。

任毅：當下文學批評的世俗化傾向

世俗化思潮不僅影響到創作，也影響了文學批評。世俗化文學思潮對批評有一定的積極意義，它反對政治至上，拓展了批評者的個人權利意識，對「十七年」和「文革」文藝批評史具有反撥功能，對現實有一種追求樸實和平凡的衝動。在相對削弱批評家話語權力的同時，擴大了一般讀者的主體性，體現了時代的民主精神，推動了多元化的價值取向。文學批評的世俗化主要呈現為方法的多樣化與批評群體分流的特徵。

20 世紀 80 年代以來，主流意識形態的文學批評以批判的立場吸取和借鑒西方文論思想，不斷凸顯文學的審美性與主體性，糾正以往極左的文學思想。西方文學理論蜂擁而入，唯美主義、精神分析批評、原型批評、新批評、俄國形式主義、結構主義、後現代主義、解構主義、女性主義、後殖民主義、現代性理論、新歷史主義批評、符號學批評等，凡在西方曾經產生影響的批評流派都無一例外地進入中國批評家視野。這些理論促使理論界擺脫了僵化的理論體系，開闊了研究者的理論視野，批評成果也極大地推動了新時期文學的繁榮。在短短 20 年時間裏，中國批評界把西方百餘年的理論成果演繹了一遍，迎來了繼五四之後又一個方法論空前繁榮的文學自覺時代。

伴隨著社會的逐步轉型，文學批評群體開始分化為意識形態文學批評、學院批評和媒體批評等。批評群體的分化表明當代文學批評正向批評的民主性和學術的自由性方向發展，突破了過去政黨路線、主流意識、政治標準的批評模式，形成了相對繁榮的「百花爭豔，百家爭鳴」的文藝圖景。在藝術市場化與批評邊緣化的同時，卻又恢復了文學批評的本真價值。這一時期，當代文學批評家基本捍衛了文學的藝術標準。

韋勒克和沃倫認為，文學批評是溝通文學理論、文學史的中介。「文學理

論不包括文學批評或文學史，文學批評中沒有文學理論和文學史，或者文學史裏欠缺文學理論與文學批評，這些都是難以想像的。」〔註13〕負責任的批評家，擔負著對批評對象進行價值評判的任務，這種判斷應該建立在批評家的文藝理論素養和中外文學史的認知基礎之上。真正的藝術家對作家、作品、思潮做出的判斷，絕不是基於人際關係的親疏，名聲功利的利弊，而是經過認真的理論分析和與文學史大量經典作品比較之後才做出的學理論斷，它應該是相對客觀的、經得起創作實踐檢驗的價值存在。然而，當下的文學批評和文學創作一樣，很快迷失在20世紀末以來的市場化與世俗化浪潮中，引發了批評界大量的消極現象。

一是媚俗批評，譁眾取寵。這種批評迎合部分市民低級趣味，為了滿足甚至鼓勵低層次的讀者追求感官刺激，把格調低下的網絡寫手捧為文學大師、先鋒作家、民意代表、新銳作家、美女作家等，而對真正嚴肅的純文學作家作品卻少關注，甚至篾視嘲諷，還要美之名曰遵從讀者的意見，文藝批評實際淪為所謂的大眾民意測驗。這種批評由於放棄了純正的文藝標準，往往變成「媚俗秀」，終將受到真正文學家的唾棄。正如錢鍾書所指出的：「文學非政治選舉，豈以感人之多寡為斷，亦視能感之度，所感之人耳。」〔註14〕

二是專門批判中國近百年來的大家名作，以挑刺的眼光開列出魯迅、郭沫若、茅盾、巴金、錢鍾書、王蒙、賈平凹、余秋雨等名家的毛病，批評知名作家博取大眾的驚奇與關注。90年代中期「非魯運動」中，葛紅兵等人以詼諧的語言嘲諷魯迅，王朔更是戲稱其為「這塊老石頭」，魯迅「的反動性也不證自明」，甚至叫魯迅「到一邊歇一歇吧」，魯迅不是「正經作家」，「僅靠一堆雜文幾個短篇是立不住腳的，沒聽說世界文豪只寫這點東西」〔註15〕。郭沫若、茅盾、老舍、金庸等人也先後成了他們戲謔貶損的對象。這引起了許多有良知的嚴肅作家、批評家的反擊。回顧這股思潮可以看出，這種譁眾取寵的文學批評以主觀臆斷顛覆經典名家，其實都是為了達到自我炒作的目的，學理價值極少。

三是追名逐利，「捧評」「棒殺」。這類批評放棄文藝批評的藝術標準，順

〔註13〕韋勒克、沃倫：《文學理論》，劉象愚等譯，文化藝術出版社2010年版，第32頁。
〔註14〕錢鍾書：《中國文學小史序論》，《國風半月刊》1933年第3期。
〔註15〕王朔：《我看魯迅》，《收穫》2000年2期。

從私人利益，盲目推高作家地位，對其作品無原則地吹捧，把「精品」、「巨作」、「劃時代的」、「里程碑式的」、「傑作」等桂冠廉價奉上。甚至拉幫結夥，搞小圈子，江湖習氣，黨同伐異，互相撫摩，相互鼓吹，為商業利潤搖旗吶喊，也有作家、出版商操縱媒體，甚至勾結不良媒體，製造世俗賣點，欺騙廣大讀者。當然，受眾的消遣娛樂、文化消費性的閱讀需求也直接影響到圖書市場的銷量，文學創作的「媚俗化」、對作家作品過度包裝、利用傳媒大肆炒作，日漸成為作家、出版商、廣告商贏得讀者、謀求最大利潤而普遍採用的策略。例如對「後現代主義」、「後新時期文學」、「新寫實」、「新狀態」、「新官場小說」等諸如此類的文學命名，很大程度上是文學「從業者」們為爭奪市場空間或試圖重獲「話語權」的手段和途徑。儘管這種做法被斥為「亂貼標籤」，是不甘寂寞的批評家為「製造出新的輿論熱點」而向社會發出的「古怪的信號」，但事實上，經由文學「命名」的包裝，一些作家作品確實吸引了讀者的「點擊量」和學者的「眼球」，於是作家「火了」，作品也就躋身於「暢銷書」排行榜。如 1998 年前後《小說界》和《作家》雜誌對衛慧、棉棉、朱文穎等「七十年代出生」的「美女作家」的包裝、炒作〔註16〕，還有近年來「韓寒神話」、「新紅顏寫作」現象，都是極為典型的市場運作案例。

　　四是自命精英，話語狂歡。這類批評者往往假借「創造」一種新的批評理論方法等方式，使自己如願獲得批評家或學者專家的身份認同，又以專家訪談、出席各種學術會議和作品研討會的形式鞏固其學術威權。他們的批評文本不是為了最終有助於批評對象，而是為了驗證自命的或西方的某種學術命題或學理框架，忽略了文學批評與評論對象之間的關係。這種文學批評不過是一次西方理論的東方驗證，或者是一場自說自話的饒舌遊戲。尤其在當前市場化、全球化的語境下，加入到國際性文學批評話語的遊戲之中，極易成為文壇批評的時髦話題。但它忽視了文學批評與文學現象的真實關係，忽略了本土文化的接受能力，因此也就引起了作家的反感與拒絕。正如韓東所說，「當代文學評論並不存在」，「他們的藝術直覺普遍為負數」〔註17〕，因而它對推動中國文學批評發展的作用也就可想而知。

　　與世俗化的批評亂象伴生的，是當下文學批評的「價值迷失」。這種價值迷失首先是學術價值的迷失，其次是「文學價值的迷失」，當然也包括「批評

〔註16〕邵燕君：《傾斜的文學場》，江蘇人民出版社 2003 年，262 頁。
〔註17〕韓東：《斷裂：一份問卷和五十六份答卷》，《北京文學》1998 年 10 期。

價值的迷失」〔註18〕。正是這三重價值的迷失，最終導致了批評的功利化與世俗化傾向。世俗化思潮對學術的衝擊，與社會價值判斷的功利化、實用化相互關聯，學術在一些批評家手中變成了謀取利益的工具和手段，最終導致了學術批評的勢利與世俗。所謂「文學價值的迷失」是指批評家對文學作品「文學性」的深入賞析判斷能力的缺乏。批評家需要有自己的批評標準和審美趣味，但這種審美趣味必須建立在「文學內涵與藝術性」基礎上；同時，還要有大量經典作品的閱讀體驗和豐富的中外文學史認知。批評家一旦對某部作品作出價值評判，那就意味著這部作品經過了批評家認真的分析審視，經過了與他閱讀過的大量經典作品的比較考量，而非主觀臆斷、信口雌黃。當下文藝批評界恰恰在這兩方面都陷入了誤區：一方面，食洋不化的「方法論」頻繁更迭使他們的文學標準「時尚化」；另一方面，批評家在閱讀經典、文學史知識方面存在嚴重欠缺。文學價值觀的游離和中外文學史認知的缺乏最終導致了文學批評標準的迷失。「批評價值的迷失」則側重於文學批評標準的混亂，文學評價往往因人而異，因時而異，而非堅持文學評判標準實事求是地進行分析判斷。批評的價值尺度因為大眾媒體、出版發行商、傳播途徑、意識形態等因素的加入，日益世俗化、多元化、模糊化。

當代文學批評中，「捧評」、「棒殺」現象十分嚴重。這兩種看似相反的批評方式，都與世俗化的批評心態有關。「捧評」者礙於學緣、團夥、局域利益，盡說好話；「棒殺」者則激情武斷，放棄了學理標準。兩者都可能是對文學的「過度闡釋」，或者「世俗化誤讀」。他們關注的不是「文學」，而是批評家個人的利害得失。當代文壇每年都要召開成百的作家作品研討會，大多數是由作品的出版發行公司、作家所在省市地方文聯或作協，甚至作家個人組織舉辦的。這種討論會上的發言多變質為「紅包批評」或「關係批評」，批評家在這樣的場合礙於人情往往不願或不敢講出真話。非常重要的是，批評家要養成獨立健全的學術人格，不依從於研究對象外的社會利益關係，自覺抵制大眾媒體、商業炒作、意識形態權力話語的誘惑和壓力。真正的批評家，不應該在乎自己的批評是否合乎世俗人情私利、能否公開發表、是否會引發掌聲共鳴，他們關注的只應是作品的「文學性」和創新價值。自己的評判應該有助於文學史對文學批評的檢視與建構。

當下文學批評界有足夠的理由抱怨形成上述問題的客觀條件，學術制

〔註18〕 李揚：《對新時期文學批評的回顧與反思》，《廣東社會科學》2010 年第 2 期。

度、市場經濟、意識形態等等,這些的確是制約當代文學批評發展的重要因素,但批評家們更應該反思自己身上的悖論:我們一方面想擔負起學術研究與文學評判的權利和義務,另一方面又拒絕付出講真話求真理的代價,這種代價僅僅關係到個人名利。由此,批評家自身的學術道義和價值標準成為關注的要點,這其中彌漫著一種迎合世俗趣味和當下文人功利主義的文化價值觀。他們從事文學批評的目的不是為了文學,而是僅僅為了文學之外的個人或團夥名利。這種旗幟和實踐的悖離,成為鉗制當下文學批評良性發展的根本原因。

新時期以來,批評家們開展了無數次的文學命名:尋根文學、先鋒小說、新生代、新寫實小說、新狀態文學、新都市文學、新體驗文學、新新人類、現實主義衝擊波、下半身寫作、70後、80後寫作……「新」的未必是好的,它需要批評家按照文學價值標準去判斷,而不是對每每出現的「新」現象給予及時的喝彩。這種現象背後隱含著批評價值的迷失:在短短幾年內,同一批評家剛高呼「改革文學」,轉身又倡導起「先鋒派小說」,幾年後又成了「新體驗文學」的吹鼓手,這種現象並不令人驚奇,可是同一批評家在這麼短時間內先後倡導的這三種文學在審美特徵上並不具備內在的統一性和發展關聯性,有些甚至是互相矛盾的。這種批評家秉持的文學價值和批評標準到底是什麼呢?真是什麼時尚喊什麼,完全沒有自己的學術堅持和批評準則。

文學批評家要切實履行文學話語與意義生產的「督察」職責,應避免因為利益關係而使批評淪為令人作嘔的「軟廣告」,要敢於「向那些俗不可耐的煽情之作出示黃牌」〔註19〕,像王彬彬對王朔痞子意識的批評和李建軍對《廢都》中性炫示的批評那樣。文學讀者也要提高文藝審美品位,自覺抵制文學的庸俗趣味;作家更要恪守靈魂藝術鑄造師的創作操守,自覺踐行「積極的寫作」,「幫助人把自己從獸性的桎梏和野蠻的深淵中解放出來,教會人懂得優雅、得體、高貴和尊嚴的意義,而不是蠱惑、縱容人沉溺於極度自私的道德放縱和精神墮落」〔註20〕。

韋勒克和沃倫說過,文學理論、文學史對文學批評具有極其重要的意義,「文學批評必須超越單憑個人好惡的最主觀的判斷。一個批評家倘若滿足於無視所有文學史上的關係,便會常常發生判斷的錯誤。他將會不清楚哪些作

〔註19〕南帆:《理論的緊張》,上海三聯書店 2003 年版,第 6 頁。
〔註20〕李建軍:《時代及其文學的敵人》,中國工人出版社 2004 版。

品是創新的，哪些是師承前人的；而且，由於不瞭解歷史上的情況，他將常常誤解許多具體的文學藝術作品。批評家缺乏或全然不懂文學史知識，便很可能馬馬虎虎，瞎蒙亂猜，或者沾沾自喜於描述自己『在名著中的歷險記』」〔註21〕。文學批評既不是為了判斷而判斷，也不是為了驗證某種理論而發生，而是需要在文本細讀基礎上發現新的文學創新特質，就像巴赫金通過研究陀思妥耶夫斯基的小說《罪與罰》等形成獨特的現代敘事學的「複調理論」一樣，最終形成自己獨特的批評風格。這就要求文學批評家必須堅守文學批評標準，在充分消化前人理論方法的同時，融合古今中外文學遺產，最終形成富有獨創性的中國式文學批評方法。社會在進步，隨著批評家的學術自覺，學術環境淨化，批評理性回歸，學術評價機制、匿名審稿制度的完善，當代文藝批評定會取得新的價值認可。

《中國現代文學論叢》第九卷第 2 期（2014 年）。

〔註21〕韋勒克、沃倫：《文學理論》，劉象愚等譯，文化藝術出版社 2010 年，第 38
～39 頁。

1950 年代新文學史著中的胡適

一

在中國現代文學的天穹之下，胡適無疑是其中一顆分外耀眼的明星。因為，他曾經在中國現代文學史、思想史、學術史、哲學史、文化史等諸多領域都做出過一系列開拓性的貢獻。與魯迅在現代中國社會的崇高形象相比，胡適在人們心目中的地位卻是非常複雜的，有時甚至顯得極富戲劇性。1949 年之前，在各種民國文學史著中，比如趙景深的《中國文學小史》、陳子展的《最近三十年中國之文學》、朱自清的《中國新文學大系‧詩集‧導言》、楊蔭深的《中國文學史大綱》、陸侃如和馮沅君的《中國詩史》、胡雲翼的《新著中國文學史》、余錫森的《中國文學源流纂要》中，他們幾乎都對胡適做出了一些肯定性的評價。當時，胡適也曾以貢獻頗大的「新詩鼻祖」的形象出現在讀者視野之中，成為眾多作家爭相追捧的偶像型人物。可以說，這些文學史著在評價胡適的時候，是以胡適在諸多文學領域中的實績為依據的，幾乎沒有摻雜外在的意識形態因素，屬一種實事求是的評價態度。當然，在其他部分文學史家的眼中，胡適雖然在中國現代白話新詩領域具有首創之功，但他們仍然對胡適的文學價值持一種非常謹慎的保留態度。這些主要以草川未雨的《中國新詩壇的昨日、今日和明日》、王哲甫的《中國新文學運動史》、譚正璧的《中國文學史大綱》、藍海的《中國抗戰文藝史》為代表。他們或認為胡適詩歌的文學價值「一時很難斷定」，或認為其新詩「未臻於成熟」等等，不一而足。由此可見，雖然民國時期人們對胡適的評價存在一定程度的爭議，甚至有時還帶有一定的歷史侷限性，但是其主流形象還是比較積極和正面的。

　　1949 年 10 月 1 日，中華人民共和國成立，翻開了中國歷史的嶄新一頁。中國共產黨執政之後，由於社會現實環境發生了劇烈變化，左翼文學時期的紅色意識形態迅速佔據了社會的中心位置。與此同時，「階級論」作為一種集體無意識充斥著人們的頭腦，二元對立的思維模式逐漸成為中國自上而下的一種普遍文化心理。此時，王瑤的《中國新文學史稿》、張畢來的《新文學史綱》、劉綬松的《中國新文學史初稿》等一大批新文學史著先後問世，標誌著中國現代文學學科的正式誕生。在這些新文學史著中，胡適被描述為「資產階級知識分子右翼的代表」、「美帝國主義的代言人和走狗」、「資產階級的改良主義者」。毫無疑問，他們在評價胡適之時，明顯地是以「題材決定論」和「階級鬥爭論」為理論依據的，這必然就會出現極大偏差甚至重大歷史錯誤。由此可見，這種簡單評價是對胡適形象的嚴重妖魔化，明顯缺乏科學的現實依據，帶有當時極左意識形態的鮮明印記。然而，與之形成鮮明對比的是，魯迅卻被他們塑造為「五四新文化運動的先驅者」、「左翼文學運動的旗手」、「無產階級革命文學的精神領袖」，成為新政權所極力頌揚的革命作家。自此之後，胡適在中國大陸的命運開始出現陡轉，逐漸淪為眾人竭力批判的「反革命作家」。本文主要選取王瑤、張畢來、劉綬松的新文學史著中有關胡適的論述作為研究對象，通過大量的列舉性描述和比較，得出建國初期文學史家們的主要文學史觀是什麼，他們在評價胡適的過程中存在什麼問題，進而窺探出新中國的政治文化氛圍如何。這些無疑都是本文將要關注的重點論題。

二

　　《中國新文學史稿》（下面簡稱《史稿》）是 1950 年代初期王瑤在清華大學任教時講授新文學史課程的講稿。《史稿》（上卷）於 1951 年由北京開明書店出版，下卷於 1953 年由上海新文藝出版社印製。後來，《史稿》成為中國現代文學學科的奠基之作，在學術界產生了深刻影響。王瑤在本書第一章《從文學革命到革命文學》中的「文學革命」部分，簡單地介紹了胡適的《文學改良芻議》的基本內容和文學主張。當時，胡適主要是從文學改良的角度提出了「文章八事」，即「一曰須言之有物，二曰不模仿古人，三曰須講究文法，四曰不做無病之呻吟，五曰務去濫調套語，六曰不用典，七曰不講對仗，八曰不避俗字俗語」。針對胡適在本文中所得出的最後結論，王瑤說，「這篇文章不只本身仍是用文言寫的，態度也和平之至，名為改良芻議，還自說有矯枉過正之處，

內容也有很大的妥協性和軟弱性」〔註1〕。王瑤認為，胡適在解釋如何用典方面的話語就體現了這種妥協性和軟弱性。後來，胡適在《建設的文學革命論》中把「文章八事」改為「一要有話說，方才說話。二有什麼話，說什麼話。話怎麼說，就怎麼說。三要說我自己的話，別說別人的話。四是什麼時代的人，說什麼時代的話」。對於此種主張，王瑤說，「他的文學改良的主張不過如此。而且說建設的新文學的唯一宗旨只有十個大字『國語的文學，文學的國語』。這說明了他所注意的只是白話的形式」〔註2〕。按照王瑤的說法，胡適在文學改良運動的過程中僅僅注重文字工具的革新，雖然胡適十分瞭解形式和內容之間的具體關係，但認為一切文學革命都須從形式下手，顯然是一種「形式決定內容」的形式主義態度，帶有極為明顯的軟弱性和不徹底性。在第二章《覺醒了的歌唱》中，王瑤首先承認胡適的《嘗試集》是中國現代文學史上最早的一部新詩集，也大膽肯定了其首創者的詩人形象。但是，就五四時期詩歌創作的主題「人道主義」和「勞工神聖」受到人們的極力推崇而言，胡適的新詩《人力車夫》受到王瑤的首肯也是合情合理的。然而，王瑤認為此種風格的詩作在《嘗試集》中並不占主要地位，《嘗試集》中更多的則是消極的不良因素或毫無意義的語言，譬如《一笑》《老鴉》等都是其中的典型之作。此時，劉半農、俞平伯、朱自清等人的詩歌卻成為王瑤極力歌頌的對象，他認為這幾個人的詩歌才真正代表了五四時期新詩的最高成就。

　　《新文學史綱》（以下簡稱《史綱》）是張畢來於 1949～1953 年間在東北師範大學講述新文學史課程期間的講義。本書僅僅概括性地敘述了新文學史發展第一期（1918～1928）的文學面貌，屬「半部文學史」。在本書第一章《新文學的五四時期》中，張畢來在介紹五四新文學陣營中右翼作品之時，把胡適認定為其中的重要代表作家，因為胡適詩歌中描寫個人小悲哀、小歡喜的比例佔據了很大篇幅，詩歌中間彌漫著軟弱、空洞和虛偽的氣息，而且部分作品的封建性和洋奴性相當嚴重。在張畢來看來，胡適在五四時期的作品主要分為三大類：第一類是把舊文學中帶些個性解放要求的詩詞改裝一下，名之曰「白話」詩詞。這些詩詞不但思想感情不是新的，連表現方法也幾乎非常陳舊。第二類是庸俗而虛假的資產階級老爺式的人道主義思想感情的作品，其具有全新的形式、語言平易、句法自然的顯著特點。第三類是具有欺騙性的作品，即似乎

〔註1〕王瑤：《中國新文學史稿》，新文藝出版社 1953 年版，第 26 頁。
〔註2〕王瑤：《中國新文學史稿》，上海新文藝出版社 1953 年版，第 26～27 頁。

帶有些許的反封建意識，但是卻具有欺世盜名之嫌。其中，張畢來在詳細分析了胡適的話劇《終身大事》之後說，「可以說，胡適的《終身大事》完全不是中國當時表現在婚姻問題上的反封建鬥爭的本質的體現。因了上述二點，《終身大事》這樣的形式主義的作品是軟弱無力的，空洞的，虛偽的，是沒有反封建的實際力量的。然而，這樣的作品，卻是當時資產階級文學家的最好的作品」〔註3〕。按照張畢來的理解，胡適的《終身大事》有意模仿了易卜生的《娜拉》的故事情節，但是，二者的區別卻是非常巨大的。基於此，張畢來說，「胡適雖然摩仿了易卜生，他只是形式主義地摩仿了，他沒有做易卜生所做過的事。易卜生是個現實主義者，胡適是個形式主義者。易卜生寫了鬥爭，提出了社會問題。胡適卻推開了實際的鬥爭，掩蓋了社會問題，而向虛無鬥爭，歌頌對虛無的勝利」〔註4〕。在《五四新文學的弱點，新文學中的消極因素》一節中，張畢來主要論述了五四時期文學批評中的資產階級形式主義觀點方法和資產階級批評家的反動政治立場。其中，他認為胡適在具體文學批評過程中帶有明顯的「掉包主義」傾向，這種「掉包主義」是資產階級反動哲學實驗主義在文學批評領域中的具體運用。最後，張畢來說，「總之，他強調偶然的、枝節的和表面的東西，無視、降低和歪曲必然的、根本的和本質的東西。他的最後的目的在於，用肯定作品形式的方法來掩蔽、包容進而傳佈作品的反動內容，在於用文學評論來為資產階級的反動政治活動服務。他的觀點方法往往視主觀需要而隨意變動，充分地體現了實驗主義的根本精神，歪曲現實以適合自己的企圖」〔註5〕。也就是說，一方面，胡適所批評所介紹的作品，由於不正確的評論，其中好的作品的真正價值被隱蔽起來，壞的作品的毒素則流佈於讀者群中，結果，這種文學評論是為反動勢力服務的；另一方面，以實驗主義為基礎的文學批評的觀點方法長期地支配著文學批評，尤其是長期地支配著古典作品的研究，形成反馬克思主義的權威壟斷古典文學研究的局面，這就嚴重阻礙了馬克思主義的文學批評在本領域的發展，其結果是非常不容樂觀的。

　　《中國新文學史初稿》（以下簡稱《初稿》）是劉綬松在武漢大學任教期間受當時高等教育部委託編寫的現代文學史教材。該書寫作期間恰逢1954年學術界批評俞平伯的《紅樓夢研究》和胡適的「主觀唯心主義」，以及1955年

〔註3〕張畢來：《新文學史綱》，作家出版社1955年版，第91頁。
〔註4〕張畢來：《新文學史綱》，作家出版社1955年版，第92頁。
〔註5〕張畢來：《新文學史綱》，作家出版社1955年版，第101頁。

全社會開展的所謂對「胡風反革命集團」的鬥爭和肅反鬥爭。這些思想政治鬥爭在本書中都留下了鮮明印記。劉綬松在第一章《徹底的不妥協的反帝反封建運動》中說：「作為新文化運動右翼的是資產階級的知識分子，他們的代表人物是胡適。胡適在當時的思想一方面嚴格地受著中國資產階級所特有的軟弱妥協的性格的限制，另一方面，他又是美帝國主義所直接豢養、培植出來的一隻走狗，腦子裏充滿了反動哲學——實用主義的毒素。他這時的文學主張始終停留在改良主義的範圍內，而且到了下一個時期，他就公開地與敵人勾結，站在反動方面去了。這樣的人物及其主張只能算是新文化運動的一種反動的和倒退的力量。」〔註6〕在第二章《文學革命與文學改良》中，劉綬松開篇就讚揚了陳獨秀等人在文學革命過程中所作出的重大貢獻，極力貶斥了胡適所倡導的文學主張。針對胡適宣揚的改良主義文學主張，劉綬松說，「作為五四時期新文化運動右翼的資產階級知識分子的代表人物——胡適，在開始參與新文化運動的時候，就是作為美帝國主義的代言人，企圖投機取巧，以達到其個人野心和反動的政治目的的。他在這時期裏所提出來的主張，毫無例外地都顯露了他的資產階級改良主義、形式主義的反動文學思想。他是企圖反對新文學運動的革命內容，來為他的主子——反動統治者的利益服務的。但是胡適這個披著學者外衣的臭名昭著的反革命分子，後來卻不辭汗顏地自吹自捧，把自己說成是文學革命運動的領導者」〔註7〕。之後，劉綬松結合胡適在《文學改良芻議》中的一段話語，來說明胡適的主要企圖是以「文學改良」來代替「文學革命」的反動目的。所以，他最後得出胡適是害怕提起文學的思想內容與藝術形式的徹底革新的，胡適之所以提出文學改良主義的主張，主要目的就是為了反對文學革命。至於胡適後來提出的「文學的國語，國語的文學」的主張，劉綬松認為，這明顯地是一種循環的糾纏的唯心的說法。在評價胡適的「歷史的文學觀念論」之時，劉綬松認定胡適所理解的「歷史進化論」和「一時代有一時代之文學」的觀念都極其偏頗，沒有真正領會其中的內涵。「至於文學與時代的真正的關係，胡適不僅沒有絲毫瞭解，而且還要處心積慮加以歪曲和掩蓋。披著科學的外衣來欺騙中國人民，正是胡適所一貫使用的無恥伎倆。」〔註8〕後來，劉綬松把胡適定性為「美帝國主義的

〔註6〕劉綬松：《中國新文學史初稿》，作家出版社 1957 年版，第 31～32 頁。
〔註7〕劉綬松：《中國新文學史初稿》，作家出版社 1957 年版，第 41 頁。
〔註8〕劉綬松：《中國新文學史初稿》，作家出版社 1957 年版，第 44 頁。

代言人」和「反動的文學形式上的改良主義者」。其主要理由是：「總起來說，
胡適在文學革命運動當中，一開始就宣傳了帝國主義的反動的文化觀點。他
自捧為發難者，是的，他正是帝國主義、封建主義和官僚資本主義在政治上、
文化上向中國人民兇惡進攻的發難者。當中國革命繼續發展，社會階級關係
日趨尖銳複雜的時候，他就更加徹底地暴露了他的反動面目，成為中國人民
的兇惡的死敵了。」〔註9〕在第四章《倡導時期的詩歌和戲劇》中，針對胡適
在《終身大事》一劇中所營構的結尾部分，劉綬松說，「田亞梅是坐了陳先生
的汽車走的，這正可以看出作為帝國主義忠實走狗的胡適在當時為中國的娜
拉所安排下的出路。他的險毒的用意是想把日益覺醒起來的中國女性引向妥
協投降的道路上去。他的為帝國主義和中國統治階級服務的反動企圖，是非
常顯而易見的」〔註10〕。總體而言，與王瑤、張畢來相比，劉綬松在《初稿》
中運用的是類似政治判決的「聲討式」語言，全盤否定了胡適在五四時期的
歷史作用，這明顯屬一種不科學的評價態度，理應受到人們的高度注意。

三

　　可以看出，王瑤在編纂《史稿》的過程中是以新民主主義革命作為重要理
論依據的。也就是說，王瑤是以毛澤東在《新民主主義論》中有關中國革命的
經典論述，作為自己編寫新文學史的指導思想，進而來闡明中國現代文學的特
殊性質及其歷史特徵的。在《緒論》部分王瑤說：「中國新文學的歷史，是從
五四的文學革命開始的。它是中國新民主主義革命三十年來在文學領域上的
鬥爭和表現，用藝術的武器展開了反帝反封建的鬥爭，教育了廣大的人民。因
此，它必然是中國新民主主義革命史的一部分，是和政治鬥爭密切結合著的。
新文學的提倡雖然在五四前一兩年，但實際上是通過了五四，它的社會影響才
擴大和深入，才成了新民主主義革命的有力的一翼的。」〔註11〕既然中國新文
學是中國新民主主義革命史的一個重要組成部分，那麼，新文學的基本性質就
不能不由它所擔負的社會歷史任務來規定。事實上，這並非王瑤個人的獨特發
明，而是建國初期文學史研究者的一種普遍思維模式。為了實現文學教育有效
服務於高等學校的教學任務、論證中國共產黨在新政權建設過程中的政治正

〔註9〕劉綬松：《中國新文學史初稿》，作家出版社1957年版，第46頁。
〔註10〕劉綬松：《中國新文學史初稿》，作家出版社1957年版，第80頁。
〔註11〕王瑤：《中國新文學史稿》，上海新文藝出版社1953年版，第1頁。

確性，王瑤在評價作家作品的過程中，必然要遵循主流意識形態所要求的基本規約。但是，在進入具體作家作品的評價定位之時，王瑤就有意地運用了「穿衣戴帽」的話語策略，「即借助經典理論使自己的文學史敘述獲得某種意識形態的安全，而內在肌理未必與指導思想完全一致。具體說來，王瑤在運用理論進行文本解讀時，對經典理論的運用是有所保留的。因為他出於解放前所接收的學院化學術訓練以及個人的審美體驗，忠於文學事實，強調文本細讀，從而一定程度上避免了將文學直接視為政治附庸」〔註12〕。可以說，這些特點在具體評價胡適的過程中都有鮮明體現。此時，與張畢來、劉綬松等文學史家對胡適形象的妖魔化相比，王瑤則顯得比較小心謹慎，其評判標準也就顯得相對比較靈活，不純粹以政治態度劃線，沒有採取一種貼標籤式的政治聲討。換言之，王瑤在從事新文學史著的編寫過程中，在不觸犯主流意識形態的基本前提之下，並沒有完全放棄個人的獨立思考。他有意識地對胡適的評價預留了一定的話語空間，並把對胡適的獨立思考悄悄地融會於政治邏輯之中，這正可看出王瑤非常注重策略性和技巧性的一面。但是，這些所謂「優點」卻成為後來眾多批評家極力詬病的重要證據。1952 年 9 月，國家出版總署召集了部分專家學者展開了對王瑤《史稿》的評議工作。會上，葉聖陶、黃藥眠、李廣田等人都對《史稿》進行了一種否定性的大批判。其中，李何林說，「這本書作為文學史來看，是不大夠的。缺點是沒有把文學和階級鬥爭聯繫起來，因而他所論述的新文學的發展，和當時的階級鬥爭看不出顯著的關係，由於這樣一個缺點，王瑤同志著作的思想性也就不強」〔註13〕。然而，歷史充滿了些許的戲劇性和諷刺性：在中國現代文學發展的歷史長河中，這些所謂「缺憾和不足」後來卻成為本書的顯著優點常常被人提及。

張畢來的《史綱》是一部影響深遠的現代文學史著。該書內容簡略，提綱挈領，僅僅講述新文學的第一個時期，大致相當於我們通常所說的「第一個十年」。不過，其中又分成「五四」時期和「第一次國內革命戰爭前後」兩個階段。《史綱》的一個重要貢獻是把文化作為文學與政治、經濟的重要聯結點正式寫入書中。在《導論》部分張畢來說：「新文學的歷史，是新文化的歷史的

〔註12〕李松：《中國新文學史書寫理念的變遷及其成因——以 1950 年代的四部文學史著作為例》，《湖北大學學報》2013 年第 3 期。

〔註13〕吳組緗、李何林：《〈中國新文學史稿〉（上冊）座談會記錄》，《文藝報》1952 年 10 月 25 日。

一部分；新文學運動，是新文化運動的一部分。新文化和作為新文化的一部分的新文學，都是當時的新的政治力量和經濟力量在觀念形態上的反映；因此，五四之前和五四之後的新文學運動的根本特徵，跟當時的新文化運動的根本特徵是一致的。新文學從內容到形式，都大大地為當時的新文化思想的一般特徵所規定。」〔註14〕而且，《史綱》的基本指導思想是「階級論」和「二元對立論」，這就完全符合當時主流意識形態的基本要求，具有政治正確的顯著特點。比如，張畢來曾給作家們冠以不同的階級頭銜，基本分為三大類，即「革命作家」、「進步作家」（又稱為小資產階級作家、革命的小資產階級作家、革命民主主義作家）和「資產階級作家」（或稱右翼作家）。書中在階級劃分的主線以外，又設以創作方法的副線來從屬主線：「社會主義現實主義」是屬「革命作家」的，「批判現實主義」和「積極浪漫主義」是屬「小資產階級作家」的。但是，張畢來對哪些屬「資產階級作家」卻沒有給出具體的參考標準。毫無疑問，這就給諸多作家進行階級定性帶來了極大困難，在論述過程中發生誤差的可能性就非常之大。此時，張畢來在介紹胡適的文學創作之時，主要就是從「階級論」的文學立場出發，嚴重批判了胡適在部分詩歌和戲劇中間存在著的資產階級反動的政治立場，其中不乏「掉包主義」的傾向。不僅如此，張畢來還對胡適學習借鑒西方實驗主義的做法嗤之以鼻，認為這是一種賣國主義的真實表現。基於此，張畢來的《史綱》也不可避免地帶有那個紅色年代的鮮明特點。而且，其構史的基本框架也沒有較大的創新之處，仍然是採取新民主主義革命史的政治理念。在自覺或不自覺之間，他必然會用史實去照應和圖解某些既定結論，以體現建國之後新政權的「新思想」和「新方法」，具有「以論代史」的顯著特點。比如，為了極力突出新民主主義革命史的正確性，張畢來此時有意地凸顯了五四時期新文學的主流，即魯迅的批判現實主義和郭沫若的積極浪漫主義文學風格，而極力批判了五四新文學的弱點和消極因素：作品中的封建性和洋奴性、知識分子的虛偽和墮落傾向、對工農兵的歪曲描寫、追求形式的傾向等等。此種做法有效迎合了建國之初主流意識形態對新文學史編寫的內在規約。在「政治第一、藝術第二」的特殊歷史年代，文學史家只有在政治正確的基本前提之下，才有可能正常從事文學史的編纂工作。所以，張畢來的這種「忠誠」有時也是一種無奈之舉。

　　劉綏松的《初稿》主要寫於 1953 年到 1955 年間。作者在編寫本教材之

〔註14〕張畢來：《新文學史綱》，作家出版社 1955 年版，第 1 頁。

時，為了突出「社會主義現實主義」的主流地位，同樣也是根據作家的政治思想來判斷作品的價值。該書在《緒論》部分說：「總起來說，我們所說的新文學，實質上就是指的那種符合於中國人民的革命利益、反帝反封建、具有社會主義的因素，而且是隨著中國革命形勢的發展，不斷地沿著社會主義現實主義的方向前進的文學。」〔註 15〕這裡，劉綏松之所以突出「社會主義現實主義」，基本用意在於體現新文學發展的政治方向。與 1950 年代的其他幾部新文學史著相比，由於《初稿》成書時間相對較晚，基本祛除了早期王瑤在《史稿》中所犯下的「政治錯誤」。於是，剪除了「異端」思想之後的《初稿》，顯得更加符合主流意識形態的內在規定性。在本書《緒論》部分，劉綏松簡明地闡述了新文學史的編寫原則，即劃清敵我界限，凡是為人民的作家、革命的作家就佔據主要的地位和篇幅，凡是反人民的作家就受到極力批判。對那些在新文學發展過程中，在歷史上或當下遭到批判的作家，則加以嚴厲批判，甚至全盤否定。換言之，劉綏松在評價具體的作家作品之時，完全依據「政治第一」的基本標準，把作家的政治表現和現在的政治地位作為關注的重點，以「政治定性」代替文學評判，對作家只注重階級分析，以其政治態度站隊劃線，嚴格區分敵我，凡是在現實政治生活中已被判定為「反動的」，不管其在歷史上表現如何，對新文學有無重要貢獻，創作上有無特色，一律因人廢言，全盤否定，或儘量壓低其在新文學史上的位置。比如，根據這一評判原則，他認為魯迅是代表人民的革命作家，理所當然地應該受到極力褒揚，而胡適明顯屬反動作家的行列，因而受到嚴厲批判則是其罪有應得的事情。於是，劉綏松在《初稿》中把魯迅塑造為「青年叛徒的領袖」和「無產階級革命文學的奠基者」，卻不承認胡適曾參加文學革命。劉綏松在介紹胡適的《文學改良芻議》諸文之時，極力加以全盤否定，把胡適描述為「資產階級右翼知識分子的代表」、「美帝國主義的走狗和代言人」、「披著學者外衣的臭名昭著的反革命分子」。我們知道，劉綏松在編寫《初稿》之時，恰逢全國批判胡適「主觀唯心主義」的高潮階段。為了極力迎合國家意識形態的客觀需要，劉綏松對胡適的「聲討式」評判也就不難理解了。

　　總而言之，王瑤、張畢來、劉綏松的現代文學史著，都是嚴格按照毛澤東新民主主義革命的理論主張，以「階級論」和「題材決定論」為根本出發點的。在政治形勢發生重大變化之時，文學史家選擇了一種新的治學模式，即

〔註 15〕劉綏松：《中國新文學史初稿》，作家出版社 1957 年版，第 9 頁。

「政治第一、文學第二」的藝術標準，預示著文學史編纂日益走向了「一體化」的生產階段。毫無疑問，此種文學史書寫理念帶有「總體性的歷史元敘事」的鮮明特徵。這裡，所謂「總體性」主要是指本階段文學史編纂的政治化敘事方式是建國之後中國社會總體化運動的直接產物，極力要求「文學史」用統一的思維模式來有效限定文學歷史的基本邏輯和路徑。而「歷史元敘事」主要是指：使文學歷史發展的敘述受制於一元化的、直線式的、進化論的歷史理性，政黨政治觀、階級鬥爭論、文學從屬論是其中的核心內容。青年學者李松認為：「總體性歷史元敘事作為一種本質主義的理論範式，將文學存在視作政治元敘事的表述工具，將二元對立的思維模式推廣到文學史的闡釋之中。」〔註16〕可以說，「總體性的歷史元敘事」在後來的中國現代文學史研究過程中產生了深遠影響。正如黃修己所說：「他們的編纂實踐開了另一條傳統，也就是不顧歷史事實，理論為先，實是政治為先，按照政治的要求來描畫、闡釋歷史，實際上是歪曲了歷史，在他們手裏終於完成了新文學史的政治化。」〔註17〕比如，上述新文學史家在各自文學史著中對胡適的種種評價就昭示了此種邏輯法則。從王瑤開始，一直到張畢來、劉綬松，他們對胡適形象的塑造越來越偏離歷史的真實軌道，和胡適本體之間形成了一種反向性構圖樣式，同時也昭示了特殊革命年代的「荒唐和可笑」。但是，這種文學史現象絕對不是僅有個案，而是建國之後中國文學生態的冰山一角。在那個政治掛帥的特殊年代，許多文學史家是懷著高度的革命熱情以及政治忠誠，試圖運用當時主流的文學觀念來書寫新文學史的，問題僅僅在於，他們的理解不夠透徹，運用得不夠圓熟，而且受到當時教條主義以及現實社會的基本規約，因而就給後人留下了許多深刻教訓。如今，我們只有懷著一種歷史同情的科學態度，努力總結文學史編寫的基本經驗和教訓，避免再次走入「總體性的歷史元敘事」的泥淖，才不失為一種較為正確的歷史選擇。〔註18〕

載《廊坊師範學院學報》2014 年第 1 期，
原題《政治附魅與形象書寫——1950 年代新文學史著中的胡適》。

〔註16〕李松：《中國新文學史書寫理念的變遷及其成因——以 1950 年代的四部文學史著作為例》，《湖北大學學報》2013 年第 3 期。
〔註17〕黃修己：《中國新文學史編纂史》，北京大學出版社 2007 年版，第 108 頁。
〔註18〕本文與禹權恒合撰。

1980 年代後半期的文學公共領域

　　公共領域這一概念，最早由漢娜‧阿倫特提出，她將家庭領域和政治領域區分開，分別對應於私人生活領域和公共生活領域，這直接開啟了哈貝馬斯關於公共領域的思想。「資產階級公共領域首先可以理解為一個由私人集合而成的公眾的領域，但私人隨即就要求這一受上層控制的公共領域反對公共權利機關自身，以便就基本上已經屬私人，但仍然具有公共性質的商品交換和社會勞動領域中的一般交換原則等問題同公共權力機關展開討論。」〔註1〕公共領域的前身是文學公共領域，由受過良好教育的市民階層組成，具體的表現形式為咖啡館、沙龍、宴會、報刊、出版社、書店、社團、教會等。在這些場合裏，「私人展開了對宮廷政治文化的公開批判，是公開批判的練習場所，這是一個私人對新的私人性的天生經驗的自我啟蒙過程」〔註2〕。也就是說，文學公共領域是一個獨立於國家權力場域，由自律、理性、具有自主性和批判精神的文學公眾參與的交往—對話空間。守護生活世界的私人價值，審視和批判公共權力的合法性，是其獨特的價值指向。

一、公共空間的突破

　　哈貝馬斯認為，18 世紀歐洲資本主義國家公共領域形成的基礎是社會與國家公共權力機關的分離，私人領域中的市民集聚成為「公眾」，形成各種具體的社會活動空間，在其中，通過平等、自由的批判、討論、協商形成公眾輿

〔註1〕〔德〕哈貝馬斯著：《公共領域的結構轉型》，曹衛東等譯，學林出版社 1999 年版，第 32 頁。
〔註2〕〔德〕哈貝馬斯著：《公共領域的結構轉型》，曹衛東等譯，學林出版社 1999 年版，第 34 頁。

論，從而制約、抗衡國家所代表的公共權力。然而，1980 年代的中國，市場
經濟體尚待確立，市民社會還未見端倪，應該不具備哈氏所說的公共領域形
成的可能。但是，大量事實說明，此時的中國正在逐漸形成一個由私人集合
而成的與國家公共權力領域相疏離的公眾的空間。它的出現，主要的推動力
是思想解放運動所帶來的個人主體意識的覺醒。

最初的思想解放運動基本上還是一場體制內主流意識形態話語權力的爭
奪，還沒有從根本上觸及到對中國文化的反思與檢討。到了 1980 年代中期，
文化作為一個中心問題被凸顯出來，尤其是對知識分子自身的反思，更是深
入到古老文化的根部。知識分子一改以往意識形態代言人的姿態，「精英意識」
成為他們反思、批判社會、歷史、文化的內在支撐，自由意志和獨立人格成
為思想界、文化界一個普遍共識。人們意識到，傳統「士文化」中對政權的依
附性是其喪失獨立人格和自由思想的根本原因，知識分子逐漸趨向於與政治
和權利相疏離，建構起一個民間情結，試圖在權力系統之外建立一個獨立的
思想文化系統。

大概從 1982 年開始，知識界、文化界出現了一些試圖擺脫體制化的「公
共空間」，各種形式的「編委會」、「學會」、「協會」、「沙龍」、「書院」、「研究
所」、「講習班」紛紛湧現，他們都屬民間性質的文化機構。例如以金觀濤、包
遵信為主編的「走向未來」叢書編委會，湯一介、樂黛雲、龐樸、李澤厚等的
「中國文化書院」編委會，甘陽、王焱、蘇國勳、趙越勝、周國平等的「文
化：中國與世界」叢書編委會。這些編委會成了引領各種思想風潮的主要「思
想庫」，他們或從事西方新思潮的普及，借西方現代思潮反思傳統文化和社會，
或探討解決中國現實問題的具體路徑和方法，或掀起學術界、思想界新的話
語高潮，強調學術的獨立與非政治化。數年之間，譯書出書達數百種，成為
整個社會變革的一種全新的精神資源。而立足專業知識，保持公共關懷精神
的知識分子也不再是傳統意義上的「士」，不再是文化官僚或意識形態專家，
他們處於權力體制之外，自由、平等、公開地探討最普遍意義上的社會公共
話題，其民間化和公共化凸顯了公共領域的特徵。

文化出版部門的國家控制開始鬆動，1982 年是國家出版發行體制改革力
度較大的一年，由中宣部負責的國家出版事業管理局劃歸文化部直屬〔註3〕。
中宣部自覺讓渡規劃文學具體理論、方向的部分權力給文化部和文學知識分

〔註3〕劉杲、石峰：《新中國出版五十年紀事》，新華出版社 1999 年版，第 207 頁。

子團體——中國作協，依靠專家的調查研究來制訂對策，一定程度上擴大了文化部門的自主權，政治的影響逐漸從文學知識的生產領域消隱。民間刊物因此出現了創辦高潮，僅詩歌就出現了《他們》《非非》《現代詩內部交流資料》《海上》《次生林》《紅旗》《詩交流》等民刊。到 1986 年，《詩歌報》和《深圳青年報》聯合舉辦「現代詩群體大展」，60 多個社團集體亮相，足見其繁盛。

　　公共領域的實質性突破，也為文學進行「去工具化」、「去政治化」的嘗試開創了新的機遇。隨著李澤厚《主體性論綱》《批判哲學的批判》以及劉再復等人發動了關於「主體性」的論爭，「主體性」成了文學領域最重要的範疇之一，直接影響了當時的創作。巴金的《隨想錄》一反側重於外在的體制對人的異化和形成的壓制，從個體對歷史和文化的承擔當中，深刻反省自身存在的奴性意識，尋找獨立自由意志和清醒的批判精神，震撼文壇。劉心武嘗試「紀實小說」的寫作形式，也是意在突破文學道德說教的範式，「作家必須以自由的心靈抒寫自己最得意的東西。」〔註4〕同時，西方的「現代派」文學也在反覆的論爭中，突破意識形態體系的束縛，拓展出最大的話語空間。

二、「神性話語」的反叛

　　文學公共領域的誕生是與文學自身的「祛魅」相聯繫的。在 1980 年代中期以前，公共領域產生的基礎或前提——國家與社會的徹底分離並未真正形成，思想的禁錮仍未鬆懈，這時的公共領域更像是哈貝馬斯所說的封建時代「代表型公共領域」，即一種領主權利的具體體現形式，公私不分，缺乏民主原則和開放性，不存在自律的私人個體，因此也無法確保私人能夠自由、公平地進入其中。這種空間場域中的文學話語秩序是被權力話語嚴格控制的，整個話語體系在表達方式和語義上都具有高度的一致性，從而確立了它的神聖性、崇高性、權威性。它的最顯著的特徵就是社會、個人與國家權力話語的高度一致，以適應國家在經濟上的高度集權管理和在思想文化上的嚴格控制。一般個體顯然已經失去自主言說的權利，正如福柯所說：「一方面如果誰做的陳述不被某個話語接受，誰就會遭到排斥，被逐出話語圈之外去；另一方面，如果誰走在話語中，就必須運用某種話語，把它當作忠於某一階級、

〔註4〕劉心武：《劉心武文集》第八卷，華藝出版社 1996 年版，第 123 頁。

某一社會階層、某一民族、某一利益……的標誌、表現和手段。」〔註5〕

1980年代中期，隨著公共領域的突破與確立，那種重大而統一的時代主題已攏不住民族和文化的精神走向，「大寫的人」在文學中作為意識形態的基礎性構成力量開始受到質疑，宏大敘事的文學範式被西方存在主義、後現代主義等為代表的哲學思潮、文學觀念和寫作立場所解構。作家以批判現實、張揚個性的自我意識為目的，對傳統的價值觀念、文學觀念及一切成規戒律進行大膽的反叛，以前衛的姿態完成了對先在的意義模式及寫作程式的超越，在亢奮、孤獨、混亂以及自我分裂的情感體驗中開啟了文學寫作向個人化、民間化的轉向。

首先打破原有範式的是張辛欣、劉索拉、殘雪等作家，他們把自我從整個文明語境中剝離出來，使之孤零零地超脫於所有經典文本、歷史教條和權威真理以外，將現實和真理的自我演變成體驗本真的自我。「我搞不清除了我現有的一切以外，我還應該要什麼。我是什麼？更要命的是我不等待什麼」（《無主題變奏》），顯示了對既有規範和價值體系的質疑。劉索拉的小說《你別無選擇》最重要的特徵，就是移植了西方現代派文學對歷史傳統、社會現實以及存在的荒誕體驗。在殘雪的小說《黃泥街》中，黃泥街的混亂、破敗暗示了中國經濟的蕭條和政治、文化秩序的崩潰，「張滅資」、「造反派」、「標語」、「運動」、「改造」等語詞的不斷閃回也意味著對政治信仰和社會理想的幻滅。同樣的，作者的《蒼老的浮雲》把每個人物身上華麗的裝飾撕下，人的卑鄙、醜惡、人與人之間荒誕的關係被顯示出來，看似變形的世界卻在另一種意義上達到了一種殘酷的真實。

三、新歷史話語——主體意識獨立的標誌

由於歷史的慣性，新時期初期，文學仍棲身上層建築，抱著「干預生活」的目的在政治話語裏尋找資源，所謂「傷痕」、「反思」不過是用主流意識形態話語來契合自我的切身體驗。隨著公共領域的不斷拓展，這種文學的精神形態受到質疑，關於文藝與政治、文藝與人民性、人性和人道主義等系列問題的討論預示著文學身上的政治沉屙開始脫落，文學在觀念上開始強力擺脫社會政治代言身份回歸自身。

〔註5〕徐賁：《人文科學的批判哲學——福柯和他的話語理論》，《中國當代文化意識》，三聯書店1989年版，第126頁。

作為文學公共領域的具體表現，1984 年底的「杭州會議」率先打破局面，「尋根」口號的提出和文學實踐形成了尋根文學思潮。這是作家對主流的文化模式和意識形態中心話語的自覺疏離，從而使文學真正地從政治話語的陰影下解放出來，第一次獲得獨立的話語權利的一種標誌。文化的神聖性已不能用權威性的意識形態話語來維繫。

尋根文學大多把目光投注於遠離現代文明的山野村莊、湖濱莽原，以此作為中國蒙昧社會超穩定形態的一個縮影，在其中探詢神秘而又綿長的文化——歷史的血脈。「雞頭寨」的種種禁忌與怪誕，構成了中國原初社會的生命狀態和精神狀態的隱喻，其所涵載的文化成了窒息民族的新生的一團難以撥散的迷霧。在李杭育《最後一個漁佬兒》中，忠誠、堅毅、仁義的傳統人格在對抗「建構現代化民族國家」的主流話語中尋找著生命的意義支點。尋根文學一方面潛入民族文化的個性體驗與發現之中，確認民族身份；另一方面，又希望用現代意識重鑄民族自我。從一定意義上說，尋根作家是以一種深切的反思意識對傳統文化進行訴諸感性的審美選擇，實現了主體的精神自救與藝術審美回歸的雙重訴求。

不同於以往片面強調反映歷史真實與歷史本質的統一、真實還原宏大的人類文明進程的書寫，新歷史小說注重個體的當下認知和生命的自我體驗，在戲謔、想像中展示歷史與人性的衝撞。陳思和將其歸結為，「有意識地拒絕政治權力觀念對歷史的圖解，盡可能地突現出民間歷史的本來面目。」〔註6〕「想像敘述」是新歷史小說特別鍾情的敘述方式，這在《紅高粱》「我爺爺」、「我奶奶」的口吻中有著鮮明的體現。在新歷史小說作家看來，歷史應該是一個不斷向當下生成意義的自在的時空存在，作家在其中實現主體自我的生命意志，在過去、當下、將來的再度編碼中，構建社會、歷史、文化、人性的張力場。在「紅高粱系列」、「夜泊秦淮系列」、「楓楊樹系列」等作品中，敘述者隨時介入「歷史」的「元敘事」手法，把凝固的蒼老的歷史變成運動著的陌生化的歷史。《紅高粱》中，「我」式敘述在「講述話語的年代」和「話語講述的年代」的複調中展現了「我」對歷史的強硬進入。可見，敘述主體試圖重建以「我」為主體的「小寫歷史」去消解整體的「宏大敘事」，將反映生產力與生產關係發展本質規律的「客觀歷史」與體現生命意志的「主體歷史」縫合，探詢壓抑在歷史深層的被政治權力話語和知識分子精英話語所掩蓋的存在本真。

〔註6〕陳思和：《中國當代文學史教程》，復旦大學出版社 1999 年版，第 309 頁。

四、先鋒話語——私人話語的公共表達

先鋒小說的出現，很好地詮釋了文學公共領域作為「私人對新的私人性的天生經驗的自我啟蒙過程」的練習場所的意義所在。新時期初期的文學，擔負的是建構公共權力話語的新啟蒙的任務，其表達的主題都是配合政治角逐所帶來的公共話題，隨著公共領域的結構轉型，新崛起的先鋒作家則基本放棄了這一書寫模式，把探索的重心轉向了私人性的言語自身，在語言的本體存在中尋找對抗外在權威的精神支撐。發生這一轉向的原因之一就是私人領域的日益壯大而發生由公共話語到私人話語的「逆轉」。先鋒作家們以對現代漢語的極端扭曲與違反來展示其個人寫作的獨特魅力，把一種個人化的感覺上升到對人的生存意義的寓言的高度。人類靈魂深處的絕望和無序成為作品敘事的外在指徵，無論是蘇童對於家族、欲望的獨特感受，還是余華對暴力、冷漠的鍾愛，亦或格非對荒謬、虛無的體驗，都在最大程度上切斷了與現實、與他人的聯繫，使小說成為作家私人生活和私人體驗的主觀表達。

他們消解了此前人們所習慣的現實主義的似真幻覺，將自我內心的獨特體驗與所駕馭的文本形式緊密地結合在了一起，每篇小說都成為一個自我完善、自我指涉又自我否棄的整體。馬原的《拉薩河女神》和《岡底斯的誘惑》用元小說敘事拆解了故事與現實的聯繫，在掩飾虛構的同時又敞開了虛構。余華小說語言的超現實風格使得他對暴力、孤獨與冷漠的人性體驗與對主流話語的疏離相得益彰。這種邊緣化的個人敘事讓作品成為一種具備獨特審美品格和心理深度的文本形式。孫甘露的《請女人猜謎》同時包含了一篇叫《眺望時間消逝》的小說，主人公同時在兩篇小說所框定的文本時空中穿梭來往，在歷史與現實、虛幻與真實的無序與拆解中徹底抽空了意義。詞語斬斷了能指與所指的關係，以一種意想不到的方式組接了起來，語言在不是為了指向現實而恰好為了切斷與現實的聯繫中，獲得自身的自由。

文學公共領域本質上是一種對話性，即在一個共享的自由空間中，作為平等的參與者以私人身份交談和討論一些公共性的話題，從而建構一個私人經驗公共表達與公共話題私人討論的實踐場域。文學個人化敘事的公共意義在於它不是立足於集體立場而是從個人立場來觀照，根據自我的私人性體驗與情感態度來言說自己關於社會公共性話題的看法，從而間接地表達出一種個人視閾中的公共性價值態度。個人化敘事的表意模式在這一時期的女性寫作中意義尤其突出。建構一種與以往的公共性敘事不同的、與男性話語模式

具有對話關係和張力關係的獨立女性自我話語成為她們廁身於公共生活領域的獨特訴求。一如林白所申言的,「將包括被集體敘事視為禁忌的個人性經歷從受到壓抑的記憶中釋放出來,我看到它們來回飛翔,它們的身影在民族、國家、政治的集體話語中顯得邊緣而陌生,正是這種陌生確立了它的獨特性。」〔註7〕

五、民間話語──世俗空間的自由言說

隨著公共領域的不斷拓展,民間話語開始從被政治意識形態進行「革命化」的利用和改造中逃逸出來,並在最初的風俗文化小說和後來的「尋根小說」那裡得到彰顯。而後,市民社會的逐漸形成,使得民間話語在完成了對主流意識形態話語的悖離之後,又開始了對知識分子精英話語的消解。人既不是意識形態的符號而扭曲自我,也不再接受啟蒙話語的誘導與教化。

在市場的操縱下,整個社會的文化根柢逐漸鬆動。公共領域已由原來的藝術沙龍、學術論壇、展覽會、文學刊物等轉向了迪廳、酒吧、派對、時尚雜誌、影視傳媒、經濟公司,大眾文化與主流意識形態文化和知識分子精英文化並駕齊驅,甚至實際上已經成為時代文化的主流。世俗的思維觀念、審美趣味充斥了文化的一切領域,曾經佔據公共領域核心的知識分子,普遍陷入了一種自我角色和價值定位上的尷尬、落寞、困惑、焦灼的精神境地。王朔藉以名世的「頑主」系列小說就以徹底地對知識分子的辛辣嘲諷,成為了世俗話語的典範。他筆下的知識分子被擱淺在社會底層的那些無奈的、無聊的小人物或邊緣人的活動場域中,在互相的奚落、利用、攀比中顯示著彼此的委瑣、庸俗、虛偽。知識分子作為真理、正義和良知的化身的時代已然一去不復還,在世俗文化的語境中,其存在價值遭受到了來自社會各界的廣泛質疑。

被政治權力話語和知識分子精英話語遮蔽的民間價值世界在新寫實小說中也得到強烈的釋放,很大程度上淡化與消解了來自主流社會的價值判斷與人文激情,它們在底層勞動者的瑣屑生活和情感世界中追求著存在意義的世俗關懷。「原生態」本身就意味著對一切權力話語的拒絕和背棄,不論是《風景》還是《熱也好冷也好活著就好》,都不再刻意追問生活的意義何在,而是關注感性和生理層次上更為基本的人性內容。生存本位意識是新寫實小說民

〔註7〕林白:《在幻想中爆破》,安徽文藝出版社2000年版,第82頁。

間立場定位的首要座標，正是從這一立場出發，我們發現，在看似苟安的日常生活中，卻也蘊含了對於人生的熱愛與執著。

市場經濟大潮和大眾消費文化的高漲及在公共領域的擴張同樣影響著先鋒作家的創作。最典型的要算余華，其敘事立場、風格在悄然進行著民間轉向。從《在細雨中呼喊》到《活著》《許三觀賣血記》，小說實現了向故事和人物的回歸。《活著》闡釋了人類生存的終極價值並不在生命之外，而在於生命過程本身。死亡，不再具有宗教般的玄秘之感，而具有鄉野田園的日常氣息；苦難，不再是暴力及邪惡的助手與幫兇，而是人性昇華必由之路。他的筆下不再只是恐懼、焦灼、顫慄與仇恨，而是開始了對世俗價值的發掘，故事的敘述蘊涵著強烈的民間色彩。在其他先鋒作家如格非、北村等人的創作中，我們也可以明顯地感覺到煙火氣、平民味和塵世感的日益濃鬱，感覺到某種向現實、向大地、向普通人心靈貼近的創作傾向。

由此，我們可以看到，隨著公共領域的突破性發展，基於傳統或原有價值立場而形成的相對統一甚或同一的文學價值觀的文化中心時代已漸趨終結，多向度和多元價值的文學生態格局逐漸成為普遍的現實，即文學的存在及書寫權力開始進入到了一種相對自由的價值博弈時代。〔註8〕

載《求索》2012 年 12 期，原題《公共領域的突破與主流話語的悖逆
——論 1980 年代後半期的文學公共領域與創作》。

〔註 8〕 本文與楊永明合撰。

1980 年代留學生文學中的「美國」

　　20 世紀 80 年代，隨著改革開放力度的加大，有越來越多的中國學生留學美國。從那時起至今的 30 年時間，這些旅美者中有些人在異域文化與生活經歷的刺激下，開始走向文學創作的道路，形成了我們所謂的美國新移民文學。而 80 年代走出國門的第一批留美者，大多經歷了「文革」，心中盤桓著極左年代的各種恐怖景象，又從父輩口中聽說過困難年代的生活艱辛，或者身受了這種苦難，因而他們基本上是懷著夢想遠去美國的。當從事文學創作時，他們對美國的最初印象就溶入筆端。從文化交流史的角度看，這種帶有作者強烈主觀感情的美國書寫，在今天有了文化史的意義。相較 90 年代後的中國旅美者，改革開放初期的留美學生，中國新一代的精英人物，他們當時是怎樣看待美國的，他們又懷著怎樣的心情遠走美國，到美國後又經歷了怎樣的心路歷程？種種問題折射出了特定時期中國人的美國觀，讓今天的我們可以從這些留學生筆下的美國形象中看到改革開放之初中國人在認識西方發達國家時的一種帶有普遍性的社會心態，因而又能更好地認識改革開放初期的中國人和中國發展的不平凡歷程。

一、負重與超越：「美國」書寫的心理基礎

　　20 世紀 80 年代的留美作家，是背負著「文革」歷史陰影與國家民族落後的重壓留學美國的。他們的心理，是一種典型的遊子心態。

　　首先是負重的心態。很有意思，這些留美作者在不同場合多言及「包袱」、「負重」、「壓力」、「痛苦」。顯然，這些詞彙集中出現不是偶然的，而是作者內在情感的自然流露。以蘇煒為例，他是留美作家中理想主義色彩很濃的一

位，作品常常充滿憂國憂民的情調，民族主義色彩也很重。他曾將自己的寫作概括為「過去情結」或「中國情節」〔註1〕。對蘇煒這一代理想主義者來說，目睹了發達的美國以及個性張揚的美國人，很容易激起他們悼過往、憂今日的愛國情感。他們的創作，如蘇煒所說，就是留學生文學中的「傷痕文學」，因而說教味比較重。不過，正是這種比較直觀的說教透露了蘇煒內心最真實的情感——字裏行間盡是對過去歷史陰霾的憤恨以及對祖國深沉的愛。如蘇煒作品《楊‧弗蘭克》中的旅美者楊藹倫想忘記「過去」又止不住回憶，想切斷與「中國」的情感，又「天天晚上做咱們中國人的夢」。

蘇煒稱查建英等更年輕一代留美作家的作品基本不存在「過去情結」，認為他們那種「過去」與其說是包袱，不如說是懷想與憧憬〔註2〕。確實，相對蘇煒這代「老三屆」而言，查建英這代人的「過去情結」沒有那麼濃烈，而查建英也強調了個體意識的重要性，認為過於沉重的群體思維具有狹隘性且是一種自我折磨。她的自傳式小說《叢林下的冰河》寫到「我」懷著飛的願望來到美國，可回國後又忍受不了落後壓抑的現實。與祖國緊緊相聯的「過去」，承載著作者遠離祖國時的矛盾心理：既是重負又是情感的寄託。

再說「超越」心理。其實，當作者大呼「累」的時候，就已經蘊含了想要擺脫這種狀態的希求。人最可怕的是麻木，一旦覺醒了，翻身奴隸都可以做主人，何況是這些身處「自由異邦」的知識精英？於是，透過層層「負重」的迷障，便可看到一個個鮮活的躍躍欲試的靈魂：他們希望超越過去，重新樹立作為個體「人」的存在價值與尊嚴。如果說「負重」是作者心理一極的話，那麼擺脫過去陰霾、追求理想人生，則是作者心理的另一極。有心靈「負重」，才有「超越」的動力。

作為新時期第一批留美學生，在他們要走出去時，就已隱含了想要超越過去的願望。與90年代以後那些邁出國門者相比（後者往往懷抱著一種更切實的目標，或者是為「掘金」，或者是為「求知」），80年代的留美學子因為多了一重精神上的負累，他們的出國夢還包括希望獲得精神上的解脫與救贖，因此更具超脫意味。蘇煒曾說，他們是被「驅逐」的〔註3〕。不管是被未來所誘惑，還是被「過去」所驅逐，其實都是積極的自我拯救，是企圖與過往告

〔註1〕小楂、唐翼明、於仁秋：《關於「邊緣人」的通信》，《小說界》1988年第5期。
〔註2〕蘇煒、陳建功：《小楂及其他》，《文匯》1989年第2期。
〔註3〕蘇煒、陳建功：《小楂及其他》，《文匯》1989年第2期。

別。可當置身於「自由」與「民主」的美國時，由於切身感受到了中美經濟的巨大差距以及兩種文化與政治制度的差異，這些剛從貧困的歲月中走出來的年輕學子所受到的震撼是不言而喻的。

對查建英等「更年輕的一代」來說，比較容易擺脫「重負」。查建英雖曾「不甚恰當」地將留學美國比喻為鄉村姑娘進城，但也道出了他們這一代人的心聲：明知道有了選擇的自由不見得必然會得到理想的選擇，只不過他們還是要這個自由〔註4〕。因而，當這些留美學子書寫其內心感受時，就會在小說中刻畫雖「負重」而又不忘奮力前行的形象。為了在美國開始新的人生，斬斷與故國一切聯繫的伍珍，哪怕是以婚姻為代價也在所不惜（查建英：《到美國去，到美國去》）。這種強者形象，與90年代旅美文學作品所講述的在異域求生存和發展的故事有類似之處，但兩者畢竟不同。如陳雪丹在90年代初期所創作的短篇《美霓》，講述求學上進、感情真摯的女主角美霓，因利益的驅動，不惜以婚姻為代價，最後成為斂財的「機器」。然而，陳雪丹視美霓的轉變為金錢的驅動，是消極被動的；而查建英強調，伍珍對婚姻的處理是緣於她希望擺脫如影相隨的過去，是積極主動的。

「理想主義者、民族主義情結很重」的蘇煒，是否會因為一味沉湎過去而無力實現「超越」呢？答案是否定的。蘇煒的中國「包袱」固然沉重，可是對「過去」的「回首」並沒有使他沉溺於其中而不可自拔〔註5〕。因為過去也許還佔有一席之地，但它的終極是面向當下與未來的。而且相對於更年輕一代的作家來說，他們所受「文革」或中國文化的影響雖然很深，但在「文革」期間他們畢竟還是履歷簡單的年輕一輩，身心不至於遭受毀滅性的傷害。因此，一旦時代翻開新的一頁，他們就如被碾軋過的草苗，在春風的吹拂下，絕大部分又能重新站立並成長起來。

超越的努力是值得肯定的，當然這並不等於超越的實現。「過去」並不是遙遠的過去，而且身受中國文化的滋養，要想不受其影響也不可能。這種為了展開新生活須有所放棄卻又有所保留的心態，為大部分留美作家所共有。留美作家於仁秋等人在討論如何處理民族情感與追求未來生活的關係時提出，不妨通過健康的個人主義來昇華深沉的民族情感。這樣的思考，無疑有價值。

〔註4〕小楂、唐翼明、於仁秋：《關於「邊緣人」的通信》，《小說界》1988年第5期。
〔註5〕《留學生座談紀要》，《小說界》1989年第1期。

二、理想與虛無：留美學子構想的「雲中城」

《雲中城》是 20 世紀 80 年代留美的常罡所創作的一部小說，寫出了留美學生在承載「過去」重負而又試圖超越自我時心中那個美國集理想與虛無為一體的特點。近百年旅美文學不乏對美國的讚美與羨慕，卻很少如此階段作品能集中地表達對美國的嚮往。「夢」、「夢境」或與此有關的詞語在作品中不斷出現〔註6〕，就隱含了這一時代特點。從貧窮中國走出的青年，赴美留學猶如查建英所比喻的，是鄉下姑娘「進城」，美國是他們眼中的「雲中城」。這一「城市」形象，就是由初入異域的新奇感、懷抱夢想的充實感以及夢想破滅後的虛無感所構建起來的異域形象。

先說新奇感。作為「雲中城」美國形象的建構，首先基於學子們對美國抱有強烈的新奇感。艾丹 80 年代留美時所創作的紀實小說《紐約劄記》，在文學界的影響力雖不甚高，卻較為典型地反映了一位初到美國的中國留學生的感受。小說以留學生「我」的視角，寫他所看到的紐約「彷彿是夢中的城市，彷彿是海市蜃樓」：一個穿著用星條旗做短褲的黑人，一個在自家窗口擺著巨大的野羊頭骨的老頭……作者採取限定視角，將紐約稀鬆平常的街景文學化，從而帶來了奇幻戲謔的效果。在這些作品中，作者在將美國描述成為一個夢幻帝國的同時，也涉及到了美國物慾、骯髒等醜陋的一面，就如 90 年代初中期旅美小說所反覆書寫的——如曹桂林《北京人在紐約》對美國社會唯利是圖的批判。但我們從後者中感受更多的是醜陋，而不是新鮮和奇異。美國觀的差異是因為 80 年代作品較少涉及人物生存的艱難，更主要的是以初來乍到者獵奇的筆觸寫他們所看到的美國，因此，一旦「新奇」壓過「生存」主題，呈現在讀者面前的「醜陋」美國，便是「景觀」，而不是所生活的現實。當然，「新奇」感的產生，從根底上說，緣於初入異域的作者自身對美國的認識與感受。由於在美國生活的時間過於短暫，他們呈現給讀者的往往是那些令他們覺得新奇的東西。此外，作為學生，他們還未能完全體會到美國社會由於激烈的生存競爭所帶來的殘酷。

再說美國是夢想的承載者。「新奇」並非構成「雲中城」的核心因素，而只是其基礎，核心因子應該是夢想的承載者。因為只有寄託了希望和夢想，才符合可以給人帶來美好感受的「雲中城」的要義。1980 年代留美文學所構

〔註6〕如《紐約的白日夢》《夢》《夢，獻給我的友人》《雲中城》等小說，標題就與夢有關。

建的美國，便是留美學子心中的一個「夢想的寄託地」。

　　這些留美的遊子，懷著各自的夢想，期待一種與以前完全不同的人生。有些人去美國只是為了逃避國內了無聲色的現狀，希望能在美國實現他們成功之夢。如《到美國去，到美國去！》中的伍珍積極上進，可是滿懷豪情壯志在國內卻無用武之地。美國對她意味著榮耀、機會、見識。於是，她擺脫了無情趣的婚姻，扼殺腹中的胎兒，來到了美國。除了追求物質的滿足，一些作品還涉及到追求事業夢想的主題。一些旅美者認為美國可以讓他們發揮在國內難以施展的才華。如《雲中城》中的王凡聲言要在美國這塊「民主與自由」的土地上實現他哲學家的夢想，要將那些在國內難以出版的哲學著述拿到美國來試試運氣。還有些人，雖然沒有明確的事業目標，卻認為美國有更多的機會，可以自由地發展，提高自己。堅妮的短篇《再見吧，親愛的美國佬》中的大陸留美學生容栩，雖然對故國抱有深沉的情感，但她又何嘗不是在心底慶幸自己能去美國留學，因為「他們要擺脫的，她已經擺脫，他們嚮往的，她已經得到」〔註7〕。

　　可以說，有很多作家都講過「美國夢」，但作為一種群體性的現象，也許沒有哪個時期的作家會如此集中地表達對美國的傾慕與褒揚，美國彷彿已成為他們的「諾亞方舟」。這也許與20世紀80年代的人剛從一個物質與精神極端匱乏的年代和國度乍然來到一個全新的世界有關，他們將自己的夢想無限地誇大，將一個新的世界無限美化。

　　三說美國是夢醒之地。美國畢竟不是「諾亞方舟」。這裡雖然不乏高度發達的物質文明以及充分的個體自由，但物質財富並非唾手可得，個體的自由也包括「沒有飯吃的自由」。於是，一些人逐漸意識到發財夢、事業夢、逃避夢等，畢竟只是夢想。夢想的難以實現、理想的不易堅守，美國對這些留美學子來說，又成了夢醒之地，一切皆是空幻。

　　當這些人滿懷熱情來到美國，期待施展自己才華、成就一番事業的時候，卻發現美國並非他們所預想的那樣充滿了機會和自由。《雲中城》便是這樣一篇夢醒美國的寓言之作。作品講主人公王凡雖滿懷憧憬來到美國，可在他的夢想還沒有開始時就已破滅。而有時，那寥寥幾位人生事業的成功者，如伍珍，幾經挫折，看似實現了她的美國夢，但充溢其心的並非人生的圓滿，而是由美國的實利主義以及人情淡薄所帶來的情感空虛。伍珍的悲哀理應是眾

〔註7〕堅妮：《再見吧，親愛的美國佬》，《小說選刊》1989年第1期。

多理想失落者的悲哀，美國成為了他們理想的喪失之地。如同《叢林下的冰河》中的「我」懷著找找看的願望飛到了美國，可是幾年之後她卻發現，找到的已不是她要找的，而在埋頭找的時候，卻與一長串寶貴的東西失之交臂。

其實，旅美作家對「夢醒之地」的美國形象的建構，是 80 年代留美學人自身處境映像下的產物：一方面與他們對美國寄予過大的期望因而產生心理落差有關；另一方面，作為新中國成立後大陸第一批留美學生，他們正處於人生事業的初創期，要想在美國立足並開始自己的事業並非易事，往往需要「7～10 年左右」〔註8〕的準備期。一道人生之旅的重新起航，理應不會這麼容易，而一旦面臨困難險阻，失望之情會油然而生。

在美國想得到自己想要得到的，「就像在懸崖上牽出鋼絲，那頭放一箱你最想要的寶藏，你得走過那條鋼絲，才能拿到它。可那懸崖下有多少白骨啊！」〔註9〕持這種看法的大有人在，從留美伊始，一直延續到當下。既然如此，為什麼「夢醒之地」是此階段美國形象的主要特點呢？那是因為，既然是「夢醒」，那自然也因為有「夢幻」感。而 90 年代初中期的旅美小說所講述的在美求學、求生存的艱難故事，其中生存的現實壓力已超越了理想精神，因此，「夢醒」就不能貼切地反映作品「夢幻」的精神內涵。

作為「雲中城」的美國，如果說新奇是其誘人之處，那麼理想的寄託地則是它存在的核心，而夢想的幻滅就是它的真實圖景，它終歸會帶來虛無和失落。

三、放逐與鄉愁：邊緣人視閾下的「彼岸」

對 20 世紀 80 年代的中國留美學生來說，美國是空間與文化雙重意義上的「彼岸」，是「流放地」，具有與故土不同的文化語境，激起內心深處的疏離與隔膜是很自然的。留學生涯的短暫與不屑於「融入」美國〔註10〕的姿態，又使這些作者對美國少了一份深入的瞭解，美國於是成了一個模糊的背景，往往是觸發他們愁思與憂憤的媒介。

首先，美國是「流放地」。後殖民主義所理解的「流放」不僅指地域意義上的流放，也指由此所帶來的文化和心靈的流放，這已成為眾多寓居他國的

〔註8〕程稀：《當代中國留學生研究》，香港社會科學出版社 2003 年，第 52 頁。

〔註9〕陳謙：《望斷南飛雁》，《人民文學》2009 年第 12 期。

〔註10〕劉俊：《北美華文文學中兩大作家群的比較研究》，《比較文學》2007 年第 2 期。

人所共有的處境與感受。求學美國的遊子在遭遇文化與生存困境時,同樣感受到了這種文化與心靈的流放。在他們的眼中,美國就是「流放地」。

蘇煒說他們這些人是被「驅逐」的。被驅逐的情形各不相同,但實質都是流放,美國就是他們自我流放之地。跨地域的流放不可避免地又會帶來心靈和文化的流放,從而產生文化歸屬上的失落和民族身份認同的困惑。這些人往往把自己看成是「邊緣人」〔註11〕,這種心理狀態就反映在留美文學中。如《叢林下的冰河》中留學美國的「我」,是他人眼中的「陽光」、「天使」、「閒雲野鶴」,而「理想」的失落與難以融入美國社會卻給她帶來了徹底的無歸屬感。《楊·弗蘭克》中的楊藹倫想擺脫與中國的一切聯繫,她找了位美國丈夫,儼然是真正的美國人了,可她同樣沒有歸屬感。她雖然不想回憶有太多傷心往事的中國,但中國又會時時在她的夢中出現。不過應該看到,一些作家在訴說流放的虛無時,本意並不在批判美國。比如,王凡和伍珍之所以「夢醒」美國,並不是因為美國社會的敵對和排斥,而是與他們自身有關。王凡來美後的失落是因為他對美國認識太膚淺,伍珍找工作時的屢屢碰壁則是個人工作能力問題。這種讓人感到糾結的美國形象,顯然與作者自身對美國的認識程度有關。這反映出這些留學美國的青年想超越以往的負重心理,當然也潛在地反映了中美兩國在 20 世紀 80 年代畢竟開始了和緩。在這樣的背景和心態中,美國只是流放地,而沒有成為敵對的「他者」。正因為如此,這種「流放地」的含義,已不太同於 20 世紀 90 年代作品所流露出來的情感。

其次,美國是觸發「鄉愁」的媒介。自古以來,羈旅情懷都是漂泊遊子的普遍心態。已有論者指出,百年美華文學,就是一個從「懷鄉」到「望鄉」的過程〔註12〕,而反映於 80 年代的留美文學作品中,則更多是對往昔的追憶,對鄉愁的渲染。只是這種鄉愁,並非主體的抑鬱之情濃得化不開而無法排解,如白先勇等臺灣留美作家因為回歸故國無望而落寞惆悵;也並非鄉愁淡化而難以尋覓,一如 20 世紀 90 年代以來的留美作家,或奔命於生存問題而沒有閒情吟詠,或因「日久他鄉是故鄉」而鄉愁逐漸淡化。它往往是通過外界的誘發,激發出內心深處潛藏的愁思。於是,他鄉明月、天涯芳草等等,不但沒有給作品裏的人物帶來心靈慰藉,反而引發了他們更濃鬱的思鄉之情。

〔註11〕小楂、唐翼明、於仁秋:《關於「邊緣人」的通信》,《小說界》1988 年第 5 期。
〔註12〕李亞萍、饒芃子:《從「懷鄉」到「望鄉」:20 世紀美國華文文學中故國情懷的變遷》,《湘潭大學學報》2006 年第 3 期。

富裕發達的異國他鄉，不但沒有讓他們感受到物質生活富足帶來的舒適，反而觸發了對過去苦難的回憶、對貧窮祖國的擔憂……

這些作品中，以蘇煒的創作最為典型。《楊·弗蘭克》中的楊藹倫已經與美國人結婚了，可她還是不能忘懷中國與「過去」，而她的不能忘懷往往又是通過敘述美國在場而得以體現：她與弗蘭克舉行婚禮時，教堂的鴿子令她想起曾經灰色的婚姻；門德爾松的《婚禮進行曲》使她回憶起往昔美好的戀愛；婚禮進場秩序使她想起與昔日戀人的反目為仇……大婚之日應是幸福和快樂的，楊藹倫卻在婚禮現場的刺激下情緒格外緊張，引起內心深深的自責與痛苦。這種悖論起因於作者自我內心情緒的矛盾。對此，蘇煒曾將其歸結為他們這些老三屆留美後所背負的故國沉重的包袱〔註13〕。

其實，在查建英等更年輕一代的作家作品中，「美國」同樣具有觸發人的愁思的媒介作用。小說中觸發式的聯想，同樣與作者自身心境的投影有關。查建英曾說他們不是完全為今天活著，也不是沒有過去〔註14〕。正因為他們也有「過去」，所以他們才有可能在外界的刺激下，引發對「過去」的回憶，美國在此時只是充當了這個觸發的媒介。雖然心靈的「負重」與美國發達的現實觸發了旅美者的「憂愁」，但即如前文所提到的，這種「憂愁」並非沉重得化不開：20 世紀 80 年代的中國大陸已步入改革開放之路，正以昂揚的姿態開始新的征程；而作為時代的佼佼者，能「留學美國」又是多少人夢寐以求的事情。於是，他們這種並非愁苦潦倒的「憂愁」，確實有點「為賦新詞強說愁」的意味。

四、結語

文學是人類心聲的表達。隨著中美兩國交往的擴大，中國經濟的快速發展和中國國際地位的有力提升，中國人看待美國的態度和觀念也發生了重大變化。一個明顯的事實是，20 世紀 90 年代以後中國大陸留美學生文學創作中的美國形象已經與本文所述的 20 世紀 80 年代不同了，「美國」的神奇色彩開始減退，逐漸出現物慾化的「美國」，冷漠與孤獨的「美國」，再進一步，則是陷於日常苦惱的「美國」，就像嚴歌苓的《無出路咖啡館》中所書寫的。留美作家筆下美國神奇色彩的消退，從一個側面反映出中國人開始以一種平視

〔註13〕蘇煒、陳建功：《小楂及其他》，《文匯》1989 年第 2 期。
〔註14〕《留學生文學座談紀要》，《小說界》1989 年第 1 期。

的態度看待美國，他們發現了美國式的問題。這中間明顯地包含了一種難能可貴的理性批判精神，顯示出具有悠久歷史的中華民族在面對新的發展機遇時的從容和執著。換一個角度說，這代表了中國人參與世界歷史進程的深入和中國人社會心態具有某種普遍意義的成熟。相對於 20 世紀 90 年代後新移民文學作家看待美國心態的日漸成熟，80 年代中國大陸留美文學中的美國形象由於是仰視美國的產物，似乎「簡單」和「膚淺」。但我們又不能不說，這種「簡單」和「膚淺」的美國觀，折射出了中國社會在經歷長久的與外界隔絕後國人重新睜開眼睛看世界時審慎而又嚮往的矛盾心理。它好像一支青春序曲，帶著天真和稚嫩，向世界展示了一個民族正在告別封閉，以昂揚的姿態走向開放。〔註 15〕

載《武漢大學學報》2015 年第 3 期，
原題《20 世紀 80 年代中國留美學生文學中的「美國形象」》。

〔註 15〕本文與孫霞合撰。

世紀之交旅美文學華人家園觀的變化

　　90 年代初期，伴隨著世界兩級格局的解體，「全球化」問題日益引起人們的關注。「全球化」就好比一柄雙刃劍，既在全球範圍內帶來了信息與資源的共享，又模糊了原有民族文化的身份和特徵，並不可避免地引發認同的危機。於是，在對自我身份進行反思與追問的過程中，人們自然會將異質文化間的碰撞與融合等問題納入自己的視野。1980～1990 年代的中國大陸赴美者，是這一全球範圍內身份認同問題的重要體驗者。在經歷痛苦焦慮的底層求生存階段後（這一般需「7～10」年之久〔註1〕），一旦有了資格或閒暇，他們中一些人自然也會表達自己對文化身份問題的深刻感悟。新世紀前後以異質文化間的衝突與融合為突出主題的大陸旅美小說的集中出現，顯然是全球化效應下華人自我身份認同與追問的必然結果。在追問的過程中，這些自覺的「思考者」，將如何看待他們身處其中的美國，而他們的美國觀相較以往，又在何種程度反映了國人走向世界心態所發生的變化？對此類問題的思考，無疑有其自身的理論價值，但更重要的是可以反觀中國改革開放的歷史進程和人們看待世界的心態。

一、流放者追逐的家園

　　將美國視為安身立命之所在，並極力融入美國主流，希望自己成為美國社會大家族中無差別的一員，這是眾多旅美華裔的追求和夢想。然而，縱觀中國當代大陸旅美小說，乃至整個百年美華文學，這樣的情感取向也許只有在新世紀前後以文化衝突與融合為突出主題的寫作中才得到了較為集中的

〔註1〕程稀：《當代中國留學生研究》，香港社會科學出版社 2003 年版，第 52 頁。

體現。80 年代的留學生文學作品，主要是將美國描述成為客居之國，大有
「梁園雖好非久戀之鄉」的感慨。90 年代前期，底層敘事的作品趨向於表明
美國只是海外遊子求學斂財之地，是他們生命旅程中的一個驛站，身在異鄉
拼搏的辛酸無奈，是他們心中揮之不去的記憶。而在新世紀前後的旅美文學
中，作為「家園」象徵的祖籍國則開始為客居國美國所替代，美國被描述成
為漂泊者所追逐停靠的港灣，他們急於融入其中，成了生活的居所和精神的
家園。

　　馬斯洛認為，人類具有生理需要、安全需要、社會需要、尊重需要、自
我實現等五種基本需要。在經濟高度發達、崇尚物質財富的美國，大陸旅美
者在為實現自我需要尤其是較低層次的生理需要過程中，理應感受到了美國
「實利」與「物慾」的特點。然而，在以異質文化的衝突和融合為突出主題
的作品中，美國更主要的是被描述為重建的家園。2001 年，王小平發表《刮
痧》。作為「中國當代最著意表現中西文化衝突的電影小說」，《刮痧》講述
大陸旅美華人許大同、簡妮夫婦努力工作，希望融入美國社會，在他們的夢
想正逐漸實現的時候，卻因許大同的父親給孫子丹尼斯刮痧引起美國兒童福
利局的控告而夢想發生逆轉的故事。雖然「刮痧」事件擾亂了他們正常的生
活，在一定程度上摧毀了他們先前的信念，但他們在美國重建家園的執著卻
是不可否認的。許大同夫婦通過艱辛拼搏，在美國獲得了立足之地的同時，
也獲得了他人的認同。他們在美國不但建立了物理意義上的家園，也想將美
國當作精神家園。去「中國性」是他們言行方式的突出特點，他們刻意改變
自己的生活習慣，如在家只說英語不說中文，等等。曾有論者說簡妮在家不
需說那麼多的英語，增加了演戲的難度〔註2〕。其實，在私人空間說英語，
正表明他們對自己所扮演社會角色的重視。所以，當簡妮這位性情良好、業
務精湛的售房工作者，聽到極具購房潛力的客戶說她英語好像不是很地道
時，才會表現得那麼失態。她所有這些努力，只是為了成為美國這個大家庭
中無差別的一員，而不僅僅是寄居者。誠如許大同的肺腑之言：「我有了一
個成功的事業，一個溫暖的家，一個可愛的孩子……我愛你們，我愛這個國
家。我的美國夢終於成真了。」〔註3〕是的，還有什麼比許大同這些滿蓄情
感的話語更能闡釋家園的真正含義？美國被認為是溫暖、安全的庇護所，是

〔註2〕鄭辰：《〈刮痧〉走向人類的家園》，《電影藝術》2001 年第 2 期。
〔註3〕王小平：《刮痧》，現代出版社 2001 年版，第 31 頁。

實現自我價值的所在地，是幸福生活的開始，這裡理應成為流放者所追逐的家園。許大同道出了眾多大陸移民的心聲：他們獲得了成功的事業，對美國懷有真摯的情感，也如旅美作家石小克在世紀之交所創作的《美國公民》中的傅冬民說的：「中國是我的祖國，生我養我的地方。美國是我的國家，幫助我成長的地方，對我都同樣重要。」〔註4〕有時，一些人也許並沒有坦言自己對美國的情感，但通過與八九十年代旅美文學中華人形象的對照，我們卻能感受到他們對美國情感的變化——美國已從一個客居之國開始轉變為可以託付的家園：同樣是客死他鄉，《刮痧》中飄蕩於美國的華人畫家霍華德，雖然摯愛東方，卻只想將自己的一把枯骨永遠存放在美國的山坡上。而蘇煒創作於1980年代初期的留美作品《墓園》，其中的呂大智，卻因不能魂歸故國，令同去美國的舊時好友方祖恒痛惜不已。方祖恒認為同樣是客死異國的老高、「光仔」比呂大智幸運，因為前者「永遠地回到了海的那邊」（指中國大陸）。對身後事情的不同態度，其實正反映了他們對美國認同觀的變化。對霍華德們來說，美國也許並非理想的家園，但卻是他們畢生所追求並渴望融入的。而對方祖恒們來說，美國始終只是客居之國，不是他們身體與靈魂的依託之地。再如，同樣是後悔自己拋夫棄家的行為，此階段郁秀所創作的《美國旅店》中的琴蘭，雖然後悔當年來美國的決定，但在漸入老境後，也只想將美國作為自己生命旅程的終點。不同的是，蘇煒於1980年代初期創作的《弗蘭克・楊》中的楊藹倫卻為此肩負沉重的心靈負擔，她總是糾結於自己棄家的行為而不能自拔（楊藹倫為了擺脫對「文革」及往事的記憶，拋夫別子去了美國，但她對故國的思念之情，並沒有因為逃離而解脫，而是深陷其中不能自拔）。

同樣是事業上的成功者，許大同、傅冬民們對美國社會是滿懷感激的，是認同的。他們雖然經歷了文化差異給自己身心帶來的巨大創傷，但並沒有因此否定、排斥美國，而只希望獲得他人的理解和認同。這種情感與曹桂林於1990年代初期創作的《北京人在紐約》中的男主人公王起明對美國的憤憤然是截然不同的。

對成年移民來說，美國是他們追逐的家園，那麼，在那些自孩提時期就來美國的小移民的心目中，美國又是怎樣的呢？由於年齡和成長環境的差異，少年移民顯然具有不同於成年移民的心理體驗。這些少年移民也許還

〔註4〕石小克：《美國公民》，中國戲劇出版社2001年版，第96頁。

保留對祖籍國模糊的記憶，而美國則是他們從小生活的國度，是他們賴以生存的處所。在成長過程中，身處中西兩種文化夾縫中的他們（主要體現在校園文化與家庭文化對他們的影響），「不可避免地面對文化認同的挑戰，對兩種文化衝突與融合的體驗、掙扎、審視、理解與被理解，以及歸宿。」〔註5〕被迫面臨文化認同問題的挑戰過程，也是他們尋求精神家園的過程。融合了作者郁秀自身旅美體驗的小說《美國旅店》，其中所塑造的主人公宋歌便是這樣一個兩種異質文化的體驗者和感受者。宋歌在十二歲時移民美國，與在美國定居再嫁的母親生活在一起，期間，經歷了重新融入一種文化的艱難過程，而在這個適應過程結束後，她逐漸模糊了自己的中國記憶並美國化：她身穿奇裝異服，與母親公然探討性問題，對母親的教導不置可否，並以早婚來逃離母親的管束，等等。她已從溫順的中國少女變成了一名麻辣美國姑娘。於是，在她23歲再度回到上海時，她沒有回歸故國的熟悉和親切，只有孤獨和無助，美國此時便成為她心中的家園，她溫馨的回憶所在。她在上海結識美國男友阿牛，便與這種情感有關。因為她急需找到一種故土熟悉的記憶。所以，當她又回到三藩市後，由於重新置於熟悉的環境，他們之間那種由「老鄉見老鄉」的親近感所激發出的愛情也就失去了存在的依據。與當代旅美小說不同時期的世界成年移民存在類似人物形象一樣，《北京人在紐約》中王起明的女兒寧寧，與這個麻辣叛逆的宋歌又是何其相似，都背叛自己的家庭和父母，都在很大程度上美國化了。但通過比較，我們可以發現，王起明的女兒始終沒有認可美國社會，她對美國社會青少年生活的追隨與模擬，在很大程度上出於對家庭反叛的情感需要，而並非深愛它。相反，她對美國始終充滿怨恨，到死也沒有與美國和解，乃至在生命的最後時刻，向父親所請求的，也是送她回中國的家。這樣的情感，顯然與宋歌對美國的認識不一樣，宋歌起碼在心靈的一角或曾在心靈深處給美國留了一個位置。對宋歌來說，美國是他們物理意義上的家，也往往是他們精神意義上所追求的家園。宋歌與寧寧同是當代大陸赴美的少年移民，卻表現出對待美國的不同情感取向，這理應不是作者偶而為之的結果。不可否認，少年移民對美國的痛恨或熱愛一定程度上是旅美作家自身對美國情感投射的結果，是他們文化自覺精神下的產物；另一方面，我們也知道，文學來自生活，少年移民的美國觀理應源自現實少年移民的體會。此階段作

〔註5〕郁秀：《美國旅店·後記》，江蘇文藝出版社2004年，第285頁。

品之所以較為集中地描寫少年移民所經歷的文化衝突，講述他們對美國的感受，正是現實生活中旅美少年移民的教育問題開始凸顯的時候。這一現象與八九十年代「留美熱」有一定的聯繫，那些八九十年代初期開始赴美者，在打拼自己事業的同時，又開始面臨下一代的教育問題。於是，關注或關心這些小移民對相異文化的體驗也就勢所必然。

可見到新世紀，旅美文學中的美國已開始被描述成為旅美者所追逐的家園。「家園」觀的變化，理應與生存境遇的改變有一定的關係。有時，來自他者的歧視也許並不僅僅是膚色、族群出生等因素，在一定程度上也因為經濟地位或者社會地位的低下。如果不用再為生存而焦慮，不用為物理身份而苦惱，那麼，你也自然對所棲身之地多了一份皈依之情。更何況，在他們莊嚴地宣誓成為美國公民時，誰又說不是緣於內心深處對該國的認同？旅美作家石小克就表達過類似的觀點：「我在入籍美國時就宣誓忠於國家，至今未變……」〔註6〕雖然說儀式僅僅是一種形式，只具象徵意義，但我們又怎能否認，既然這種儀式被認為是理所當然、莊嚴或神聖時，它自然能在一定程度上激起我們相應的情感。根據安德森的界定，民族「是一種想像的政治共同體──並且，它是被想像為本質上有限的（limited），同時也享有主權的共同體」〔註7〕，「久在他鄉是故鄉」。人生區區百年，在將一生中最美好的青春年華交付給了這片土地，在逐漸習慣甚至熱愛了這裡的生活之後，怎會對它不具有感情呢？

二、「失家」意象與並非理想的家園

新世紀前後，在以文化的衝突與融合為書寫主題的作品中，美國是「流放者所追逐的家園」，是他們追求過、生活過、愛過的家園。但如果再深入考察，又會發現一個很有意義的現象，即在這些把美國當成自己新的家園的旅美題材文學中，作者又常常若有若無地流露出一種深入骨髓的彷徨感，那是一種桑園雖好卻非久留之地的無奈和痛苦。這種情緒集中表現在那些去美國追夢者在美國失去家園的經歷中。「失家」意象的反覆出現，便是隱藏了在這些人的內心深處美國並非理想家園的那種意義。

〔註6〕石小克：《一點雜感》，《北京文學》2001年第8期。
〔註7〕本尼迪克特·安德森：《想像的共同體──民族主義的起源與散佈》，吳叡人譯，上海人民出版社2008年版，第6頁。

　　「失家」的前提是他們曾經有一個家，或溫馨、溫暖、穩定，是他們的避風港與庇護所，可是，他們一度卻喪失了這個家。如許大同一家在美國生活得其樂融融，就如許大同曾說的，他有一個可愛的孩子，一個幸福的家。可是，因為「刮痧」事件，這個家分崩離析，兒子丹尼斯被迫置於兒童福利局的監管之下，許大同有家不能回。於是，他們對美國的憧憬、感恩、熱愛，隨著物理意義上的失家而變成了精神意義上的喪失了歸屬感。他們孤獨、痛苦，美國，這個他們曾經深愛的國度，還哪能是避風的港灣？正是它對他們的不理解甚至排斥，導致了他們生活的失範。於是，這個曾經的「伊甸園」便從他們的想像中消失了，他們無奈地意識到，美國，並非他們想像的那樣。是的，一旦這個國度剝奪了你享受家庭溫暖的權利，剝奪了你正常生活的權利，還將其視為精神家園豈不是自欺欺人？其實，我們之所以熱愛自己的家鄉，是因為那裡有慈愛的父母，有和藹的鄉親，有我們童年嬉戲其中的山水。所以，哪怕我們走得再遠，心底深處總會泛起一片柔情，那便是對家鄉的思念。而那些說自己有兩個故鄉的人，我想，也許是因為他／她在這兩個地方都感受到了這種溫馨的情感。許大同們試圖在美國這塊陌生的土地上建設自己的家園，可一旦精心營造的「家」被破壞、肢解了，他們會無奈地意識到，這裡並非理想的家園。也許，橫亙在兩種文化之間的差異是最大的障礙。其實，「失家」的，又何止是許大同？還有那位掌握世界頂尖激光技術的傅冬民，因為被錯誤指證竊取了美國國家激光技術機密，他承受了抄家及被迫離家的厄運。在這個所謂最崇尚個性、最尊重個人隱私的國度，卻因對他缺乏起碼的信任，使「家」這個最個人化、也最隱秘的地方被公然暴露於執法者的眼皮底下，他失去的不僅是家的溫暖，還有對這個國家的信任。我們都知道，信任是平等的、相互的。既然相互間缺乏信任，那美國又怎麼可能成為他們的精神家園？這兩位主人公並沒有在自己陷入排斥猜忌的困境時逃離，而是肩負起自己作為這個國家公民所應承擔的義務和責任。這種對美國的態度，顯然不同於 80 年代留學生文學作品中那些時刻思歸的大陸客，他們已選擇了將美國視為無須逃離的居住國。可是，承擔一名公民的責任和義務更多的只是理性的需要，而非情感的驅使。精神家園理應是理想的樂土，靈魂的皈依之地。

　　除了這些成年移民者外，少兒移民同樣有過離家失家的經歷。融合了作者郁秀自身旅美體驗的小說《美國旅店》，其中所塑造的主人公宋歌的成長歷

程便是一個不斷地失家並尋找家園的過程。從少兒時赴美投奔母親始，她就不斷在「流浪」。如她為了逃離母親的摯愛，大學期間基本沒有回家（這應是潛意識的棄家），為此，又草草結婚，組建了一個簡單的家庭。可最後，因為她在沒有徵得丈夫同意的情況下暗自墮胎，使這個飄搖之中的小家也瞬間解體了。因為害怕被遺棄的命運，她頗為阿Q地甩門而去，認為這樣就是她將丈夫拋棄了。其實，宋歌的兩度棄家，是緣於內心深處的害怕被家所拋棄的「戀家」情結。宋歌在母親赴美之後，一直處於家庭殘缺的境遇。她與母親在美國團聚了，卻沒有了父親的相守，她不但對繼父大衛排斥，也拒斥自己的母親。後來，大衛終於感化了她那顆孤獨的靈魂，使她感受到了家的溫馨（其實「接受美國繼父」的意象，又是她逐漸認同美國文化，將美國視為家園過程的隱喻）。可是，好景不長，母親與大衛離婚了，家再度殘缺。對家的渴望與追求，是因為她不斷地處於「失家」的境遇。難怪有人說，「只有在失去或正在失去即家園遭破壞或曾失落過的時候，家園感才愈顯得突出和強烈。」〔註8〕宋歌對家的渴望正是緣於這樣的情感。所以，美國是她追求的家園，而這裡又是她頻頻失去家的地方，於是，她就有了既在家又不在家的感覺。她曾說，「飛機場是她最想去的地方，因為這裡離她要到達的目的地最近」，這就是流放者的心態，他們沒有確定的家園，家園只在他們的想像中，他們不斷變化的想像之中。

不可否認，「失家」感在某種程度上並非真實意義上的失去了家，而是一種無歸屬感的隱喻，「失家」成為此階段旅美文學中的突出意象。以往作品中所刻畫的旅美者，雖飽嘗飄零異域的孤獨之苦，但在心靈深處卻留有一塊撫慰情感的聖地，那就是故國，他們的精神家園。而現在，這種對故國的情感正發生了悄然的改變。他們想將美國當作自己的家園，卻發現美國也並非理想家園，靈魂可以皈依之處。失家感在此階段的集中凸顯，原因是多方面的。毋庸置疑，改革開放的深入為我國社會的發展帶來了機遇，而由之所帶來的傳統生活模式的改變、現代社會快速而又機械化的生產方式，又使國人一定程度西化了。因此，先前根深蒂固的家園觀就發生了動搖。再有，在所謂的後現代，無歸屬感逐漸成為當下人類一種較為普遍的心理。一旦這些「西化」者來到美國這個後現代社會的大本營，那種由移植所帶來的無根感，由文化

〔註8〕吳愛萍：《獨在異鄉為異客──海峽兩岸留學生文學中的「家園」意識》，《中山大學研究生學刊》1995年第2期。

的衝突和差異所帶來的隔膜與疏離，再糅合後現代社會普遍存在的無歸屬感，他們便會體會到多重的「失家」感。所以，一旦有機會審視自己所經歷的這種種錯位，他們也就會在作品中格外關注「失家」意象。

三、觸發對理想家園深層思考的媒介

從把美國視為理想的精神家園，到平視美國，發現美國並非心目中精神故鄉，這種家園觀的變化，可以看出中國人在新的時代背景下看待自身和世界的態度發生了重要的變化。

這些異質文化的體驗者，在體驗到了以美國文化為代表的西方文化與原民族文化的差異時，在逐漸消除了對美國社會的拒斥或者膜拜的情感之後，他們開始重新思考，也許，理想家園並非某一國一地，而是在國與國之間和平友好的基礎上，在承認文化差異基礎之上的大同世界。正是在這個意義上，我們說，美國是觸發對理想家園深沉思考的媒介。自此，當代大陸旅美文學作品中，開始第一次較為集中地出現了一批具有開闊胸襟來看待民族國家問題的人物形象，他們不是以較為狹隘的民族觀來看待他者文化，而是希望全球大同，全人類其樂融融。《刮痧》中「許大同」這個名字，就隱含有希望世界大同的美好願望。許大同夫婦經歷了美國社會的排斥與不被理解後，開始對自己熱切渴望融入其中的做法有較為理性的思考。在遭遇「官司」的過程中，他們獲得了美國華人的幫助與關愛，並逐漸意識到自己身上不可能根除的中國文化因子。然而，他們並未因此而逃離美國，而是真心希望中美兩種文化能相互包容。就如石小克所言：「我在入籍美國時就宣誓忠於國家，至今未變，但我更期盼中美兩國的和平友好和互信互助，這樣，像我這樣的小民便其樂融融，幸福快樂，多麼美好！」顯然，對祖籍國的那種血濃於水的情感是最難割捨也是不能割捨的，而對所在國後天所培養起來的情感，是自己人生選擇的結果，自然也是不能輕易否定的。然而，一旦這兩種民族文化之間產生了衝突，作為這兩種文化的經歷者，必然承受他人難以想像的複雜情愫。正如任一鳴在《後殖民：批評理論與文學》一書中所闡述的奈爾·比松的觀點：「在文化差異中長大和生存的人才真正理解文化的差異性意味著什麼，才會有那種試圖彌合文化差異的渴望和追求。」〔註9〕當然，肯定大同世界是

〔註9〕任一鳴：《後殖民：批評理論與文學》，外語教學與研究出版社 2008 版，第 159 頁。

一種美好的理想，並不意味著我們因此而否認對祖籍國的熱愛，否認文化差異存在的事實。只有承認這種差異，尊重並包容另一種文化，才可能實現真正的和平友好。

如果說認為理想家園是「大同」世界是多數旅美者的夢想，但對霍華德等老年移民來說，也許那遙遠的故國，才是他們可以供奉的「希臘神廟」。他們大多是在人到中年之際，懷著追夢的理想，遠離故土，來到美國，希望在這塊新大陸重建自己的家園。然而，一二十年飄零他鄉的生涯，孤獨、失落的人生境遇，使漸入老境的他們開始重新思考，美國真是自己追逐的樂土嗎？美國雖然是他們安置家的地方，但美國社會的功利性、人情淡漠等現實，使他們幡然醒悟，美國並非理想的家園。那哪才是自己的家園？而那個遠隔千山萬水的故鄉，在逐漸淡漠了其曾附加於他身上的不快甚至傷痛之後，留在記憶深處的，也許還是那些美好的時光。於是，這個被重新塑造想像的故土，便成為他們心中永遠的執念。當琴蘭失去了完整意義上的家、失去了對女兒的守護以後，在孤獨的思慮中，她「面朝東方，望著某處」。從琴蘭朝聖似的姿態中，我們感受到這個東方便是她寄託靈魂之所在。如果說琴蘭是以自我的肢體語言表明對東方的朝拜，霍華德則是將棲身的墓地對東方作永久的朝拜。於是，故國也就成為他們心中的念想，靈魂的皈依之所在。這種把故國看成自己理想家園的觀念，相比較以往的旅美文學作品中的旅美者的家園觀，又有什麼不同呢？正如前面所提到的，這一階段的旅美題材作品中的家園觀是心態趨於成熟的產物。當事者對經歷了歲月淘洗的故土或許不再是愛恨交織的熱愛，而是在經歷了人生的風雨之後，在自我對故土進行再想像後的無功利性的思念與珍愛。

四、結語

新世紀前後旅美華人家園觀的變化，是作者從更高層次上對理想家園思考後的結果。這種變化是中國開放政策或者是中國與世界交往深入後的一個成果，即中國移民在處理中西關係、尋找自我立足之處時變得更具有世界眼光，也更為成熟了。因為，「在他們出國之前，當代中國社會的某些『西化』傾向已經為他們的這種『適應』（指的是文化適應）創造了條件」〔註10〕；另一方面，90年代以來，隨著中國社會經濟的快速發展，中華民族的國際地位

〔註10〕吳奕錡：《尋找身份──論新移民文學》，《文學評論》2000年第6期。